催眠

『字码头』读库

◎马晓丽 著

大连出版社
DALIAN PUBLISHING HOUSE

马晓丽

沈阳军区创作室作家、国家一级作家、中国作家协会会员、中国作家协会军事文学委员会委员、辽宁省作家协会理事。主要作品有：长篇小说《楚河汉界》、长篇纪实散文《阅读父亲》、长篇传记《光魂——著名光学家王大珩》、中篇小说《云端》及短篇小说《俄罗斯陆军腰带》等。《楚河汉界》入围第四届茅盾文学奖，获第二届中国女性文学奖、第十届全军文艺作品一等奖及第六届辽宁曹雪芹长篇小说奖，并被改编为长篇电视连续剧《将门风云》；《云端》获第十一届全军文艺作品一等奖、第五届辽宁文学中篇小说奖；《俄罗斯陆军腰带》获第六届鲁迅文学奖、《小说选刊》双年奖及第十一届全军文艺作品一等奖；《杀猪的女兵》进入2011年“中国当代文学最新作品排行榜”。

留住阅读和写作的心

——“字码头”读库总序

滕贞甫

网络时代，很多人似乎慢慢丢掉了阅读的习惯，在市场力量的推动下，消费性的写作也成为了当下的文学主流。

大连是个现代化的海滨城市，在这里工作和生活着一批全国知名的文学作家。他们中间有恪守文学表现时代传统的50后、60后作家，也有表现人物成长和个人生活、侧面展现历史的近70后作家。“字码头”读库推出十二位作家的经典文学作品集，包括作家自选的中短篇小说集、散文集、随笔集。这些作品关注和表现的题材十分丰富，涵盖了历史、现实、农村、工厂、部队、知识阶层、都市时尚生活、现代女性和新人类。写作方面各具特点，有简捷明快、以故事情节引人入胜者，也有的以对人、事、物细腻的描绘和铺陈见长。如，孙惠芬对北方乡村农民及民工人物内心的丰富变化的细腻描绘，马晓丽对部队生活的深刻体验及对人物内心世界的深广、丰富的描述。陈昌平的小说让小人物走进历史，他书写普通人不同历史时期的卑微心理和悲凉人生，在貌似松弛的叙述中透出内在的凌厉无比的锋芒。

该读库作品的另外一个特点是既有故事情节，又能把这一故事讲述得娓娓动人，叙述得有技巧。津子围的小说宁静、平和、自由、开放，没有过多的笔墨渲染心理分析，而是在委婉地讲述着一个个故事，那些现代性的感受和先锋思考，在他的作品中深深地隐匿于个性的皮肉之下。

“字码头”读库中的散文和随笔也有着鲜明

的特点。邓刚、素素、宁明，他们的作品从不同的角度思考着“文革”、知青、改革、文化、历史、社会、人生问题，这些问题同时也是社会关注的焦点，他们力图通过他们的作品回应着历史、现实提出的问题，引领和解答着人们的思考。宁明的飞行散文有着重要的拓展与探索意义，不仅填补了国内散文创作领域书写飞行题材的空白，还为零距离状写蓝天体验提供了文本借鉴。

“字码头”读库与中国社会的发展进程相一致，从中我们找回了历史与记忆，找回了哲学的思考，她承载着当代文学的审美追求，展示着中国文坛梦的趋向与特征。她不仅是对文学资源的一种深度挖掘和发现，同时对当下中国文化的空间、文化的积淀、文化的推动，具有双向的拓展和深化作用。网络时代，我们更加相信，品质上佳的作品还会让人不自禁地想多读些书，让人静下心来投入写作，因为系统的阅读、精致的写作最终是让知识体系完整而不是碎片化。

最后寄语读者、作家：请留住你们阅读和写作的心。

（作者系中共大连市委宣传部常务副部长、大连市文联主席）

目录

CUIMIAN

云　端

一

云端。

在俘虏名单上看到这个名字的时候，洪潮吃了一惊。

这名字不容易重。记得母亲告诉她，她出生后怎么拍打也哭不出来，把人都急死了。大家正不知如何是好呢，忽然从空中传来了一阵缥缈的洞箫声，就像一直在等待着前奏的引领一样，她立刻随着洞箫的呜呜放声大哭起来，而且长哭不止竟一发而不可收了。焦急守候在外面的父亲听到终于传出了婴儿的啼哭声，不由长长地嘘了口气，拱手仰天吟道："天籁降府第，长歌入云端啊！"她因此就叫了云端。

只是现在她已经不叫云端了。

参加革命的时候，负责登记的同志问她叫什么名字，她刚回答说叫云端，旁边一个首长模样的人就插嘴道："这名字不好，软绵绵、轻飘飘的，太小资产阶级了。"说罢斩钉截铁地挥了一下手臂说："改了吧！"她吃惊地瞪了那人一眼。那人却根本没注意她的反应，自顾自地思索着说："改个什么名字呢？得有力量，有热情，有气势……对了，洪潮！就叫洪潮吧。把自己融入革命的洪潮之中！怎么样？"他兴奋地问，却是对着登记的同志而不是她。登记的同志连声叫好，立刻就在登记簿上写下了"洪潮"两个字。写完才抬头问她："洪潮同志，你看这样可以吗？"没法不可以了，她已经被叫作洪潮同志了。再说她当时的热血也正沸腾着呢，心想自己既然参加革命了，就应该有个革命的名字，做个彻底的革命者。这样想着，就朝着那个陌生的名字，仓促地点了点头。

她于是就叫洪潮了。

虽然不再叫云端了，但在内心里她却认为云端这两个字仍然是属于她的，而且只属于她。要知道，这两个字是随她的生命而来，又是由父母亲手嵌入她的生命之中的呀。说心里话，她非常喜欢云端这个名字。在家时，父母总喜欢拖着长腔呼唤她："云——端——呃——"云端这两个字经父母那浓重的乡音酿过，就像老酒一样有味道，听着醉人呢。所以她虽然改叫了洪潮，但心里却从未真正摈弃过云端这个名字。当然了，这个想法她对谁也没说过。她把它藏在心里了，深埋了。

洪潮其实不愿意看管俘虏。但这次部队端了敌人的一个留守处，押送来的"战利品"主要是几个女人。据说，这几个女人都是正被我们部队围困着的敌徐克璜师的家属。按政治部主任的话说，都是些国民党的小老婆，重要得很呀！政治部主任，也就是给她改名的那位首长很有意味地眨巴着眼睛对她说，可别小看了这些个小老婆，关键时候能当战斗力用，能派上大用场呢！末了，主任就只一句话：洪潮你去吧，娘们兮兮的，别人看管不方便。洪潮就只好去了。

大院里静悄悄的。洪潮在大门口停了一下，摸了摸手枪，紧了紧腰带，使劲地咽了口唾沫，这才绷住劲脚步噔噔地走了进去。

一眼就看见了那几个小老婆，瘟鸡似的瑟缩在一起，惊恐的目光磷火般地在灰头土脸间闪烁。洪潮心下一松，绷着的那股劲立刻泄去了一半。

只有六七个人，都很年轻。有一个看上去年纪稍大些，也不过就三十多岁的样子，那几个多说也就二十多岁吧。洪潮挨个看去，这才发现有个人一直背对着她，就伸手指了指说：“你，转过来！”那人没动，旁边的人赶紧捅了捅，那人才受惊似的抖动了一下，缓缓扭动身子，转过来一张清丽的脸。

不知为什么，洪潮一看到这张脸就感到不舒服，刚松下来的那股劲立时又绷得紧紧的了。

其实这张脸并不难看，只是在一团灰头土脸当中显得有些不和谐。开始洪潮以为是太洁净了的缘故，仔细看去才发现这张脸其实并不洁净，也与其他脸一样地蒙尘挂垢。

区别似乎是在眼神上，洪潮注意到这张脸上的眼神有点不太一样，没有那种磷火般的惊恐，却有着一种与此情此景完全不符的涣散。大概就是这涣散令洪潮不舒服。洪潮不由自主地使劲咽了口唾沫，赶紧在自己的目光中加了些颜色，尽可能做出冷峻的样子盯住那张脸。

洪潮等着，等着看那眼神在自己的逼视下发生变化，等着看那里面的涣散消失，等着看那里面也生出磷火般的惊恐……

令洪潮失望的是，那眼神却始终不见改变，像弥漫在心思里收拾不起来了似的，就那么一直涣散着。

洪潮有点泄气了。洪潮本来就对自己信心不足，她知道自己长相儒善，生性孱弱，怎么努力也表现不出应有的威严和气概，缺乏对敌人的震慑力。主任常批评她性情太温和，太小布尔乔亚，太缺乏革命斗争精神。参加革命后不久，把她从家里带出来的表哥突然被打成了托派。为了排查她是不是也跟表哥一样是“托匪”，组织上对她进行了审查。结果她连话都没听完就哭了，从头哭到尾，翻来覆去地只会说一句话：我不是土匪，我家是读书人家，我们家跟土匪从来都没有一点儿关系……本来因为表哥的牵连她的嫌疑挺大，但主任一看她那副小姑娘的死哭相，看她连“托匪”和土匪都分不清楚，就摆摆手干脆作罢了。后来主任就动员她与表哥划清界限，动员她劝说表哥承认错误。她态度表得好好的，但就是眼泪不争气，一见表哥的面，眼泪就止不住地流，直流得山高水长，天昏地暗，结果主任教她的那些话一句也没说出来。后来主任不止一次地严厉批评她，说洪潮你现在是个革命战士了，哪能水做的一样。告诉你，革命斗争残酷着呢，真要是面对敌人怎么办？你呀，你要好好在革命队伍中经受锻炼和考验！

现在，洪潮真就是面对敌人了。

现在，洪潮真就是在经受锻炼和考验了！

洪潮咬住劲继续盯住那张脸。

那张脸却仍旧毫无变化，眼神还那么涣散着。

洪潮真有点受不了了，她觉得心里有什么东西开始一阵阵往上顶，顶得胸口憋闷闷的，嗓子眼火燎燎的，脑门子涨乎乎的……

“起来！都站起来！”洪潮听见自己突然大喊了一声，声音尖利得吓了自己一跳。

小老婆们也吓了一跳，“呼隆”一下就都站起来了，惊魂未定地望着她。

洪潮却只盯住一张脸看——那张脸终于变化了，犹如在池水中投入了石子，洪潮看到一波惊惧从眼里飞溅出来，迅速淹没了眼神里的涣散，淹没了脸上的飘忽神情。她如坠地般蓦然惊醒后，眼见着就同那几个小老婆一样瘟鸡了。

洪潮心里悄悄松了口气，不由得有点兴奋，有点找到了感觉的意思。她定了定神，尽量保持住气势，用冷峻的目光把那些小老婆依次扫视了一遍。

洪潮发觉自己的目光突然变得很有力量，如机关枪一般，扫到哪里，哪里就堆委下去一大截子，扫到谁，谁就打哆嗦。这种感受令洪潮十分振奋，蛰伏在心里的自信呼地就被点燃了，腰杆立刻挺得笔直。

洪潮沉住气，收回目光，调了调嗓音，尽量压着说："现在我点名，点到谁谁回答，听清楚了没有？"

"是，长官。"

"听清楚了，长官。"

小老婆们高低不一长短不齐地应着。

洪潮觉得自己这时应该皱皱眉头表示不满，然后再厉声训斥她们几句，告诉她们应该怎样回答。但她有点不习惯，怕把握不好。略作思索之后，洪潮还是决定把这个步骤省略掉，就把目光直接移到手里的名单上了。

"云端"这名字一下就跳了出来。洪潮真想先点这个名字，但她忍住了。她想给自己留一点儿悬念，留一点儿余地。她先点了前面的两个，一个叫梁素美，年纪大一点儿的那个，证实是师长徐克璜的太太；另一个叫佟秋，竟然也是徐克璜的太太，是小老婆，名副其实的"国民党小老婆"。

下面一个就是云端了。洪潮心里突然有点发慌，是那种有所期待又有所担忧的心慌。洪潮定了定神，这才张嘴喊道：

“云端。”

“……是我。”

循声望去，洪潮看到了那刚刚收拾起的涣散眼神。

原来是她！

果然是她！

洪潮这才发现其实自己早就凭直觉猜出了是她，也可以说其实自己心里一直隐隐约约地希望是她。洪潮也解释不清这是为什么，反正这些人中间如果一定要有个叫云端的话，她倒宁愿是她。

她看着她。

她也看着她。

洪潮突然没头没脑地问了一句：“为什么叫这个名字？”

她被问蒙了，愣在那儿。

洪潮觉出了自己的失态，马上改口问道：“你丈夫叫什么名字？”

“曾子卿。”

“什么职务？”

“团长。”

洪潮找到了曾子卿这一页，上面写着这样几行字：

曾子卿，敌徐克璜师主力团团长。早年曾参加过学生运动，抗日战争爆发后，积极投入抗日救亡运动，后投笔从戎加入国民党军队。因深受该师师长徐克璜赏识，由副官直接提升为上校团长。参加及指挥过的战斗有……

二

云端睡不着觉。连续很多天了，云端一直都睡不好觉。倒不是因为被俘，不是因为条件不好，也不是因为身下的炕太凉或是太热，就因为子卿不在身边。云端总是这样，没有子卿的臂膀搂着，没有子卿的身子暖着，她就是睡不好，夜夜如此。

云端是个离不开男人的女人。这一点她自己心里最清楚。从子卿第一次拥抱她、吻她的那一刻起，她就迷恋上了这种肌肤相亲的眩迷感觉，那时她才十五岁。她是在偷偷跑到戏园子里看《西厢记》的时候认识子卿的，从那时起她就再也离不开子卿了。此后的这些年间，无论子卿做什么她都一直追随着他。子卿读书时热衷于各种政治运动，云端虽然对政治毫无兴趣，但因为子卿，她就义无反顾地积极参加。无论是游行、请愿、呼口号、撒传单，她都与子卿手挽手跑在最前面。其实那些传单她从来就没认真看过，那些口号她也从来没认真想过。

她才不管那些呢，她做这一切只是为了子卿，只是为了能与子卿在一起。后来子卿要去前线抗日，她想都没想就跟子卿走了。没问去哪儿，也没问去多久，她只要夜夜能被子卿搂在怀里就足够了。

但她很快就发现为军人妻这是奢望，太大的奢望。子卿常要离开她去打仗，有时十天半个月，有时一去就几个月。每次给子卿收拾出行的衣物，云端都会黯然神伤。

这时子卿就会逗云端，尖成红娘的嗓音问："小姐，给公子带何衣物呀？"

云端就用莺莺的腔调答："无可表意，只有汗衫一领，裹肚一条，袜儿一双。"

子卿问："这几件东西带与他有甚缘故？"

云端答："你不知道，这汗衫呀——"接着唱道："他若是和衣卧，便是和我一处宿，但贴着他皮肉，不信不想我温柔。"

子卿又问："这裹肚要怎么？"

云端唱："常则不要离了前后，守着他左右，紧紧地系在心头。"

子卿再问："这袜儿如何？"

云端又唱："拘管他胡行乱走……"

唱着唱着，云端的眼泪就会止不住地流淌下来。这时子卿就会默默地走上前，紧紧地抱住她。

每次子卿走的前夜，云端都要好好待子卿一回，也要子卿好好待自己一回。完事后，云端总要使劲咬住子卿的耳朵说：“我好好待你，是为了让你记住我的好，让你为了我的好，好好爱惜自己，好好给我回来！”子卿也总是轻轻咬住她的耳朵说：“我好好待你，是为了让你记住我的好，让你为了我的好，好好爱惜自己，好好等我回来！”他们默契地从来不提那个字。似乎坚信只要不提，那个悬挂在军人头上的黑字就永远不会落下来，永远不会无情地砸到他们头上。

子卿走后，云端就开始失眠。在那一个个无眠的长夜，陪伴云端的只有《西厢记》里那些月凄夜冷的句子。每每“对着盏碧荧荧短檠灯，倚着扇冷清清旧帏屏”，云端就愈发想念子卿的温馨，愈发感伤眼前的“枕头儿上孤零，被窝儿里寂静”，结果常常是“灯儿又不明，梦儿又不成”，双泪长流到天明……

有人在哭，是躲在被窝里使劲憋着的那种哭。云端听到在断断续续的呜咽中，伴有徐太太的叹息声，就知道一定是佟秋，一定是为了白天的事。

白天，佟秋藏在身上的东西被搜出来了，是那个女长官亲自搜出来的。

谁也没想到佟秋身上会藏着东西。被俘后，她们携带的所有东西都被仔细检查过，除了随身的日用品又发还给她们，其他东西都被拿走了。跟她们说是统一保管，日后再还给她们，但谁也不相信这种话，当场就有人忍不住哭起来了。云端没哭，不是不心疼，也不是相信日后真能还，只是觉得哭不哭的没什么意思，终归是哭不回来的，又何必呢。事后想想，当时徐太太和佟秋也没哭，这就有点不对劲了。她们的东西最多，徐太太又素以爱惜财物著称，连个别针都不肯丢了的人，一下子丢掉这么多东西怎么能不心疼不掉泪呢？

令云端不解的是，佟秋身上藏着东西这件事，应该只有徐太太和佟秋两个人知道，连她们这些一起被俘的人都不知道，那个女长官是怎么看出来的呢？

当时她们正在吃饭。饭不好吃，这是预料到的。云端倒不在乎，反正她也没胃口。但徐太太不行。徐太太是讲究惯了的，在留守处住时徐太太都不肯跟大家一起吃，餐餐都是佟秋亲自下厨。佟秋原是徐太太的陪房丫头，一直伺候着徐太太，据说给徐师长做小也是徐太太从中撮合成的。虽说叫了个二太太，但也只是名分变更了，仍跟个丫头差不多，整天还是脚前脚后地伺候着徐太太。吃饭的时候，佟秋跑来跑去地给徐太太盛菜端饭。徐太太先是不吃，后来在佟秋的劝说下勉强吃了几口就把碗筷推到一边去了。佟秋赶紧几口把自己的饭吃完，拣了碗筷就去洗。这一切，都被那个女长官在一旁看得一清二楚。

关键是佟秋还没等洗完碗，就慌慌张张地往院外的厕所跑。云端见女长官一直盯着佟秋的背影，就随着也看了一眼。这一看，云端不觉笑了。佟秋走路的姿势真别扭，她好像真是憋坏了，想快走却又把两条腿夹得紧紧的，结果弄得身子直拧劲，像个鸭子似的屁股在身后乱扭。

就在佟秋快要扭到厕所门口的时候，女长官突然把她叫住了："佟秋，你回来一下。"

女长官的声音并不高，佟秋却显然吓了一大跳，猛地停住脚，连头也不敢回，就那么一动不动地钉在原地了。

女长官又说了一遍："佟秋，你回来一下。"

佟秋没动。

女长官走上前，狐疑地上下打量着佟秋，佟秋的脸霎时变得惨白。女长官厉声道："听我的口令，围着院子跑步。"

佟秋的身子晃了一下，仍旧没动。

徐太太突然冲了出去，强笑着哀求道："长官，她要去小解……"

女长官看也不看徐太太，执着地盯住佟秋喊道："听我的口令，跑步——走！"

佟秋求救般地看着徐太太，几乎就要哭出来了。徐太太急得一把揪住女长官说："长官，你就让她去吧，她尿急，让她解完手再跑也不迟呀！"

女长官脸涨得通红，使劲甩徐太太的手，徐太太却像抓住了救命稻草似的死抓着不放。

云端终于看不下去了，远远地念了一句道白：“得好休，便好休，这其间何必苦追求？”念罢不声不响地望着女长官。

女长官愣了一下，定睛回望着她。

云端发现女长官的目光很复杂，起初有些惊异，甚至是好奇。当她用惊异、好奇的目光看人的时候，就显得有些单纯，有些孩子气。但随着一丝不快的阴影从目光中掠过，她的目光立刻就变得冷峻了。紧接着那目光就迅速地由冷峻到烦躁，由烦躁到恼怒，终于喷发出来——

女长官突然扭头冲着佟秋大声喊道：“快跑呀你！快跑！为什么还不跑？！”

佟秋只好开始跑了，边跑边流泪，但腿还是尽量夹着，所以显得别别扭扭的。

所有的人都用同情的目光默默地看着佟秋，所有的人都用憎恨的目光默默地看着那个逼迫佟秋跑的人。就在这时，意外的情况出现了。随着佟秋逐渐松垮下来的脚步，人们看到从佟秋的裤管里陆陆续续地掉出来了一些黄灿灿的东西——金条。

女长官把佟秋带进了屋子，让她自己解下绑在下身的月经带，把藏在里面的东西都搜出来了。一定是发现了重要情况，云端看到女长官只扫了一眼搜出来的那张纸，立刻就神色匆匆地走了。

还不待女长官走出院门，徐太太就捶胸顿足地号啕大哭起来。

云端木然地看了徐太太一眼，绕过她，自顾自地回到了屋里。

没想到竟会是这样的结果。云端觉得自己的脑子很乱。第一天看到这个女长官，云端就发现她是个厉害角色。面对那样一种集中了全部心力的目光，谁都会无端生怯，无法坦然面对的。女长官年纪不大，看起来比自己还要年轻些。挺整齐娟秀的一个女人，眉眼也雅致清爽。不使力的时候，文文静静的，透着温和，甚至有些儒弱。可惜总使力，一会儿大声喊叫，一会儿厉声呵斥，就有些破相。在云端看来，女人是不能使力的，女人一使力就咧了，韵致就全没了。云端就从不使力，无论对谁，尤其是子卿。

令云端担心的是，那个女长官似乎格外注意她。有好几次，云端偶尔回头时，都与女长官的目光突然相遇。虽然，每次都是女长官迅速躲开了她的目光，并没看出什么恶意，但云端的心里仍旧感到有些害怕。

隐隐地，云端觉得她与那个女长官之间似乎会发生点事，迟早会。

云端突然听到有人在外面低声呼唤："云端，云端。"像是子卿的声音。云端"呼隆"一声腾然坐起，急急开窗，却不见子卿的人影。她赶紧翻身下地开门，子卿的声音竟又躲到大门外了。云端就循着声音追了出去。追过了村口，追过了河沿，一程一程地追到了村外的柳条沟。

一见柳条沟，云端心里就害怕了。柳条沟不是活人的地界，遍地坟冢在月夜里阴森森地冒着寒气。云端四顾无人，刚要喊子卿，就见子卿满面鲜血地站在她面前。云端吓了一跳，扑上去想要抱住子卿，子卿却又突然消失了。云端站在那里茫然四顾，正焦急着，就听见了隐隐约约的哭泣声。

云端猛地睁开眼睛，还是佟秋在哭，还是伴随着徐太太长长的叹息。

外面，弦月低垂，月光透过窗棂飘洒进来，幽幽地，散发着清冷的光。

原来是个梦！

好可怕的梦！

云端心里一紧，子卿该不会是出事了吧？眼泪不由得顺着面颊扑簌簌地滚落下来。

三

主任对洪潮的表现十分满意，在大会上说：“大家都知道洪潮原来的模样吧？水似的简直拿不成个儿，小资产阶级得很呐！现在怎么样？人家把那些国民党小老婆管得服服帖帖的，硬是连藏在裤裆里的金条都给搜出来了！”

私下里，主任对洪潮说：“不错嘛洪潮，干得不错！那份情报很重要。等把徐克璜师拿下来我就给你请功！眼下嘛，你还得好好看管着这些国民党小老婆。记住，她们可都是我们手里的宝贝，得把她们给养活好。生活上可以放松点，有什么要求尽量满足，只要不出那个大院，想干什么就干点什么。伙食上嘛，我已经跟后勤部门吩咐过了，好东西先尽着她们吃，跟伤病员一样待遇。总之，不仅要让她们吃好睡好，还得稳定住她们的情绪，不能给我出一丁点差池。”

看管俘虏真是个烦闷差事。自从在佟秋身上搜出东西以后，俘虏们在洪潮面前就格外地畏缩。洪潮走到哪里，哪里就噤声；洪潮的目光扫到哪里，哪里就紧张；洪潮刚一张嘴，俘虏们的耳朵立刻就全立起来了。那天，洪潮见几个俘虏围着佟秋嘁嘁喳喳地看她绣花。洪潮也喜欢绣花，就忍不住向那堆人走去。结果她刚走到近前，周围立刻鸦雀无声了。她凑上去还没来得及看清楚呢，佟秋就赶紧放下手里的活站起来。洪潮说没事，你接着绣吧，我随便看看。佟秋虽又拿起了针线，但手脚却怎么也不听使唤了，针也纫不上了，针脚也码不齐了，紧张得只差没尿到裤子里。洪潮想让她放松，就问佟秋还带了别的花样吗？拿出来我看看？佟秋一听就要哭了，连连说没有了，什么也没有了，不信长官你搜，真的什么也没有了。弄得洪潮好没趣，只得转身离开了。结果这样一来，洪潮搞得反倒比那些俘虏还紧张，整天绷着。

能让洪潮放松的只有一个人——云端。

洪潮从来不叫她的名字，招呼她的时候只喊一声“哎”。奇怪的是她真就接受。而且不管周围有多少人，只要洪潮一叫“哎”，她就知道是叫她。自然得很，就像“哎”原本就是她的名字似的。

她能让洪潮放松，是因为她几乎从不紧张。她通体散发着一种天然的松散味道，即便是在紧张的时候，你也会感到她身体的某一部分是松弛的，使你觉得她的紧张只在表面上，是做给别人看的，她的内心其实并没有真正地紧张起来。

她不常与那些小老婆们聚堆，整天懒懒地捧着本书，倒也不太看。目光很散，随便落哪儿是哪儿，有时在一个地方停留很久，有时只一瞬就挪开，停也无意，挪也无意，是个活在自己心思里的人。洪潮从她身边走过时，她从不像别人那样惊慌，总是目光空洞地看过来，视如无物般地从洪潮脸上掠过，就又回到书上了。

洪潮悄悄留意她手中的书，竟是一本《西厢记》。

洪潮也喜欢《西厢记》。还是在家的时候，表哥偷偷借了给她看过。她一看就喜欢上了，就放不下了。后来表哥借给她好多书看，但都没有《西厢记》那么喜欢，那么记忆深刻。但她从不敢说自己喜欢《西厢记》。在家里不敢提《西厢记》是因为母亲不容，母亲封建着呢，绝不会允许她看这种伤风败俗的书。参加革命后她还不敢提，是因为她发现革命队伍里也不容。革命队伍里不提倡那种卿卿我我、男欢女爱的小情调。

没想到她手里倒有一本。她倒是可以自自在在、明睁眼露地捧着《西厢记》看呢。洪潮不免嫉妒地想。

傍晚，老贺突然回来了。警卫员急匆匆地来找洪潮，说贺副旅长天不亮就得赶回前线去。洪潮一听就赶紧跑着回去了。

主任正在屋里坐着和老贺说话，一见洪潮气喘吁吁地跑进来立刻就笑了，说："洪潮你急什么嘛，老贺刚离开几天就想成这个样子了？"

洪潮一下站住脚，窘得脸一直红到了脖根。

主任见状哈哈大笑起来。老贺也笑了，狠狠地拍了主任一巴掌，招手示意洪潮坐到他身边来。洪潮这才挨着老贺坐下了。

主任见状就说："行行，我走还不行吗？"说罢站起身叹道："唉，这就是做媒人的下场啊。你把人家俩人撮合到一起了，人家立刻就嫌你碍事了。好，好，我走，我走。"

洪潮想去拉主任，却被老贺拦住了。

主任走到门口见老贺仍不开口留他，就回头笑道："好你个老贺，我还以为你只知道打仗呢，原来也这么恋女人……"话音未落，就被老贺笑着推了出去，咣当一声关在了门外。只听见主任在外面笑着喊了一句："老贺，没想到你也是个重色轻友的家伙呀！"脚步声就越来越远了。

屋里一下寂静了。

洪潮看了一眼老贺，老贺也正在看她。两人相视一笑，洪潮立刻把眼睛垂下去了。

老贺和洪潮是主任从中介绍的。之前洪潮就听说过老贺，因为老贺的名字在部队叫得十分响亮，大家都知道老贺是个红军，是个战功无数、令敌人闻风丧胆的英雄。部队里有许多关于老贺的传说。说在山东抗日时，有一次部队被鬼子扫荡拉大网围进去了，老贺带队突围与鬼子展开肉搏，一口气竟砍死了十一个鬼子，硬是杀开一条血路，带领部队冲出了包围圈。还说老贺曾经乔装带着一车炸药闯鬼子的炮楼，把整整一个小队的鬼子和炮楼一起送上了天……所以洪潮一直觉得老贺很神，十分敬仰老贺。第一次见老贺时，洪潮手脚都不知往哪儿放了。老贺问一句，她答一句。老贺本来就是个话少的人，她再不敢出声，两人就只好闷着了。后来老贺就把枪从身上摘下来，先退下弹夹，再把零件一样样卸下来。见洪潮干坐着，就递给她一块擦枪布，嘴里"嗯"

了一声，示意她擦枪。洪潮赶紧接过布，一件件擦起来。洪潮擦一件，老贺装一件，很快就把枪擦好装上了。老贺掂着枪想了想，突然朝洪潮诡谲地笑了一下，示意她好好看着自己。只见老贺用一块布蒙住眼睛，长吸一口气憋住后就开始卸枪，三把两把就把枪卸开了，又迅速地往一起装。每个动作都准确无误，简直比明眼人还利落。直到枪完全装好了，他这口气还没憋完呢，把洪潮看得眼都直了。见洪潮那副惊讶的模样，老贺十分得意，兴冲冲地又用那块布把洪潮的眼睛蒙上，把枪塞进她手里，让她也试试。洪潮显然不行，摸索了半天也拆不下来，自己忍不住直笑。好不容易拆开了，零件又放得哪哪都是，摸不着装不上的，看得老贺在一旁“呵呵”直乐。老贺就上前帮忙，把零件一件件放到她手里，又把着她的手往上装，这才把枪装上了。老贺摘下蒙在洪潮眼睛上的布以后，两人相视而笑，一下就觉得亲近了许多。

结婚后洪潮才知道老贺曾经负过许多次伤。第一次看见老贺裸露出身体时，洪潮惊得张着嘴半天说不出话来。老贺那疤痕累累的身体简直让人目不忍睹。老贺告诉她，长的是大刀片砍的，短的是刺刀捅的，还有几处是弹片炸的。“这个是枪眼，”老贺抠着一个伤疤说，“这里面总疼，可能有个弹头还在里面。你摸摸，看是不是有个硬家伙。”洪潮小心翼翼地伸手去摸。老贺说：“使点劲，在里面，对，对……”洪潮的手指刚刚触到一个硬邦邦的东西，老贺就“哎哟”了一声。见洪潮吓了一跳，老贺又笑了，说：“没事没事，这算啥？”指着肩窝处一个大伤疤说：“这地方也是枪伤，当时子弹在里面闹感染，只有想办法把它抠出来才能保住我这条命。可当时一没医生二没麻药的，只好让几个兵把我按在门板上，硬是用刺刀给抠出来了。”洪潮伸手抚摸着那个足足能伸进一个拳头的大坑，鼻子一酸，眼泪差点掉了下来。这就是英雄，洪潮想。过去洪潮一直觉得英雄离自己很远，看不见，摸不着，只能远远地敬仰着。但现在洪潮不仅看到了英雄，摸到了英雄，而且成为了英雄的妻子。一股激情从洪潮的心中油然升起，洪潮心里一下被骄傲和自豪感充盈得满满当当的了。

其实老贺心里对洪潮很好，洪潮能感觉出来。但不知为什么，洪潮就是怕老贺。也许是老贺年纪大的缘故。老贺大概比洪潮大十多岁，但到底大多少不知道，洪潮没敢问过。两人单独在一起的时候，洪潮从来不敢主动跟老贺讲话。这会儿洪潮垂头坐了一会儿，听见老贺“嗯”了一声，就知道是在招呼自己。洪潮抬起头，看见老贺果真招手让她过去。洪潮迟迟疑疑地走到老贺面前，老贺突然把背在后面的手伸了出来，洪潮的眼睛当时就亮了——老贺的大巴掌上托着一支小巧玲珑的手枪！洪潮不相信地问老贺：“给我的？”老贺把枪往她面前送了送，使劲地“嗯”了一声。洪潮一把抓到手里，立刻眉开眼笑了。这把枪简直太漂亮了，小得让人不敢相信，枪身通体闪着瓦蓝瓦蓝的光，黄灿灿的子弹小巧得像女人的饰物，弹夹里一次能压六发子弹呢！洪潮高兴得简直要疯了！老贺让洪潮把枪别在腰间，转着身子从各个角度给他看。看罢，老贺满脸洋溢着心满意足的笑，响亮地拍了声巴掌，大声地说了句："好！"

随后，老贺就开始摘手枪，解腰带，脱军装了。洪潮赶紧站起来，一样样接过来，挂手枪，挂腰带，挂军装。

后来老贺就开始脱内衣了。

老贺一脱内衣，洪潮就紧张，挓挲着两只手一时不知道该干什么是好了。正怔愣着呢，就听见老贺在旁边"嗯？"了一声。洪潮知道这是问她为什么还不脱衣服，就有些慌，就开始一颗一颗地解衣服扣子。

老贺已经钻进被窝了，洪潮的扣子还没解完。到老贺"嗯？"第二声的时候，洪潮才赶紧加快速度，三把两把地把衣服脱掉了。

老贺身上有股味，挺冲的，说不清是什么味。洪潮原来闻不惯这股味，一进被窝就闭着嘴巴不敢喘气。现在习惯了，习惯了就觉得这股味没那么冲鼻子了。有时洪潮还有意闻一闻，想辨认这股味与什么相似。但在洪潮的味觉记忆里根本就没有类似的味道。这味道太特殊了，肯定是很多味道混合在一起的，但都是哪些味道就辨别不清了。

刚进被窝，老贺就把洪潮一把搂了过去。老贺的胡子很硬，大概又有几天没刮了，胡茬子在洪潮的皮肤上移动时就像锉子锉过的一样。洪潮闭着眼睛，全部注意力都集中到了锉子上，随着锉子的移动，紧张地感受着锉子的硬，感受着被锉着的地方火辣辣的疼。

老贺突然翻到洪潮身上。老贺的块头很大，整个把洪潮覆盖在下面，压得洪潮一时喘不过气来。洪潮费了好大劲才把脑袋伸出来，赶紧张大嘴巴喘了几口气，把自己弄妥帖了。

每到这时候，洪潮反倒会放松，不再注意老贺都在干什么了。而注意力一旦离开老贺，洪潮立刻就会陷入到自己的冥想之中——

洪潮看到了蓝天、白云，看到在蓝天白云之下有一棵大树倾倒下来了。那是一棵树冠很大的树，洪潮躲来躲去也没能躲开，大树最终还是砸到了她身上。她整个身体都被压在了树身下面。洪潮拼命地扭动着想挣脱出来，但那树干太粗、太重，怎么也撼不动。很多的树枝、树叶陆续覆盖在她的脸上、身上，凉飕飕的，竟有一种很舒服的感觉。她不想动了，想就这样睡去……

但突然，一股力量强行进入了她的身体，疼痛使她的全身立刻绷紧了。大树在震动，在摇撼着她，挤压着她。她并没有出声，却惊奇地听到从自己的嘴里有节奏地发出了“呵、呵、呵”的声音。震动突然停下了，洪潮听到老贺“嗯？”了一声，声调里带有明显的质问意思。洪潮立刻拼命控制，想让自己不再发出声音来。但是不行，只要老贺一动，声音自己就出来了。那声音是气体被强行从胸腔里挤压冲过喉管时自行发出的，洪潮控制不了。洪潮只好咬住嘴唇，拼命憋住气不让声音出来。

洪潮觉得自己快要憋死了，所有的气息都集中在喉咙处，里面往外顶，外面往里压。喉咙在这两面的对抗中突然变得无比巨大，巨大得超过了整个身体。但很快，洪潮就顶不住了。洪潮听到自己的喉骨发出了咯吱咯吱的响声，她觉得喉咙马上就要胀裂开，马上就要破碎了……就在这时，一切却突然静止下来。

太静了。

洪潮浑身瘫软地闭上眼睛。

老贺在身边摸索着，洪潮知道他是馋烟了，每次事后他都馋烟。她听到老贺摸着黑点着了一支烟，听到老贺迫不及待地连续吸了几大口，又听到老贺慢慢地向外吐着烟，惬意地发出长长的嘘声。

洪潮悄悄地把头扭向一边，让泪水顺着面颊汩汩地流淌下来，悄无声息地渗进身下的土炕……

四

老贺走后，前方的战事就越来越紧了。虽然没有确切的消息，但从不断撤下的伤员情况，洪潮就能猜出老贺他们一定打得十分艰苦。

果然，主任找到洪潮神情严肃地对她说：“前线现在挺吃紧。据说被围困在里面的这股敌人极其顽固，部队伤亡很大呀。”主任思虑着说：“洪潮呀，现在到时候了，是该用得着咱们手里的这些宝贝，发挥她们战斗力的时候了。我呢，给这些国民党小老婆们讲一讲前线的形势。你呢，就负责动员她们给自己的男人写信，劝她们的男人放下武器，主动投降。然后由敌工部门把这些信送过去。洪潮呀，这样的信可是重磅炮弹，能在敌人的中心开花呢！所以，你要耐心做她们的工作，尽量多收上来几封。”

洪潮没想到工作进展得这么顺利。主任在上面讲，小老婆们就在下面唏嘘，主任还没等讲完呢，小老婆们就哭成一片了。所以，当洪潮提出让她们给自己男人写信劝他们投降时，她们大多数立刻就写了。

与俘虏相处这么多天了，洪潮已经对她们有了很多的了解。说实在的，洪潮从心里瞧不起这些人。在洪潮看来，她们是一群没有理想没有追求的腐朽女人。她们身上散发出来的腐朽气息几乎无处不在。比如徐太太，都到了什么时候了，生活上还一点儿都不肯简化，整日里把个佟秋呼来唤去的，动不动就发脾气、耍性子；比如那个云端，举手投足总是一副无所用心的慵懒架势，似乎世上的一切事情只与她个人的心情有关……

但无法否认的是，这些人身上还有另外一些东西，一些使洪潮感到舒服的东西。比如说话的语气声调，比如走路的神情姿态，比如讲究的衣着和洁净的生活习惯等等。洪潮清楚地知道，这些统统都属于资产阶级的旧习气，是应该被她所唾弃的。但没办法，这些东西总能与洪潮内心深处的某些感受相呼应。其实，洪潮这几年已经习惯了粗糙的生活，习惯了穿粗布的“二尺半”军装，习惯了像男人一样甩着臂膀走路，大着嗓门说话。洪潮以为自己早已从心里摈弃了那些东西，早已从心里厌恶了这类做派。但当这些东西出现在面前时，她才发现自己在内心深处还是呼应、欣赏甚至倾慕这些东西的。

这个发现令洪潮大大地吃了一惊。她没想到自己竟然这么不争气，没想到自己直到现在还没有彻底改造好。她不免暗暗地有些担心，担心这些国民党小老婆会把自己给腐蚀掉了，担心自己好不容易克服下去的那些毛病又生长出来，更担心自己内心深处的呼应会被自己的同志看出来。

所以洪潮的心里就格外紧张。所以每当看到俘虏们有诸如此类的表现时，洪潮的反应就格外激烈。洪潮会无来由地突然情绪冲动起来，毫无道理地训斥她们。连自己的同志都觉得洪潮的性情有点反常，与平素那个温和的洪潮简直判若两人。洪潮清楚地知道别人对她的看法，也知道自己这样不好。但洪潮没办法，她控制不了自己也不想控制自己。她需要这样做，需要用极端的方式迫使她们少在自己面前展现那些令她又爱又恨的举止、情调，需要用极端的方式来惩戒自己，坚守自己，证实自己。

收俘虏们的信时，洪潮发现那个云端只写了一句：

子卿：我好好待你，是为了让你记住我的好，让你为了我的好，好好爱惜自己，好好给我回来！

洪潮心里的那种感觉立刻又出来了，冷冷地问："怎么就写了一句？"

"一句就足够了。"她垂着眼回答，显然沉浸在自己的心情里，根本没注意到洪潮的情绪。

洪潮的心开始往上翻个儿，但她忍住了。毕竟，她还是写了，大体意思也对，洪潮想，这个时候没必要刺激她们。

但洪潮刚把信收走，她却又要了回去。洪潮见她重新展开信纸，以为她是意识到了自己对她的不满，准备再多写点弥补一下。却不料，她认真地铺平信纸后，竟悄悄地背过身去，用涂满唇膏的嘴在子卿的名字上按了个鲜红的唇印。

洪潮万万没想到她会当众做出这种令人尴尬的举

动，脸呼地一下羞得通红，心也慌乱得怦怦直跳。

她倒坦然，旁若无人地凝视着那个叠印在一起的名字和唇印。

洪潮一时有些手足无措，呆呆地看着那个鲜红的唇印。那唇印很刺眼，血一样红艳，花一般张狂，一看就钉进了洪潮的眼睛里，刺得她心神不定。洪潮只觉得浑身的血一股一股地往上涌，涌到脸上火一样地燃烧起来，烧得洪潮无比羞愧。洪潮此刻的感受就像是自己当众做出了怕羞的事一样，只想立刻掩盖住那个唇印，不再让任何人看到。她不假思索地劈手去夺那封信。

云端一惊，双手下意识地护住了信。

“给我！”洪潮的声音很严厉。

她犹豫着，显然不想立刻把信交给她。

“给我！”洪潮突然大声喝道。

她被洪潮的气势镇住了，手慢慢地从信纸上移开。

还不待她的手移开，洪潮就抢上去夺了起来。

没想到的是，在最后的一刻她突然又按住信纸不肯放手了。结果就在这一抢一按之间，信纸“哗啦”一声撕成了两半。

她们同时住手，各自看着手中的半张信纸——唇印刚好从中间被撕开了。

洪潮心里多少感到有些不安，毕竟她不是有意要这样做的。但不管怎样，那个破裂的红唇还是使洪潮的心里生出了些许快感，使她的情绪缓和了许多。她没再说什么，只拿了纸笔叫云端重新写一封。

云端却不接，失神但却固执地瞟着洪潮手里的那半张信纸。

两人就这样僵在了那里。

洪潮很恼火，她没想到这个云端会这么不要脸，她还真没见过如此不知羞耻的女人。洪潮清楚地知道，此刻，周围的人都在紧张地注视着她，都在看她到底怎么办。洪潮当然希望云端能主动退缩，能老老实实地接过纸笔重新写信。但云端虽失魂落魄却毫无退缩之意，那神情仿佛握在洪潮手里的不是半张信纸而是她的半条命，那架势仿佛她必须要回那半条命，否则就不能活了似的。

洪潮心里十分焦灼。她不能把那半张信纸还给云端，绝对不能。因为这不是半张信纸的问题，这是尊严，是她身为“女长官”的尊严。比尊严更重要的还有态度，就是洪潮对她这种无耻行为应该表达出的轻蔑态度。如果把信还给她，洪潮不仅失去了尊严，还等于认可了她的这种无耻行为，落得与她一样无耻了。

洪潮真想把手里这半张信纸撕毁，让云端死了这份心，老老实实地重新写信。但洪潮觉得这样做多少有些过分，好像是自己蓄意找她的茬，先抢了她的信又撕毁她的信似的。

就在洪潮拿不定主意的时候，云端出人意料地做出了一个动作，为洪潮制造了一个动手的绝好机会——云端恍惚间似乎忘了自己的身份处境，竟冒冒失失地把手伸向洪潮，想抢回自己的那半张信纸。

这个动作刺激了洪潮。如果在这之前洪潮还不好下决心采用激烈方式的话，这一下洪潮可是怒从心起，毫无顾忌了。只见洪潮身子一闪，躲过云端伸到面前的手，随后，当机立断，三把两把就把手中的信撕了个粉碎。

云端愣了，不知所措地看着那些飘落的碎纸片，突然跪倒在地上失声痛哭起来。

云端几乎哭了一整天。所有人都以为云端是在哭那封信，是因为女长官撕毁了她的信而伤心哭泣。只有云端自己心里明白，她哭的不是信，是人。

被俘这么多天了，一直没有前线的消息，今天才知道子卿他们已经被围困很久了，而且基本没有突围出来的可能。听到这个消息后，云端立刻就想起了几天前的那个梦，想起了子卿满面鲜血地站在她面前的样子。她毫不犹豫地立刻就答应写这封劝降信了。

云端很怕那个梦会成为现实，她真的希望子卿能活着回来，希望子卿能因为她而活下来。云端只要子卿活着，她根本不在乎什么投降不投降的。她从来都不在乎子卿怎么做，只在乎他是不是能活着，是不是能活着回到她的身边。

本来云端以为自己有许多话要对子卿说，待到拿起了笔才发现，只有那一句话最能表达她的心情。她就动用了自己的全部感情，一字一句地写下了那句话。云端写得很慢，每一个字都很仔细。当她慢慢地把一个个笔画组合成字，再慢慢地把一个个字排列成句子之后，就看到那些字与字之间有了联系，有了心情，有了温度，有了只有她和子卿两人才能感同身受的丰厚内容……

云端想，只有这句话是最能入子卿的心，最能打动子卿的了。

但当女长官来收信的时候，云端却突然心慌起来。她隐隐约约地感到信上好像还缺点什么，一时又想不起到底缺什么了。结果刚把信交出去，她就想起来了：是吻！她忘记吻子卿了！

她把信要回来，轻轻抚平，深深地给了子卿一个吻。

很好，唇印很红润，很丰满。有了唇印，这封信就完整了，就有了触觉，有了呼吸，有了生命，有了肌肤相亲的感觉。这种感觉很重要，云端要的就是这种感觉，云端要的就是把这种带有气息的感觉真实地传递给子卿。

云端专心地做着这一切的时候，丝毫没注意到女长官的情绪。她一直沉浸在自己的感受里。直到女长官劈手来夺她的信，她才回过神来。

云端不是不想把信交出去，只是女长官夺信时的样子太凶，使她感到不安，怕信会受到损坏。所以她才犹豫着护住信，才在最后一刻想再把信夺回来。结果信反而被撕坏了。

信撕开的那一刻，云端眼睁睁地看到子卿这两个字和自己的唇印裂开了，分成了两半，心里突然涌出了一种不祥的预感。她一时什么都忘了，只想把那一半信拿回来。似乎只要把信拿回来，把分成两半的名字和唇印合起来，那种不祥的预感就会消失，她和子卿就不会有事了。

但那个女长官却把信撕了个粉碎，把她的希望撕了个粉碎。

看到信被撕成了碎片，云端顿觉天旋地转，仿佛心脏被撕裂了一般，她只觉得心在一阵阵地抽搐，随着抽搐，一种撕心裂肺的剧痛迅速地传遍了全身。云端双腿一软，无力地跪倒在地上，任鲜血从心中的伤口流出，与泪水混合在一起，不停地流淌着……

云端就是从这一刻起开始恨那个女长官的。

五

只有洪潮感到了云端的变化。

每天早上，洪潮都会早早地来到俘虏们的住处。洪潮过来的时候，俘虏们一般都是刚刚起床。最早起的自然是佟秋，最晚起的总是云端。云端习惯赖床，总要懒一会儿再起来，好几次都被洪潮堵在了被窝里。但现在，洪潮每次来的时候她不仅已经起来了，而且常常是梳洗完了的。

今天洪潮来得早了点，云端正在对着镜子梳妆呢。洪潮进来的时候，她只抬头看了洪潮一眼。挺正常的，但不知为什么，洪潮就是有一种异样的感觉，总觉得她有什么变化。几天来，这种异样感一直若隐若现地搅扰着洪潮。起初洪潮并没在意，以为是自己的问题，以为是那场冲突使自己在面对她的时候有些感觉不同。但洪潮很快就发现并非如此，她的确是有变化。只是洪潮一时还说不清她到底有了什么变化，到底变在哪里。

平日里洪潮是不看俘虏们梳妆的。从表面上看，是因为她对她们这套做派不屑。但只有她自己内心里知道，真实原因是她太喜欢那些东西了。她喜欢胭脂，喜欢香粉，喜欢所有的化妆用品，更喜欢坐在镜子前化妆的那种感觉。每当看到两片嘴唇夹着红纸轻轻抿动，每当看到嘴唇轻启顷刻间变得如花般红艳，她就会兴奋，就会心里发痒，就会情不自禁地想伸手试试。所以她得克制，因为喜欢就更得克制。但今天，洪潮却被那种异样的感觉弄得有点心不在焉了，竟忘了克制自己，呆呆地站在那看云端化妆了。

云端在用一根细细的炭棒描眉，一根一根描得十分仔细。原本平淡的眉毛就在她的描画中变了形，变了色，逐渐地生动起来了。洪潮不觉看入了神，直到云端回头看了她一眼，她才回过神来。

就是这一眼，如醍醐般点醒了洪潮，使洪潮心中若有所悟，突然明白自己为什么会有那种异样的感觉了。

是目光，云端的目光变了。

从前，云端的目光一直是涣散的、游移的，但现在却集中了、固定了。从前，云端看自己的时候目光总是如视无物般的空洞，但现在她的目光里却出现了一种从未有过的专注。这种专注令洪潮感到不舒服。里面好像有一种东西，总能直接抵在你的胸口处，让你莫名其妙地发堵。

洪潮已经很长时间没有这种感觉了。看管俘虏的这段日子，洪潮已经变得十分自信。过去，洪潮是个害怕别人发威自己也不会发威的人。刚开始时，她对俘虏们发威还常常是无奈，还有点胆怯。但很快她就发现，发威真是太能给人提气，太能使人长精神了。每次发威，洪潮都能从俘虏们的畏惧中看到自己的力量，确认自己的能力。这使洪潮很振奋，也促使她越来越多地发威，越来越自觉地发威，越来越理直气壮地发威。果然，这以后俘虏们就对她越来越畏惧，越来越服帖了。这就对了，洪潮要的就是这种结果，要的就是自己在俘虏面前的威严和对俘虏的控制力。现在，俘虏们远远地看见洪潮立刻就会绕着走开，实在躲不过了也会赶紧站到一边低头退让。连最抵触、最张狂的徐太太在洪潮面前都变得低眉垂目，委顿得没了人形，别人就更不用提了。

洪潮忽然明白了，正是因为见惯了俘虏们的慌张和躲闪，云端那毫不躲闪的专注目光才格外地令她感到不舒服。她知道是什么东西顶在自己的胸口了，是抵触，是隐在专注目光后面的抵触！

洪潮心头一沉，立刻寻着云端的目光去确认自己的判断。

但云端却收回了目光，重又转向了镜子。

两人的目光就在镜子里相遇了。

透过镜子看人的时候总会有一种隔着点什么的感觉，这种感觉很容易使人产生错觉，使你以为自己并非与对方直接面对，使你心里无端地放松下来，以为自己可以大胆地观察对方而不被发觉了。她俩就在这样的错觉中，隔着镜子互相观察着。

镜子里的两张脸有些相似，都是杏眼、翘鼻、薄唇，脸型也是同样的尖俏。只是一个细白点，一个黝黑些；一个敷着淡妆，显出妩媚；一个毫无矫饰，透着素净。

洪潮立刻就在那张细白的脸上捕捉到了一丝得意之情，心中不免暗自后悔，后悔自己刚才一不留神把心中的好奇和羡慕流露了出来，给了她在自己面前显摆的机会，给了她在自己面前得意的理由。

云端感到了来自对方眼中的审视，很锐，也很冷，与刚才看她化妆时的眼神绝对不同。刚才女长官的眼里满是欣赏，正是那欣赏的目光使她信心陡增，突然发觉自己也有能让女长官羡慕的地方，也有能压住女长官一头的地方！这种感觉令云端十分享受，所以她才放慢速度，格外仔细地画着、享受着。但女长官却不知为什么突然变脸了。搁在从前，云端很可能会立刻回避躲进自己的心思里。但今天，云端不想躲避了。她稳住自己，尽可能不动声色地用力回视着对方。

洪潮立刻觉出了云端目光中的抵触。洪潮心里明白她是为了那封信，是因为自己撕毁了她的信心存怨恨。这件事洪潮自己也觉得做得有点过了，她也不知道自己当时哪儿来的那股子邪火。事后主任严厉地批评了她，说她太冲动太不讲工作方法了。主任说洪潮你难道不知道曾子卿有多重要这封信有多重要吗？主任说洪潮你有什么权力把到手的信撕掉凭这一条就够给你个处分记你个大过！当时洪潮真是惭愧极了也懊悔极了。想到这一层，洪潮不由得犹豫了一下，想转身走掉。

云端看出了女长官的犹豫，也看出了她有躲避自己的意思。云端有些意外，她原以为女长官会被自己激怒，会对自己发威。其实她心里很害怕，正拿不准自己能不能撑得住呢。没想到对方竟如此不堪一击，自己刚有所表示，对方就准备退却了。云端不免有些兴奋，底气一足，目光自然就硬了起来。

本来洪潮已经要走了，但在准备转身的一刹那，洪潮看见了云端眼里的变化。那变化像利剑一样猛然刺向洪潮，洪潮心中一凛，突然停住了。她不能走，不能就这样走开。如果自己这样转身走掉的话，对方就会因此而得意，认为自己在撕信的那件事上理亏了。其实，就对待那种无耻行为来讲，自己没什么可理亏的。自己理亏只在于没能拿到那封信，没能完成领导交给自己的任务，是在自己人面前理亏。洪潮当然不能容忍一个俘虏这样明目张胆地抵触自己，当然不能任由一个俘虏在自己面前这样放肆！洪潮打定主意站住脚，目光冷冷地投向云端。

女长官目光中袭来的寒气使云端不由自主地打了个冷战。她吃了一惊，她没想到女长官不仅没退却反倒逼到近前来了。云端顿时开始发慌，紧张得心怦怦乱跳。她下意识地咬住嘴唇，勉强坚持着。

云端的坚持令洪潮感到有点不可思议。一般情况下，俘虏们即便心存怨恨也不会公然表露出来，没想到这个女人竟不肯把怨恨放在心里，偏要明睁眼露地摆给她看。洪潮觉得她这样做真是可笑得很，她不应该忘记了自己的身份，不应该忘记了自己眼下的处境！

云端看出了女长官眼中的轻蔑，那轻蔑一下就捅到了云端的伤心处。想到目前的处境，云端不由满腹心酸：自己身陷囹圄，子卿生死未卜，两人不知此生是否还能相见，连写封信都……本来云端已经快要挺不住了，但一想到这里不禁恨从心起，心一横反倒什么也不在乎了。云端把目光看定女长官，心中悻悻地想，我就是要让你知道我对你不满，我就是要让你看清楚我心里有恨！

洪潮有些警觉了。开始她以为云端只是忍不住流露出内心的情绪，只要给个脸子自己就会识趣地收回去的。但她发现云端不仅没有收回，反而愈发强硬起来。这就不能不引起洪潮的重视了。洪潮虽然还不知道云端到底想要干什么，但她却清楚地知道自己必须尽快把云端的气焰压下去。想到这，洪潮的目光就愈发凌厉起来。

两人的目光就这样硬碰硬地顶在了一起。

云端是豁出去了。反正子卿也被围困了，反正自己也这样了，自己还有什么可在乎还有什么可害怕的呢？她把全部心力都集中在目光里，死死地抵住对方。心想，我知道我不能把你怎么样，但我不想示弱。我即使做不了刀枪也能做根毛刺吧，哪怕伤不到要害也能刺疼皮肉解一时之恨呢！

洪潮迎住云端的目光，用力向后推，但没推动。她赶紧在目光中加了把劲，想一下子把对方压下去。但对方显然也使了力，就那么一动不动地死扛着，仍旧推不动。洪潮此刻才发现自己真是把这个云端看错了。平日里，她一副魂不附体心不在焉的模样，怎么看怎么都是这些俘虏中最无事的一个，没想到竟如此不好对付。如果是个素来强硬的人倒也罢了，关键是她一贯都给人一种软软塌塌的印象，这就让洪潮心里格外地难以忍受。她还以为自己面对的是根软刺呢，还以为自己一出手就能轻而易举地把它掰掉呢，却不料不仅没掰掉，反倒被它刺中了。这种挫败感往往比面对强手要来得强烈得多。就像凭空被蜘蛛网绊了个跟头一样，令人无地自容，使人恼羞成怒。洪潮觉得胸口处仿佛被重重地撞击了一下，立刻就有什么东西被疼痛激发出来了。是欲望，是因受挫而更加渴望压倒对方的制胜欲望，是因受刺激而骤然膨胀的暴虐欲望！它们在洪潮的身体里四处冲撞着，使她产生出一种莫名的兴奋。她倏地面色潮红，目光如炬，整个身体都禁不住地微微颤抖起来。

云端立刻就被击中了。她看到女长官眼中瞬间放出了无数的刀剑，那些刀剑飞舞着在她的脸上、身上划出道道伤痕。她看见自己的面孔顷刻间就变得伤痕累累、面目全非了。有鲜血从脸上流淌下来，蜿蜒着冲毁了晨妆，模糊了面容……

洪潮刚觉出云端的目光有些松动，就看到云端的脸痛苦地痉挛了一下，突然用双手捂住了脸。待她再松开手的时候，镜面仿佛花了，里面的那张脸模糊得一塌糊涂，辨不出颜色，分不清眉眼。更不可思议的是，在那张模模糊糊的脸上竟莫名其妙地浮现出一丝怪异的微笑。还不待洪潮仔细看清楚，就见云端一把一把地抹去了残妆，颤抖着手抓起笔在脸上重新涂抹起来。

洪潮吃惊地看见她把眼睛涂成了黑圈，眉毛描成了弯弓，嘴唇血红地向外翻出来……直到她往鼻梁上拍白粉的时候，洪潮才反应过来她是在画丑妆！她竟然把自己画成了一个小丑！洪潮只觉得全身的血呼地一下涌到了头上，厉声道："你干什么？！"

云端突然笑了，鬼一样怪异地笑了。

"你笑什么？！"洪潮喝道。

云端却笑得更厉害了，红白黑的色块抽动着挤在一起，挤得洪潮心里直发毛。

"你？！"洪潮气急败坏地断喝道，"不许笑！"

云端愣了一下，但只停顿了一下就又笑了，很神经质很失控地笑着。边笑边有黑色的泪水从涂黑的眼窝中汩汩涌出，浓浓淡淡地冲过红白相间的笑靥，冲出一张哭笑难辨、丑陋不堪的花脸。

洪潮终于忍无可忍了。她一把把桌上的化妆品全部掀到地上，转身就去夺云端手里的粉盒。两个人立刻撕扭在一起，拼命地抢夺起来。正撕扯间，那粉盒突然从云端手中脱出，粉如飞雪般扬了出来，猝不及防地落了两人满头满脸……

一阵剧烈的呛咳之后，两人都停下了，一声不响地对视着。

此时的两张脸已经没有了任何区别，一样地模糊不清，一样地丑陋怪异，一样地狼狈不堪。

洪潮忽然觉得自己很累很累，身体仿佛被掏空了一般，浑身上下一点儿力气也没有了。她突然很想哭，很想尽快离开这里，但却发现腿脚格外地绵软。

洪潮强撑着自己，脚步飘忽地向门外走去。走到门口的时候，她下意识地回头看了一眼，恰巧看见云端正虚脱般摇摇晃晃地瘫软下去。几乎同时，她双腿一软也瘫倒在地上了。

从这天起，洪潮就陷入到一种无法摆脱的压抑之中了。处处都能感受到云端释放出的那种带有敌意的气息，空气都因为渗进了太多的敌意而变得黏稠滞重了。在这样一种氛围中，洪潮无法畅快地呼吸，更无法自由地行走。她常有一种置身于砂浆中的感觉，身前身后都是泥泞的砂浆，自己身陷其中，胸口憋闷，步履艰难，无奈地被砂浆挤对着，推搡着……关键是洪潮没有办法摆脱这种处境。她虽然能感受到周围的敌意，却摸不见抓不着。因为这敌意没有形体，只是一种感觉，它弥漫在洪潮的身体周围，虽无处不在但却无影无形。你看不见它，也就无从抓住它。你抓不住它，也就无法回击它。你不能回击它，也就无法摆脱它了。

洪潮的心里越来越恐惧，她知道这样下去自己早晚会崩溃的。她觉得自己已经到了极限，已经快挺不住了。而偏偏就在这个时候，主任给洪潮下达了一个任务：命令洪潮把曾子卿的太太从俘虏们的住处搬出来，单独跟她住到一起。主任特别嘱咐洪潮要好好照顾曾太太的身体，要让曾子卿看到我们的诚意，要通过我们对曾太太的关照来感化曾子卿，争取曾子卿。

洪潮愣在那里半天也没说出一句话。

尽管心里百般地不情愿，但洪潮却不能不服从命令。更何况，主任做出这个决定的理由还是她给提供的——曾太太怀孕了。

六

云端也不知道自己这次怎么就怀孕了。

清晨起来，云端突然呕吐起来。呕吐来得很突兀，当时云端正准备刷牙，刚把牙刷伸进嘴里，就感到一阵恶心。还没来得及把牙刷拿出来呢，她就吐起来了，吐了个一塌糊涂，把整个胃肠都翻了个个儿。

吃早饭的时候云端又吐了。徐太太的眉头立刻皱成了干姜，脸一下别到了一边去。佟秋过来边帮她收拾边悄悄问了一句：“曾太太，你身体不舒服？”

“不知道怎么搞的，就觉得心口这里堵得慌，恶心。”她捂着胸口说。

佟秋愣愣地看了她一会儿，突然问道：“曾太太，你不会是有喜了吧？”

她一听也愣了：“不会吧？”疑疑惑惑地嘟囔着说，“怎么会呢？”

“那你身上多长时间没来了？”佟秋又问。

真是的，她忽然记起自己身上真是好长时间没来了。也许是过了一个月，也许是过了一个半月，总之这段日子出现的事太多，她把这事忽略了。

但怎么可能呢？她想，自己跟了子卿这么多年，一直盼着有个孩子，可是一直都没能怀上。她和子卿都是早就死了这份心的。子卿一看她为这事难过就会说：没有就没有吧，权当你是我的孩子了。她听了就会破涕为笑，就会撒着娇说，那你也得当我的孩子，要不你有孩子了我还没有孩子呢。每到这时，两人就会情不自禁地搂抱在一起，互相抚摸着，抚慰着，亲热着。

怎么突然就会怀上了呢？她有些不相信。

见她一动不动地站在那儿发呆，佟秋不由笑了，说：“曾太太好福气，看来你真是有喜了呢。”

接下来，云端一连几天都没吃好饭，吃一口吐两口，后来干脆一点儿东西都不敢吃了。就这也止不住吐，看别人吃东西她要吐，不看别人吃东西闻见味她也要吐，后来连晚上睡觉同屋的人翻个身或者咳嗽一声都会引得她呕吐起来。

女长官把医生领来给云端瞧病。医生是个男的，看过后肯定地对女长官说："没问题，她是怀孕了，妊娠反应。"

云端看到女长官的脸忽地一下羞得通红。

当天晚上，女长官就沉着脸把云端搬到了西屋，让她和自己住在一起了。

一看这架势，云端就知道完了，自己这下算是彻底落到女长官手里了。云端认定这是女长官的阴谋。自从那天跟女长官对峙，扬了人家一头一脸的香粉之后，云端就料到女长官不会轻易放过她的，一定会想办法找机会整治她。但没想到女长官竟会想出这么绝的一招，把她单独弄到身边看管起来。这样一来自己可就一天二十四小时都被女长官攥在手心里了！这样一来女长官就可以随时随地随心所欲地整治她了！想到这一层，云端的心就缩成了一团，禁不住手脚冰凉，浑身发抖。

虽然原来也是在女长官的监视之下，但不住在一起总还有脱离视线的时候。尤其每天晚上睡觉前的那段时间，那是她们几个女俘虏一天中最自由的时刻。她们常在这个时候躺在被窝里说些白天不敢说的话：念叨念叨自己的丈夫呀，埋怨埋怨伙食呀，骂骂共产党呀。反正就是宣泄，怎么能宣泄就怎么说，什么能宣泄就说什么，好让自己心里的压力减轻一点儿，让夜晚变得短一点儿，让入睡变得容易一点儿。议论女长官也是她们这个时间的重要话题。她们喜欢随着自己的心情评价女长官。心情好的时候她们能看出女长官的很多优点，比如眼睛有神了，比如身板直了，比如嘴巴轮廓好了等等。而心情不好的时候，这些优点立刻就统统都变成了缺点。眼睛成了“大眼珠子到处骨碌，没有她看不到的地方”；身板成了“哪个女人像她那样走路，扳着个身子挺尸一样”；嘴巴就成了“嘴巴抿得那个紧，一看就不是个好惹的主”。她们议论中分歧最大的就是女长官是姑娘还是媳妇这件事。徐太太和佟秋她们坚持认为女长官是媳妇。她们的理由是共产党共产共妻，这里就这么一个女人还不早就共妻了。云端认为她是姑娘，但云端说不出理由，只是一种感觉。云端始终觉得这个女长官有点奇怪，看起来挺成熟老练的样子，但时不时还会脸红。她注意到她脸红的一刹那常会现出不经事的小姑娘相。现在可倒好，再也不用争了。现在云端一天二十四小时都在女长官的监视之下了，别说没机会和大家一起说话争论，就连晚上讲梦话都得多加小心了呢。

躺在那个空荡荡的炕上，云端觉得自己就像摆在砧板上的一块肉一样，束手无策地随时等待着被宰割。云端就等待着，闭着眼睛，一动不动地等待着。虽然是闭着眼睛，虽然是一动不动，但云端的神经却始终都绷得紧紧的，所有的感官都是打开着的，就如同一个落入网中的猎物，虽不再挣扎但却紧张地捕捉着周围的每一点儿动静。

远远地，就听到了女长官“噔噔”作响的脚步声。云端心里一紧，全身的汗毛立刻如炸刺般“刷刷刷”地直立起来，毛孔全部张开，冷汗立刻就冒了出来。云端提心吊胆地听着女长官那越来越近的脚步声，听着女长官走进了屋子，听着女长官在炕边停下了脚步，听着女长官在自己的身边站下了……

云端的心一下子提到了嗓子眼，紧张地等着女长官开口，等着女长官发出严厉的声音。但过了许久，她却只听见女长官低低地说了一句：“起来吃饭吧。”

云端蓦地睁开眼睛，看见女长官手里端着一份热腾腾的饭菜，正面无表情地看着她。

云端一时有点发蒙，有点反应不过来。她想不通女长官怎么会亲自给她端菜送饭。她仔细地看了一眼女长官手中的饭菜，发现这顿饭的内容比平时要好得多。云端心里忽然有些明白了，这不是一般的饭。是啊，即便是收拾畜生也得先给顿好吃好喝的呢。云端悲哀地想，不由心头一颤，紧紧地闭上了眼睛。

晚饭云端没吃。女长官也没劝。

睡觉前，女长官把炕桌立在了两人之间，沉着脸告诫云端说：“这是警戒线，有事可以叫我，但不许过这个线。”随后犀利地盯了云端一眼，补充道：“外面有卫兵，有情况他们随时都会冲进来。”

云端什么话也没说。都到了这个份上了，还有什么可说的呢。云端又想到了砧板和肉，想到了落进网里的猎物，心里不由一阵酸楚。

这一夜，云端几乎没合过眼。她发现女长官好像也没睡着觉，一直把脸冲着她这面躺着，手始终插在枕下按着枪把，整夜里似乎连身都没翻过一次。直到凌晨，云端才迷迷糊糊地睡过去了。

刚睡了一会儿，就听见有人叫她。她睁开眼睛，看见天已经亮了，女长官正站在她的面前，手里端着早饭。早饭也比往常好，竟然有一个鸡蛋。云端的眼睛亮了一下，她记起自己好像很久没吃过鸡蛋了。但她仍旧不想吃，没胃口，也没心情。昨晚她已经想好了，既然自己已经万念俱灰，就没有必要再为自己的身体做任何事情了，索性不吃不喝任身体随着灵魂飘走算了。她翻过身去，想背对着那些早饭躺着，却不料一挪动，胃里就反上来一阵恶心。已经来不及下地了，她刚趴在炕沿边上，就一声接一声地呕吐起来。

呕吐提醒了云端，使她想起了腹中的孩子，想起现在自己的身体已经不是一个人了。她现在是两个人，一个是她自己，一个是她和子卿的孩子。对自己她可以说了算，可以任自己的身体随着灵魂飘走。但那个孩子呢？她有权力带走她和子卿共同的孩子吗？想到这，子卿的声音立刻在她耳边响起：我好好待你，是为了让你记住我的好，让你为了我的好，好好等我回来……

云端怔愣了一会儿，猛地翻身坐起，一把抓起鸡蛋，迫不及待地塞进嘴里，大口大口地吃了起来。

云端很快就发现，情形并没有她想象的那么糟。尽管女长官的脸色一直不好看，但却一直没有整治她的迹象，反而还打水端饭地照顾她。饭菜显然是单独为她做的，虽然还是那些粗茶淡饭，但能看出是下了功夫的，而且总是尽可能地随着她的胃口变换花样。

云端也想开了，不再把神经绷得紧紧的去费心猜度女长官如何整治自己了。得过且过吧，云端想，过一天算一天。所以云端不再拒绝吃饭，虽然还是吃得少吐得多，但总还是吃了。

开始，每次当着女长官的面呕吐时云端还有些害怕，怕吐得到处都是，惹女长官生气。在那边住的时候，每次她呕吐徐太太都会恼，把脸弄成个苦瓜，不是埋怨自己命苦，就是朝佟秋发脾气。常常是佟秋帮云端收拾。收拾的时候徐太太就骂佟秋笨手笨脚半天弄不完恶心死人了，等收拾利索了徐太太又骂佟秋发洋贱天生伺候人的贱命。云端心里明明知道徐太太是冲自己来的，但也懒得挑明。徐太太就是那种人，自私得很，何况换上自己看着别人在身边呕吐也会受不了的。所以搬到这边后，一想到要当着女长官的面呕吐，云端的心里就紧张。

没想到第一天早上当女长官的面吐过之后，云端挣扎着刚想爬起来去收拾，却见女长官不声不响地替她收拾干净了。当时云端吃惊得怔愣了好一会儿，脑子怎么也转不过劲来。原来佟秋为她收拾这些东西的时候，她虽也感激但还是挺心安理得的。在她的眼里，佟秋终归是个下人，虽做了二太太，也脱不掉下人相，干也就干了。何况佟秋替她收拾主要还是为了徐太太，怕摆在那里让徐太太看着恶心。但女长官不同，女长官替她收拾，她的心里就有些惶惶不安了。云端看出女长官是个洁净人，洁净人做这种事真是很难为人的。但转念一想，云端又觉得这是女长官自找的，谁让她把我弄到这来的？既然把我弄来了，她就得受着，受得了受不了都得受着。这样一想，云端不仅心里放松下来，而且受到这个思路的启发还忽然想到了一个主意：自己何不干脆放开了吐，故意恶心女长官，折腾女长官，折腾得女长官实在受不了不就把我赶回去了吗？这个想法让云端一下就兴奋起来了。

云端开始折腾了。她故意在女长官面前响亮地呕，大口地吐。不仅毫无节制，而且毫不讲究，简直是逮哪儿吐哪儿，怎么恶心怎么弄。开始时，每当看到女长官替她收拾那些肮脏的呕吐物，她的心里还常常会感到不安。但她努力克制着那些不断往外冒的自责心理，坚持做下去。云端不想半途而废。她得让女长官烦她，怨她，恨她。她得让女长官忍无可忍、气急败坏地把她赶回去！

但奇怪的是，无论她怎么做，女长官都没脾气。不仅什么也不说，还总是替她收拾得干干净净的。这真让云端有点看不懂了。这女长官到底是个什么人啊，她凭什么这么伺候自己？凭什么这么受着自己？这真叫人受不了！云端知道再这样继续下去，自己早晚会撑不住闹不动的。云端就有点急，有点被激怒了。云端想，看来不过分点，不来点邪的，不给女长官点强刺激是不行了。云端豁上了准备狠狠地恶心女长官一回，看你女长官还能不能吞得下，看你女长官能不能容得了！

晚上，云端故意多吃了几口东西。躺下之后，她就默默地等待那种恶心的感觉。这几天云端吐得死去活来的，真不能想象现在会躺在这里盼恶心的感觉出现。而感觉这个东西也真是奇怪得很，你想逃避它的时候，它无时无刻不跟随着你；到你刻意要它的时候，它却躲你远远的怎么也不肯露面了。云端躺了半天也没躺出感觉，焦躁得直翻身。这一翻身，胃里果真开始翻腾，恶心的感觉终于来了。

云端不急，她先忍着，要吐她就得吐大发点，就得吐出效果来。按说，一般情况下云端是来得及下炕去吐的。即便来不及，炕沿底下也备着盆，伸头吐到盆里就是了。但云端偏不，云端这回就是要吐到炕上，就是要烦死那个女长官，就是要彻底激怒那个女长官。云端耐心地体会着反胃的感觉，感到胃一次比一次反得厉害。

终于，她盼望的一次大的冲击到来了——云端觉得内脏突然绞在一起缩成了一个硬团，她还没来得及张开嘴巴，胃里的东西就已经喷射出去了。

云端吐在自己的被褥上了，实实在在地吐了一铺盖。这个结果是云端没想到的。本来云端是想吐到她和女长官之间的炕面上，好看着女长官怎么收拾，看着女长官怎么生气。但没想到自己憋得太厉害了，连头都没来得及转过去就吐了，竟全吐到了自己的被褥上。这一下，云端只好自己起身去收拾了。但她刚一起来，身子就软软地顺着炕沿往下出溜，差点摔倒在地上。

女长官起来了。她什么话也没说，把云端扶回到炕上，安顿她在自己的铺位上躺下。云端开始还不肯，挣扎着不想躺女长官的铺位。但她浑身瘫软一点儿力气也没有了，最终还是听任女长官的摆布躺了下来。躺进女长官的被窝里，云端紧张得浑身一个劲地发抖。她直勾勾地盯住女长官，生怕她会对自己做出什么。但女长官不仅什么也没做，反倒轻轻地为她掖好了被角。云端不知所措地望着女长官，却见女长官朝她微微一笑，转身收拾了污物，把她吐脏的被单拿到外面洗去了。

云端从未见过女长官对自己微笑，这是第一次。云端很惊愕，觉得那微笑如月光般绵软而锋利地穿透了自己的身体，把羞愧从内心深处引导出来，蔓延开去，生出阵阵无地自容的痛楚。

半夜里，云端醒来了。她发现女长官忘了把炕桌立在中间了。云端向那边望去，看到女长官竟和衣缩蜷在那里，心里突然很不是滋味。

夜晚的月光很柔，水一样照着女长官的脸，使她的脸看起来很柔美。云端发现女长官的睡相很乖，鼻息轻柔，嘴唇微张，额头也平坦地松弛着没有白天那么紧了。面对这样一张宁静浑合的面孔，你无论如何也想象不出她会对人凶，会撕人信，会搜人的裤裆。

云端其实早就发现女长官并不像她外表表现出来的那么有力量。不知为什么，云端总觉得她不像猛兽而更像鹿。她的眼里常现出鹿一般的温顺、怯懦和惊慌。即便是在发威的时候，也不像猛兽那样狠，反倒像站在悬崖边上的鹿，因为没了退路就只好露出牙齿来吓唬别人，拯救自己。云端发现自己其实并不怎么惧怕这个女长官。无论她怎么凶，云端也无法真正从心里惧怕她。

女长官大概是冷了，睡梦中还在把身子往一起缩，缩得像个母腹中的婴儿。

云端犹豫了一下，拿起自己的衣服过去盖在女长官的身上。

女长官突然惊醒了，下意识地一把抽出手枪，突如其来地顶在云端的脑门上说：“不许动！”

云端魂都吓丢了，一时说不出话来，瑟瑟发抖地保持着原来的姿势一动也不敢动。

女长官显然也吓得不轻，举着枪的手也在不停地抖动。她惊魂未定地看了看云端盖在自己身上的衣服，似乎明白云端刚才是想干什么了。她慢慢地抽回了手枪，突然气急败坏地朝着云端大声喊道："谁让你过来的？！不是告诉你不许过警戒线吗？！我警告你，再想干什么你最好先叫醒我，不许随便乱动！听见了没有？听见了没有啊你？！"

云端软在那里，一句话也说不出来了。

七

洪潮真是吓坏了。虽然什么事也没发生，只是虚惊了一场，但洪潮却再也没睡着。

自从跟这个云端住到一起后，洪潮就没睡过一个安稳觉。开始是紧张，担心国民党小老婆在夜深人静的时候做出什么意外举动。后来倒是不紧张了，因为她看出云端虚弱得连端碗拿筷子都费劲，即便有举动的心思恐怕也举不动了。但洪潮仍旧睡不安稳，因为云端晚上总折腾，一会儿起来呕，一会儿起来吐，整夜都没个消停的时候。

洪潮心里真有说不出的别扭，她没想到自己一下就从一个俘虏看管变成孕妇看护了。而孕妇又偏偏是她，是这个与自己心存芥蒂，让自己心里感到压抑的云端。

洪潮真挺烦的，自己一个堂堂的中国人民解放军，凭什么伺候国民党小老婆？所以当时主任向她布置任务的时候，她的脸色一直缓不过来。主任显然看出了洪潮的心思，讲完道理后就逗洪潮，说洪潮你收获不小啊，一变二，战斗力翻番！看来我们不仅得给他们养活这些国民党小老婆，还能给他们养出一个小国民党呢。

别扭归别扭，任务还是要完成的。所以洪潮心里虽然不痛快，但为了接近云端，为了了解曾子卿的情况，为了做曾子卿的工作，也就只好搬到一起住，只好整天为她端茶倒水打扫卫生。

洪潮发现跟敌视自己的人搬到一起住，也不是一点儿好处也没有。自从搬到一起之后，洪潮反倒觉得周围的空气开始流通起来，不那么黏稠滞重了。倒不是敌意消失了，而是后背上盯着她的那双眼睛消失了。不知道是因为整天在一起大眼瞪小眼的用不着盯了，还是她整天呕吐顾不上了。反正她再也不那样死死地盯着自己了。所以洪潮心里虽然别扭，但感觉上还是比前一段好过多了。

开始洪潮一为云端做事心情就烦躁，尽管洪潮努力克制自己，该做的事都替她做了，但总是心不甘情不愿地拉着个脸。洪潮就是心不甘情不愿，就是打心眼里看不上她那副娇里娇气的太太相。部队里怀孕生孩子的女人多了，哪个不是一样地行军？哪个不是一样地打仗？就没见一个像她这么娇气像她这么邪乎的！同样都是女人，谁也不比谁更金贵，谁也不比谁更低贱，怎么就她这么受不了？怎么就她这么邪乎？怎么就她哭天抹泪地非得折腾个天翻地覆？！多少次洪潮都想把这些话痛痛快快地甩给她，但每次想想都忍下了。

逐渐地洪潮就发现云端好像不完全是邪乎了。她那个样子看上去真的是很痛苦，整天不停地呕吐，吃一点儿东西就吐，肚子里没东西吐了就吐胆汁，等到胆汁也吐完了就干呕，直呕得恨不得把五脏六腑都倒出来。没几天的工夫，眼见着人就脱了相，眼也塌了，腮也陷了，整个身子都薄成了一张纸了。

洪潮没想到女人怀孕会这么受罪。有时候看着云端难受的那个样子，洪潮都想劝她干脆别吃了。反正吃下去也得吐出来，什么都落不下，只落得个难受一场。但她发现云端从来不轻易放弃，无论想不想吃，无论吃了后多恶心、多难受都要坚持着吃，能多吃一口就多吃一口，那情形就好像她吃的不是饭，而是命，她不是在吃饭而是在争命。

每当吃饭的时候，云端的目光中都充满了渴望。那种极度渴望的眼神常会令洪潮的心中怦然而动，因为那不是单纯的对食物的渴望，而是一种孕育生命的强烈欲望。但每当云端把吃进去的东西全部吐尽之后，洪潮就会发现她的目光中又充满了绝望。那母性的哀婉无助的绝望神情，经常如闪电般猝不及防地击中洪潮，使洪潮板结着的内心发生松动。渐渐地，洪潮的心中就有了许多松动的缝隙。渐渐地，在那些松动的缝隙间就生出了许多细嫩的须芽。当那些细嫩的须芽越来越多地充填在洪潮的心中时，她那原本平板干燥的心情就在不知不觉间变得毛茸茸、湿漉漉的了。

洪潮也不知道自己是从什么时候起开始发生变化的。直到今天晚上，她才发现了自己的变化。

晚上云端吐到被褥上了。放在往常洪潮肯定会烦，炕沿下早就给她摆好了盆，她只要把脑袋伸出来就可以吐到盆里，为什么偏要吐到被褥上？但今天洪潮却丝毫没烦，看到云端呕吐得那么厉害，洪潮不由在心里叹了口气，心想云端今晚这顿饭又白吃了。本来今天晚饭云端吃得挺多的，她心里也挺高兴的，没想到结果还是都吐出来了。洪潮正想着呢，就见云端摇摇晃晃地从被窝里爬出来，挣扎着要下地去收拾，结果差点摔倒了。洪潮赶紧起身扶住她，搀她上炕。见她的被褥已经不能用了，就先把她安置在自己的铺位上躺下了。洪潮觉出了云端的身子一直在发抖，以为她刚才着凉了，就小心地为她掖了掖被角。掖被角时，洪潮发现云端一直胆战心惊地看着自己，惨白的脸上满是尴尬不安。洪潮也不知道自己怎么会对她微笑了一下，很淡，但确实是微笑。

在外面洗被单的时候，洪潮一直在为自己刚才那个微笑感到不安。洪潮不知道自己这是怎么了，为什么要对她微笑。回想起来，大概是她脸上的尴尬不安使自己心里不忍，想给她个微笑，让她不必太尴尬，让她能安心一点儿吧。可自己为什么要让她安心呢？洪潮觉得自己越来越有点不对劲了，简直快要变成她的佟秋了——整天为她端水送饭，为她收拾卫生，想方设法到处给她弄好吃的，和她一起为能吃进去一点儿东西而高兴，和她一起为把吃进去的东西吐出来而遗憾。没了委屈，没了烦躁，甚至忘了身份，忘了原则立场。要知道，她可是俘虏啊！她的丈夫可是正在与老贺他们面对面作战的敌人啊！但她毕竟只是一个女人，洪潮想，如果抛却她的俘虏身份，抛却她丈夫的敌人身份，单从一个女人的角度看，她也的确够可怜的，够让人同情的了。再说，我这样做也是为了完成任务，为了做她的工作，为了做她丈夫的工作呀。可做工作才更应该有原则，更应该保持立场呀。洪潮转念又想，思绪就像手里的被单一样越揉越乱，分不出个里面来了。

洪潮好不容易才睡过去，结果没睡多久就被云端惊醒了。一睁开眼睛，洪潮就惊出了一身冷汗。洪潮差一点儿就开枪了，当时云端身体的任何部位只要稍微动一下，洪潮立刻就会扣动扳机。好在云端吓傻了，一动也没动。当洪潮弄清云端只是要给自己盖件衣服的时候，真恨不得狠狠地扇她一巴掌。洪潮根本不知道自己当时都朝她吼了些什么，只知道如果不吼出来，自己的手就会失控，脑袋就会炸裂开的。

后半夜，她们谁也没睡着。但奇怪的是，从第二天早上起，她们都感到精神仿佛比往常好了许多。也说不清是怎么回事，好像一夜的折腾不仅没加剧内心的疲惫，反倒使心里原先抽紧的那些皱褶也松散开了。

洪潮这天上山给云端采了些山里红。洪潮想到山里红还是受了佟秋的启发。佟秋对洪潮说，女人害口大多好酸。我们大太太一怀孩子就整天嚷嚷着吃酸，不知吃了多少酸枣、酸梨、酸楂呢，直吃得嘴皮子泛白也不肯松口。洪潮就想试试。虽说给一个俘虏去采山里红吃有点过分，但洪潮觉得自己的理由还是很充分的。因为医生说了，胃里再存不下东西，云端肚子里的孩子保得住保不住都很难说了。洪潮无论如何都得想办法保住云端肚子里的孩子，因为这是任务。如果孩子保不住，洪潮的任务就算没完成。更重要的是，如果孩子保不住，曾子卿这个结就系死了，就再没有解开的可能了。这样一想，洪潮上山的时候就很有些理直气壮的感觉了。

当洪潮把山里红放到云端面前的时候，云端的眼睛“嗖”地一亮，立刻露出了贪馋相。洪潮示意她吃点看看，她马上迫不及待地抓起几颗一起塞进嘴里。看她那副不管不顾的吃相，洪潮都没绷住差点乐出来。

云端果然能吃下去点东西了，虽然只是山里红，虽然还是吐，但总算是吃得多吐得少了。洪潮很高兴，就三天两头上山给云端采山里红吃。每次采回来云端都像见了命似的捧在手里，直吃得满嘴泛红，谁见了谁都跟着牙根子发酸。

眼见着云端的精神就一天比一天好起来了。医生告诉洪潮要让云端经常到外面走走，说这样对她的身体和肚子里的孩子都有好处。洪潮就时常带着云端到外面转，在村子里面到处走。令洪潮没想到的是，云端竟得寸进尺提出要跟她一起上山。洪潮本不想带她去的，但想到医生说过要让她多活动的话，再加上这段时间她一直很听话，表现还不错，想想反正也不会出什么问题，就答应了。

秋天是山最好看的时候，没了春的稚嫩浅淡，没了夏的单调狂绿，有了红，有了黄，有了多样的色彩，也就有了层次，有了姿态，有了容大千万物的气度。走在山径上，两边的藤蔓枝叶直往脸上扑，扑得人心里痒痒的，真想大喊大叫。

正是山里红成熟的时候，难怪这东西叫了个山里红，山里到了这个季节就满山遍野都被它点染出片片的红。这东西果实虽小，虽不起眼，但架不住多，一多就成了气候，就造出了气势。当那果实成串成串地悬挂在枝头的时候，当那满枝头的果实与阳光亲近着的时候，就鲜亮亮地红了一枝一树，红了一坡一沟，红了一山一岭了。

她们边走边采，边采边吃。眼前一棵树比一棵树的山里红多，一棵树比一棵树的山里红大，一棵树比一棵树的山里红味道好，诱惑得她们一程程往前追赶着，不知不觉地就爬上了山坡，不知不觉地就塞满了肚子，装满了兜子了。

两个人都累了，坐在山坡上喘息着向远处张望。

远处碧蓝的天空下，满眼都是五颜六色的秋色。秋到了最美的时候了，洪潮想，只是秋一到了最美的时候，也就到了最后的时候。

像为了证实洪潮的想法似的，忽然就刮起了一阵秋风。秋风过处，片片枯叶立刻纷纷扬扬地飘落下来，霎时便如黄花般铺满了整面山坡。

“碧云天，黄花地。”洪潮脱口而出。

“西风紧，北雁南飞。”云端立刻在一旁接口道。

洪潮犹豫了一下，还是忍不住接了下去：“晓来谁染霜林醉？”

“总是离人泪。”话音未落，云端的声音里已带出了哽咽。

一时无话，两人各自怀着各自的心事，默默地望着远处重重叠叠的山峦。

离人泪，云端望着空旷旷的碧云天想，怎么没有南飞的大雁呢，真不知子卿什么时候能回来？真不知子卿还能不能回来？

离人泪，洪潮望着远处的霜林想，不知老贺他们仗打得怎么样了？什么时候能把围困的敌人攻下来呢？

霜林醉，可见这世上该有多少离人泪啊。云端伤感地想，什么时候子卿才能不再去打仗？什么时候子卿才能不再与她分离？

霜林醉，可见这世上该有多少离人泪啊。洪潮在心里暗暗地感慨着。不知怎么，她就想起了表哥，想起了与表哥相见的最后一面。那是在表哥被处决之前，当时洪潮已经知道谁也救不了表哥了。从始至终她一直在流泪，竟什么话也没来得及跟表哥说。但表哥对她说的话，她却一直都记得。表哥说："云端，我只要你记住两件事：第一，表哥是真正的共产党人；第二，你要坚强起来，不能总这么软弱。今后表哥怕是不能照顾你了，你得学会自己照顾好自己。"表哥从不叫她洪潮，只叫她云端。自从表哥走了以后，就再也没人叫过她云端了……

"长官，你也喜欢《西厢记》？"云端在一边轻声问。

洪潮没吭声。洪潮不知道该不该跟她说这个话题。她多少有点后悔刚才脱口而出，没能把持住自己。

见洪潮没吭声，云端以为她默认了。云端有点惊讶，也有点兴奋，她没想到女长官也喜欢《西厢记》，而且张口就来熟悉得很。这个发现让云端心里有了一种很知近的感觉，就有了交流的欲望，很想跟女长官说点什么。自然而然地，她就说起了《西厢记》，说起了自己如何喜欢《西厢记》，说起了《西厢记》如何做了她和子卿的红娘，说起了她和子卿如何常常在一起同温《西厢》……

洪潮开始不想听，想躲开这个话题，但不知不觉竟听进去了。随着她的讲述，洪潮看到了一种别样的生活情境。那是一种既熟悉又陌生，既陈旧又新鲜的情境，似乎曾经离洪潮的生活很近，但却又离洪潮现在的生活很远。心里似乎有什么东西被触动了，洪潮忽然有了兴致。

“听说你们两人感情很好？”洪潮问。

云端刚点了下头，眼里立刻含上了泪。

“你们一直很想要个孩子？”洪潮又问。

“是，子卿很喜欢孩子。”云端说，竟含着泪微笑了。

洪潮突然想到老贺从来也没提过要孩子。但洪潮觉得老贺的心里也是想要孩子的，可能只是还没来得及说，或者是没找到合适的机会说。洪潮自己倒没想过要孩子。虽然结婚了，但不知为什么洪潮总觉得那是离自己很远很远的事。

“你自己呢？”洪潮问，“你喜欢孩子吗？”

“喜欢。”云端说，“子卿喜欢我就喜欢。”

洪潮最不喜欢她这种腔调，心想她们这种女人就是这样，喜欢依赖男人，总是心甘情愿地做男人的附属品。洪潮向云端望了一眼，发现这女人的脸上此刻正闪动着一种动人的光彩。看来他们的感情真是很好，洪潮想。

我会因为老贺喜欢就喜欢吗？不知道，对这一点洪潮有点拿不准。但有一点洪潮心里很清楚，那就是只要老贺提出来，她不管愿意不愿意都会同意。但这可不是依附，洪潮想，可这是什么呢？

“其实……其实我也不知道自己是不是真的喜欢孩子。”云端突然说，“原来我以为自己喜欢孩子，那时我没想到怀孩子会这么吃苦。到真怀上了我就有点后悔了，有点不想要了。我也知道这样想对不起子卿，但没办法，最难受的时候，别说是孩子我连自己的命都不想要了。后来，在我眼看就要撑不下去了的时候，他就来帮我了。”

“谁？”洪潮吃了一惊。

“他。”云端指了指肚子。

“孩子？”

“孩子！”

洪潮摇着头笑了笑。

“你不相信？”云端说，“真是他帮的我。他开始在我肚子里“噗噗噗”地吐气泡，提醒我注意他。真的，我问过徐太太，她们都说这就是胎动，一开始的胎动都是这样的。”云端说着脸上兴奋地泛出了红光：“那真是一种很奇怪的感觉，我突然意识到我的身体不仅仅是我自己的了，里面还有另一个生命，而且是一个依赖我才能活下去的生命。我这人从来都依赖别人依赖惯了的，这是第一次，我有了一种被人依赖的感觉。这感觉既让我担心害怕，也让我激动兴奋。就是在这一刻，我决定了要把这个孩子生下来。无论多难，我也要把这个孩子生下来。”

洪潮体会着云端说的那种感受，竟有点听入神了。洪潮其实一直是对怀孕的事怀有恐惧的。部队的环境太差了，很多女同志都曾经流产、难产过，有的甚至因为生产把命都搭上了，但总断不了有人在怀孕，断不了有人在生产。她们也曾有过这样的感受吗？洪潮忽然发现这事其实离自己并不远。

云端还在不停地说，说她一定要把这个孩子生下来，说她希望这是个男孩，希望这个男孩能像子卿一样，像子卿的容貌，像子卿的性格，像子卿的英勇善战，像子卿……

洪潮的脸突然阴沉下来，云端这才觉出自己说走了嘴，赶紧打住话头改口说：“看我净顾得说了，忘了这些话也只是结了婚的女人才听得。你还年轻，听也无味。女人就是这样，走到哪一步才能品到哪一步的滋味。等你结了婚有了男人之后就能——”

“我已经结了婚，有了男人了。”洪潮突然打断云端的话。

云端惊讶地张着嘴，不相信地看着洪潮。

“看什么？”洪潮淡淡地说，“我没必要说谎。”

“我……”云端的嘴顿时就瓢了，“我真没看出来……我以为……”

“你以为什么？你以为你那个曾子卿是英雄对不对？”洪潮气不打一处来，心想这半天净听这个国民党小老婆在自己面前炫耀了，张口子卿闭口子卿的，还敢说什么英勇善战！想到这，洪潮骤然提高了嗓门：“你那个曾子卿算什么英雄？！他是国民党反动派，是民族的败类，是人民的敌人！”

云端猛然站了起来，血色一层一层地往脸上涌，煞白的脸立刻变得通红。她嘴唇不停地哆嗦着说：“你……你怎么能这样说子卿？你怎么能说子卿是民族的败类是人民的敌人？”她声音里带着明显的哭腔说：“子卿他多年为国效力、尽心尽责。就算……就算……不管怎么说，他还打过日本鬼子，参加过平型关战役、淞沪会战和……他三次负伤，多次受到上峰的表彰，还亲手杀死过一个日本少佐呢！”

“那又怎么样？”洪潮冷笑道，“我男人曾经一口气砍死过十一个鬼子！”

……

“想知道我男人是谁吗？”洪潮冷冷地问。

……

还不待云端回答，洪潮就一字一顿地说：“我男人的名字叫贺——辉！”

洪潮看见云端浑身剧烈地抖动了一下，眼睛瞪得老大，嘴巴立刻就结巴了："是……是那个……"

"对，"洪潮微微一笑，"就是那个把曾子卿牵进包围圈的贺辉！就是那个正在战场上跟曾子卿打仗的贺辉！"洪潮越说心中的自豪感越强烈："就是那个让你们国民党军队听见名字就闻风丧胆、缴械投降的贺辉！"

往回走的时候，两人没再说话。

洪潮有点后悔带云端上山了。山，是个太引诱人、太纵容人、太释放人心性的去处了。洪潮一进山就想疯，就想由着性子耍。所以洪潮才在她面前忘了约束，一时兴起竟脱口说出了王实甫的曲子。这就给了她机会，让她得以在自己面前炫耀她的子卿，炫耀她和曾子卿之间的感情。说实在话，她那副一提起曾子卿就"春色横眉黛"的"玉精神花模样"，确实挺让洪潮羡慕，挺让洪潮受刺激的。自己毕竟也是结了婚的人，可自己为什么对老贺从来就没有她那种感觉呢？不是不牵挂，洪潮也牵挂老贺，盼望他能打胜仗，盼望他能平安回来，但仅此而已。

不，不能这么想，洪潮使劲地摇了摇头。这并不能说明什么，只能说明她和曾子卿之间是小资产阶级情调，而自己和老贺之间是无产阶级革命感情！

自己真是要引起注意了，洪潮心中暗想，最近自己对云端好像越来越放松警惕了。她虽然是个孕妇，但毕竟是俘虏，毕竟是国民党的小老婆，毕竟是敌人。对敌人是要时时刻刻提高警惕的。洪潮不由得又想起了那天晚上发生的事。那晚自己竟然大意得连两人之间的警戒线都忘了设置，待到睁开眼睛时，云端的脸已抵到面前了。谁知道当时她到底是想干什么呢？虽然表面上看是要给自己盖衣服，但她难道真就没有其他企图吗？比如借盖衣服的机会下自己的枪，比如用衣服蒙住头以后再对自己下手，这些可能性都不是没有的。要不然她明明知道不许过警戒线，为什么还偏偏要冒这个险？！想到这，洪潮不由惊出了一身冷汗。

往回走的一路上洪潮都在暗暗告诫自己：千万不能再受这个国民党小老婆的影响，千万不能再放松警惕了！

八

自打从山上回来后，女长官就一直冷淡着云端。云端心里很惶然。她十分后悔自己在山上胡乱讲话，更后悔一时忘了身份竟为了子卿与女长官争执起来了。

本来这段日子她与女长官相处得挺好的。女长官处处对她尽心关照，她也逐渐接受了女长官，习惯与女长官相处了。云端发现女长官虽然在人前出现的时候总显得很严厉、很冷硬，但一旦单独相处，一旦不再绷着，就会自然而然地发散出一种温润的气息。虽然这气息很淡，又仿佛被层层包裹着，但云端能捕捉到。云端很喜欢甚至可以说是很迷恋女长官身上的这种气息。特别是在目前的处境下，这气息对云端自然显得格外重要。它能使窒息的心情透气，让憋闷的呼吸顺畅，令蜷缩的内心舒展。当蜷缩着的内心逐渐舒展开来的时候，云端就常常会产生错觉，以为自己可以与女长官走近了，以为可以打开自己向女长官倾诉了。但每当云端刚刚打开自己，还没来得及完全放开时，对方的温润气息就会骤然消失，就像在山上那样出其不意地变成寒流。尽管如此，云端仍然十分珍惜那若有若无、若即若离的气息。其实，云端之所以惶然，就是害怕那温润的气息从此消失不再。

云端到了此刻才发现，自己已经不愿意搬回去住了。所以，连日来云端一直慎言谨行，小心翼翼地看着女长官的脸子，自己的事尽量自己动手打理，能伸上手的事就赶紧抢上去搭把手。但女长官的脸子却始终没能缓过来。

晚上，云端早早就钻进被窝里了。过去晚上临睡之前，云端和女长官还常常有一句没一句地说上一会儿话。现在女长官没话了，云端也掩声了，晚上的这段时间就变得格外空，格外长。

女长官正聚精会神地伏在灯下读一本书。

云端就侧身躺在那里静静地看女长官，也把女长官当作一本书来读。

女长官很耐读，她总给人一种十分清爽的感觉，很精神。云端始终搞不清楚她的精神劲是从哪里来的。按说她们这群俘虏好赖都是个官太太，哪个也不是白给的。更何况她们个个身上的衣服都讲究可体，个个都少不了描眉画眼装扮自己。但只要一站在女长官面前，立刻就显出了高低上下。尽管女长官只穿着肥大的粗布军装，拢着个短发，且素面对人，但就是透着精神。

女长官的那股精神劲，常会让云端想起自己做学生时的模样，想起自己跟在子卿后面参加学生运动时的模样。那时自己也挺有精神的，每天有干不完的事，浑身有使不完的劲。但自己那时并不在意做事，只在意子卿，以为自己只要有了子卿就足够了，以为一个子卿就足以填满自己的全部生活了。

后来自己真的就有了子卿，真的就把子卿当作了自己生活的全部。子卿在身边的时候自己就醒了、活了，就生活着、快乐着。但只要子卿一离开，自己立刻就会进入半梦半醒的状态：整天混沌着，什么都懒得听，什么都懒得看，什么都懒得吃，什么都懒得做，满世界的事好像一下子都与自己无关了。只有再见到子卿时，自己才能回过神，才能重新与这个世界建立起联系。从前云端一直很享受这种感觉，认为这就是做女人，这就是女人的日子，这就是女人日子的全部内容。

但时间长了，心情总围绕着子卿一个人的来去转换，日子就没有原先想象的那么满，那么有味道了。相聚的日子满得往外溢，分离的日子就空得见了底。当见了底的空日子一点点吞噬着心情的时候，云端的心里就现出虚空来了。

云端是比照着女长官才看出自己内里的虚空的。女长官也是女人，也是有了男人的女人，也是男人不在身边的女人，但她的内里好像就是满的，就是充实的。也许女长官外面的精神劲就是因了这内里的满和充实才透出来的呢，云端这样想着，不由得就很有了些羡慕的意思。

云端以前没觉出自己的虚空，是因为她身边的女人大多数都跟她一样。男人不在身边的日子里，她们最大的乐趣就是聚在一起打打牌，摸摸麻将。说起怎么打发寂寞的日子，个个都只会在那里感叹、哀怨。虽也有个别能显出精神头的，但都是另有男人支撑着，提不得，也学不得。

云端忽然很想知道，在没有男人的日子里，女长官是用什么把自己充满，是靠什么支撑着的。

也许是那些人，云端想。云端发现这边的人确实跟自己那拨人不太一样。云端其实并不喜欢自己那拨人。她从来都不愿意跟她们扎堆，受不了她们整天东家长西家短，你欠我一瓢我该你一碗的。更受不了太太们拿着自己丈夫的官衔当值，把女人之间的关系也弄成官衔：比自己高的就畏着溜着，与自己一样的就争着斗着，比自己低的就压着踩着。云端发现这边的人与人之间好像就没有那么多讲究，大家似乎都很平等。那个主任看上去也是个不小的官了，但他跟女长官说话时的模样倒像个兄长，说说笑笑亲切得很。女长官按说也是个官太太，但在那些士兵面前就一点儿架子都不摆，还常常把士兵们的衣服拿回来拆洗缝补。有一次，她亲眼看到女长官为了给士兵补个肩头，竟把自己一件好好的小坎肩拆了。云端看得出来女长官真是挺舍不得那件小坎肩的，下手拆的时候心疼着呢。但云端觉得人与人之间的关系再好也隔着一层，终归比不了自己男人贴心贴肉的滋养。

也许是那些书，云端想。女长官爱读书。住在一起的这段日子，云端看见女长官夜夜都要捧着本书读。云端悄悄留意过那些书,都是些横眉瞪眼的句子,好生无趣。但女长官就能看得进去，就看得有趣。云端不行，云端只能看《西厢记》那样的书。云端突然记起女长官也是喜欢《西厢记》的，不由心中一动，顿时生出了个念头。

第二天晚上，云端早早就把《西厢记》拿出来，故意放在靠女长官那侧的炕上。为了不让女长官看出自己是有意放在那儿的，她还把书翻卷着，做出自己看了一半随意扔在那里的样子。她希望女长官看到这本书后会高兴，会因此而转变心情，会重新向她散发那种淡淡的温润气息。

女长官进屋的时候，云端正躺在被窝里假寐。她从眼缝里看见女长官走到炕边，看见女长官发现了那本书，看见女长官的眼睛蓦地一亮……女长官忽然抬头向这边望了一眼。云端赶紧闭上了眼睛。

再睁眼时，云端失望地发现那本书仍旧摆在那里，女长官根本就没碰，正趴在炕桌上写字呢。

早上起来，云端一睁开眼就赶紧看看《西厢记》还在不在，结果见那书还是一动没动地摆放在原来的地方。云端的心情顿时一落千丈，一整天都无精打采，连书都懒得收起来了，就那么在炕上扔着。

云端灰心了，该做的不该做的她都努力做了，看来她与女长官之间无论如何也无法恢复了。死了这份心吧，云端对自己说。

但就在云端不再抱有希望了的时候，转机却突然出现了。

转机是在这天晚上出现的。不知为什么，女长官这天晚上比平时回来得都晚。进屋后还迟迟不睡觉，满腹心事地在地上打转转，一副神不守舍不知该干什么是好的样子。最令人费解的是，女长官总时不时地瞟上云端一眼，但只一眼就赶紧把目光移开，倒像怕了云端似的。

云端没发现女长官眼里的异样，她已经灰心了，已经不想注意女长官了。随便女长官做什么，她只想缩回到自己的心思里。但女长官却突然叫了声："《西厢记》！"一下就把云端的魂叫出来了。

云端抬眼望去，看到女长官竟像是刚刚发现《西厢记》似的，正惊喜地把书捧在手里，心中不禁疑惑，有些闹不准女长官昨晚是不是真的看到书了。还不待云端想明白，女长官已经开口问了："这书是你的吗？"女长官脸上的笑容有点不自然。云端点点头。"能让我看看吗？"女长官又问，神情倒像有点紧张似的。云端又点了点头。女长官立刻笑了，很夸张很热烈地连连说："谢谢你了曾太太，谢谢！谢谢！"

云端简直蒙了，半天都没反过劲来。她从没见女长官有过这么夸张的表情，也从没见女长官说过这么热情的话。难道她昨天晚上真的没看见书吗？可自己明明看见她站在了书的面前，明明看见她发现书的一刹那脸上露出了惊喜的表情。

不管怎么样，事情总算是朝好的方向发展了，云端终于大大地松了口气。这真是个出人意料的结果！这个结果虽然令云端费解，但毕竟让云端高兴，让云端心满意足安安心心地睡了个好觉。

从这天开始，云端过了一段被俘后甚至是子卿离开她以后最舒心的日子。在得知真相以前，云端一直都以为这段日子是《西厢记》带给她的。

女长官对她的态度突然有了很大的转变，不仅不再冷淡她了，反而常常主动找话跟她说，说话的口气也总是很温和，很关切。弄得云端都有点不适应了，常有受宠若惊、手足无措的感觉。更令云端感到欣慰的是，女长官不再防贼似的提防着她了，晚上睡觉时也不在两人之间设警戒线了。

刚开始在一起说话时她俩还都有点紧，都有点不知所云。但明显看得出双方都加着小心，都在有意地迎合着对方，呼应着对方。幸亏有本《西厢记》，有了书就有了更多的说话的理由和契机。渐渐地，云端和女长官之间的话就越来越多了。

当然，她们谈得最多的还是《西厢记》。从《西厢记》的话题引发开来，自然就会谈到男女之情，自然就会谈到个人的情感经历。但每当话题走到这个地方，女长官就闭口不言了。所以大多数时间都是云端在讲她和子卿的种种情感故事。

云端发现女长官很喜欢听她和子卿的故事，但她听的时候常会走神，一走神脸上就会现出一些与话题完全不符的神情，或伤感，或悲悯，或欲言又止的抑郁。但只要一发现云端注意到她溜号了，她立刻就会认真起来。这种明显的迎合态度使云端心里非常受用，因此就讲得愈发投入，愈发起劲了。

交流得多了云端就产生了一种感觉，觉得女长官似乎对男女之事并不那么有经验，至少没有她有经验。但云端不敢说漏，甚至都不敢表现出来。有山上那一次教训就足够了。云端记着呢，云端是个有记性的人。

但云端还是怎么看怎么都觉得女长官不像是个结了婚的女人，没那个味。结了婚的女人就像开裂的石榴，再怎么收着红艳艳的籽粒也会露在外面。姑娘家不用收就显出紧，像没灌足浆的果子一样，虽也长了个成熟模样，但口感硬，生涩。女长官就收得很紧，就显得生涩。

可女长官却咬钢嚼铁地说自己已经结了婚，已经有男人了。有名有姓的一个男人——贺辉。而且女长官显然很为自己的男人自豪呢。云端就想象那个叫贺辉的男人是个什么样子，想象能让子卿的人听见名字就闻风丧胆、缴械投降的男人是个什么样子。但她想不出，一想就想到子卿身上了。

她们常常吹了灯躺在被窝里说话。女人在夜晚里黑着灯说话是最惬意的一件事情，但也是最危险的一件事情。大概是由于隐在了黑暗里就会心无所忌的原因吧，这时的话题往往离身体最近，离心灵最近。

云端记不起那晚的话题是怎么滑到那种事上去的。只记得听见女长官突然问她是不是真的愿意做那种事的时候，她着着实实地吓了一跳。她是想了一下才反应过来的，反应过来之后就笑了，就有点不好意思地说了句愿意，接着又补上了一句：“哪能不愿意呢？”

女长官半天没吭气，过了许久才犹豫着说：“我……我怎么觉得那种事……一点儿意思也没有呢？”

云端有些发愣，一时不知该怎么说，过了一会儿才问："那你……我的意思是说，你的身体有没有那种……那种快乐？"

"什么样的快乐？"

"怎么说呢？就是非常非常快乐，是从心里发出来的，但不仅仅只是心里快乐，身体也快乐。那感觉怎么说呢，就好像是身体里的每一个细胞都被调动起来了，都在兴奋着，都在快乐着。"

没听到女长官的呼应，云端又接着说："打个比方吧，有点像开花，有点像花朵怒放的那个瞬间。身体突然间打开了，怒放了，露出了自己最美丽的姿态，还有什么比这更快乐的呢？"

见女长官那边还是没有呼应，云端又打比方说："还有点像飞，像荡秋千。你荡过秋千吗？但不是你指挥自己的身体飞，而是你的身体带着你飞。你什么也不用想，什么也不用做，只听任身体带着你飞翔，攀升，再攀升，直至顶峰，然后突然坠落下来。这种飞翔和失重的感觉带来的快乐简直是妙不可言。"云端忽然发觉女长官一直没应声，就赶紧打住，小心翼翼地说："我也说不太清楚，不知道对不对。你……你没有这样的感觉吗？"

"没有。"女长官的声音一下变得很低很远，"只是疼，只有疼痛的感觉。不快乐，一点儿也不快乐……"

谁也没再说话。

黑暗中，云端觉得自己的心像被一只手攥住了一样，一直在隐隐作痛。怎么会呢？怎么会是这样的呢？！云端想，怪不得自己总觉得女长官不像结过婚的女人，怪不得女长官总是显得那么紧，那么生涩。云端始终认为没有男人为女人的生命灌浆，女人是不会完全绽放，不会真正成熟的。女人生命的钥匙其实是掌握在男人手中的，只有男人才能把女人的生命完全打开。一种深深的怜悯之情突然袭上心头，云端的眼睛立刻潮湿了，心里感到了一种深深的痛楚。云端忽然很想搂住女长官，和她一起放声痛哭，给她一点儿体贴，给她一点儿温暖。

"怎么会是这样？"云端心疼得声音都颤抖了，"真是难为你了，你……"

"没什么，"女长官却突然打断云端的话说，"我不在乎。真的。"

沉默了一会儿，女长官突然提高嗓音说："其实，你说的那些快乐只是肉体上的。人是有精神的，人应该追求精神上的快乐。如果只一味追求肉体上的快乐，人就跟低级动物没什么区别了。"

云端一下就噎住了。

九

曾子卿团被全歼的消息是在几天前的一个晚上传来

的。这个消息令部队大为振奋。曾子卿团是徐克璜师的主力团，歼灭了这个团就等于砍掉了徐克璜的右臂，徐克璜就很难再顽抗下去了。

洪潮正跟大伙一起兴致勃勃地议论时，主任把她叫去了。当时洪潮还在兴头上，什么也没注意到。事后回想起来，主任当时的情绪的确有点反常。

那天主任一直在抽烟，抽得嘴都燎起了泡，还说了很多莫名其妙的话。

主任说："洪潮啊，这一段你工作做得很不错。"

洪潮回答说："主任，我做得还不够。"

"不不，"主任摆着手说，"很好，你已经做得很好了。

洪潮的脸就红了，很兴奋的样子。

主任抽了口烟说："这一晃真快，比起刚来的时候，你可是成熟多了。"

洪潮就笑了，说："主任这么培养，我还能总不成熟吗？"

主任说："我还记得你刚来时的那副小模样，绵绵软软的，娇娇滴滴的，动不动就哭上一鼻子。"

洪潮不好意思地笑着说："那不是过去嘛，人家早就改正了。"

"是啊。"主任突然长叹了一口气说，"洪潮是变了，硬实了，坚强了。"主任突然转移话题问："有什么困难没有？"

洪潮说：“没有，主任，我没有困难。”

主任就半天没说话。过了一会儿主任才问：“你还是跟那个国民党小老婆住在一起吧？我是说曾子卿的那个……”

“是。”洪潮忽悠一下想起了曾子卿，赶紧问道，“曾子卿呢？被我们抓到了吗？现在他……”

“阵亡了。”主任说。

洪潮怔怔地望着主任，半天没说出话。

主任拍了拍洪潮的肩膀说：“今天你就把她搬回去吧，不用再跟她住一起了。”

“不行。”洪潮突然说。

“还是搬回去吧。”主任又说了一遍。

“不行！”洪潮的反应超乎寻常地激烈，“她现在不能搬回去。”

“何必呢洪潮，”主任疑惑不解地望着洪潮说，“反正我们现在也不需要再做她的工作了嘛。”

“但她的身体还没恢复呢。”洪潮担忧地说，“她现在身体状况很差，要是一旦知道了曾子卿阵亡的消息，肯定挺不过去。”洪潮几乎是在乞求主任了：“主任，就让她在我那再住几天吧。”

主任深深地看了洪潮一眼，不由叹了口气说，“洪潮你这是怎么了？她不过就是个俘虏嘛，用得着这样吗？”

“可她还是个孕妇。”洪潮也叹了口气说，“谁让她是孕妇呢，要不然，我也就不用管她了。”

主任默默地审视着洪潮，眼神儿有些异样，深深的瞳孔里仿佛层层叠叠地壅塞着许多的内容。“那好吧。”主任说，“那就再住几天。不过时间不能太长，不能影响你……”

洪潮一听主任同意了，就赶紧表态说：“主任你放心，我不会受她影响的。我立场坚定着呢，我知道该怎么做。”

主任的眼睛突然有些发红，他背转身去，不耐烦地朝洪潮连连摆手道：“去吧，去吧，我知道，我知道……”

几天来，洪潮一直对云端封锁消息。不为别的，她呕吐刚好了一点儿，刚能吃进去点东西，得让她养养身子，不然这个致命的消息会把她击垮的。

洪潮从来没这么用心地去迎合过别人：装作突然发现《西厢记》，以此为由头跟云端套近乎；尽量找话题跟云端说，调节她的情绪；努力配合云端的心情，耐心听她说这说那。这些做法果然奏效，云端这几天情绪一直很好，话越来越多，脸上也有了些笑模样。

只是云端太愿意谈曾子卿了。任何一个话题她都能三拐两拐地拐到曾子卿身上。每当看到她提起曾子卿时的幸福、兴奋的样子，洪潮的心里就会出现那种隐隐作痛的感觉。洪潮不明白自己为什么会有这种感觉。她清楚地知道自己是不应该有这种感觉的，曾子卿是敌人，云端是敌人的家属，自己应该恨他们，而不应该同情他们。但洪潮控制不了自己。因此洪潮常常陷入到矛盾的心态之中，不知该如何面对自己的心理感受。

更令洪潮无法面对的是，她发现自己竟然在内心里暗暗地羡慕着云端和曾子卿之间的感情。洪潮不知道自己这是怎么了，越来越容易跟随她的讲述走进去，常常会走到很深很远的去处。洪潮有一种奇怪的念头，很想在那个深远的去处遇见自己的表哥，很想让表哥带着她一起神游，体会种种自己从未经历过的新鲜的、激情的、令人向往的感受。洪潮越来越贪恋她的故事了。

但真正令洪潮的心态发生变化的，还是那天晚上的一番谈话。

洪潮是早就想问那种事的，只是一直开不了口。洪潮心里始终有个疑问，想知道是不是别的女人也像自己这样不喜欢做那种事。如果真是这样的话，女人为什么会愿意结婚呢？洪潮想不通，难道女人只是为了让男人得到欢娱吗？这也太不公平了！那女人自己呢？女人能得到什么？

这个问题一直困扰着洪潮，但洪潮轻易不敢张口，始终把它紧紧地咬在唇齿之间。没想到一不留神竟从嘴里冲出去了，连洪潮自己都被吓了一大跳。

洪潮没想到会引得云端说出那样一番令她震惊、令她心动、令她向往的话。云端的感受竟与自己完全不同！洪潮怎么也没料到那种事在云端的生命体验中会是那样地美好，那样地快乐，那样地令人心驰神往。那一刻，洪潮忽然发现自己做女人做得很可怜，很失败。一种强烈的自卑感紧紧地攫住了洪潮的心，心口开始绞着劲地疼痛起来，疼得洪潮差点哭出声来。

洪潮紧紧咬住被头，咬了好一会儿才克制住自己的情绪。情绪平静下来之后，洪潮就发觉自己又有点不对头了。自己怎么能轻易就受她的影响，接受她的那些说法呢？她是个俘虏，是个敌人，她说的那些即便是事实，也是不健康的，是有害的，是腐朽的！洪潮忽然清醒过来，发觉自己刚才真是糊涂了。其实，与精神相比肉体上的快乐只能算是低级的，自己怎么能被她所渲染的低级快乐所诱惑呢？洪潮真有点后悔自己刚才说了那些话了。尤其后悔一时没能站稳立场，竟让云端在自己面前占了上风，竟让云端得以抓住机会展示、炫耀她的那些低级快乐。

虽然洪潮后来对云端表示了自己不在乎，但内心却再也无法平静下来了。洪潮觉得自己就像中了邪一样，满脑袋都是云端那些令人神往的描绘，满脑袋都是云端描绘的那些快乐场景。那东西就像贴在了洪潮的瞳孔里一样，不停地在洪潮的眼前晃动、变幻，无论怎样努力也挥之不去、驱之不散了。

后来，洪潮就一直望着窗外的那轮残月，久久不能入睡。不知什么时候，残月悄悄地从窗棂间溜了进来，紧紧地拥住了她的身体，又轻手轻脚地替她一颗一颗地解开衣扣，脱下了内衣。银白色的月光立刻扑在她赤裸的身体上，深情地抚摸着她，亲吻着她。她静静地等待着，等待着身体脱离自己的那一刻，等待着身体把自己带到那个美妙的地方，等待着身体带着自己去飞翔，去攀升，然后坠落……

但，什么也没有。

云端已经睡熟了。月光下，她睡梦中的样子很恬静，嘴角上带着微微的笑意。

看着眼前这张熟睡着的脸，洪潮实在想不明白上天为什么会对这个女人如此青睐，实在想不明白这个女人凭什么能独得这么多的爱，这么多的快乐？！她脸上那恬静的笑容就像一把锋利的刀子刺进了洪潮的心口，心中原本忽明忽暗的火苗如同被风惊醒了似的，突然熊熊燃烧起来，直烧得洪潮两眼炯亮、双颊通红。恨就在燃烧的妒火中迅速地抽芽、生长、粗壮起来了。

洪潮发觉自己再也忍受不了这个女人了，自己恨这个女人，恨她那张脸和那张脸上的所有表情，恨她的男人和那男人带给她的所有快乐，恨她的《西厢记》和她所有的《西厢记》做派，恨她的怀孕，恨她的呕吐，恨她所拥有的一切一切！

不知什么时候，洪潮摸出了手枪，黑洞洞的枪口对着那张熟睡的脸，在黑暗中久久地闪着冷冷的青光……

十

如果不是在院子里遇到了佟秋，如果不是佟秋冒冒失失地说出了那些话，云端恐怕至今还被蒙在鼓里。

本来云端今天的心情很好。昨天晚上跟女长官说了那么多女人家的私房话，云端心里很畅快。尤其是女长官能跟她谈到“那种事”，实在让云端感到意外。云端很高兴，看来女长官真把她当成自己的姐妹了，一点儿都不见外。虽然女长官最后的那句话说得很硬，虽然女长官早上起来后脸色一直很难看，但云端并不介意。云端心里挺体谅她的，昨天晚上一下子说给了她那么多的话，换了谁事后想起来都免不了有些后悔，有些尴尬。没关系，很快就会过去的，云端想。所以，云端今天的心情一直很好。

云端是晚饭前在院子里遇见佟秋的。佟秋一见她眼圈立刻就红了，拉住她的手说：“曾太太，你一定要保重身体呀。”

云端莫名其妙地望着佟秋。

佟秋的眼泪就下来了，流着泪说：“曾太太，你要多想想肚子里的孩子，为了孩子也要保重自己。”

云端不由笑了，边想佟秋今儿这是怎么了，边赶紧点头道："我知道，我会注意的。谢谢你了佟秋，你看我现在不是好多了吗？"

佟秋见云端竟然还能满脸含笑，不禁有些意外地说："曾太太，原来我还一直担心你会挺不住，看到你这个样子我就放心了。"转念想了想又说："看来女人还是得怀孩子，只要有了孩子就什么都不怕了。"

云端想起佟秋一直没怀上孩子，就安慰她说："别着急佟秋，你还年轻呢，你一定会怀上的。"

佟秋却说："曾太太，我不敢想，真的不敢想了。我没你这么坚强。他们整天在外面打仗，万一哪天我家老爷也像曾团长一样殉身在战场上，我可……"

"佟秋！"云端惊讶地望着她，"你说什么佟秋？！"

佟秋的嘴巴一下张得大大的说不出话了。

云端突然抓住佟秋使劲地摇晃着喊道："佟秋！你说什么？你说什么呀佟秋？！"

佟秋浑身哆嗦起来："曾太太，你……你不知道？你不知道曾团长已经……"佟秋突然哇的一声大哭起来，转身跌跌撞撞地跑了。

洪潮回到屋里来的时候天已经很晚了。屋里没点灯，洪潮点上灯后发现云端蜷缩在炕头，怀里紧紧地抱着那本《西厢记》。

炕桌上的饭菜已经凉透了，显然一动没动。洪潮没好气地问了一句：“你怎么又没吃饭？”

云端忽然从角落里发出了一声悠悠的长叹，念了句道白：“红娘，甚么汤水咽得下……”

又是《西厢记》！洪潮立刻反胃似的反上来了一股子烦躁。她还真把自己当成崔莺莺，把我当成她的红娘了！洪潮心里悻悻地想，嘴里冷冷地说：“曾太太，我看你还是将就着点别太挑剔了。这些饭菜可都是单独给你做的，可都是尽着最好东西给你做的。”

云端却没听见似的缓缓站起身，对着窗外幽幽地唱了起来：“将来的酒共食，白泠泠似水，多半是相思泪……”

洪潮真受够了，“啪”的一声把手里的东西摔到炕上，厉声道：“你不要太过分了！这么好的饭菜还说什么白泠泠似水？告诉你，这样的饭菜别说我们吃不上，连我们的伤病员都吃不上呢！”

云端没听见似的仍旧背着身唱道：“眼面前茶饭，怕不待要吃……”唱到这里，云端突然转过身，眼睛血红地看着洪潮，从齿缝里挤出了一句：“恨——塞满愁肠胃。”

洪潮怔愣了一下，见云端如发热病了似的面色潮红，正用充满仇恨的目光瞪视着自己。洪潮一直压抑在胸中的怒火立刻被那目光点燃，熊熊燃烧起来。

四目相对，她们狠狠地瞪着对方，在目光中交流着彼此心中最深刻的仇恨。直到此刻，她们才发现眼前的这个人才是自己真正的敌人，才是自己最憎恨的人。

突然传来了一阵脚步声，两人立刻警觉地竖起了耳朵。是院外的哨兵，洪潮听出来了，是哨兵在换岗。洪潮不易察觉地微微一笑，撇开那个神经兮兮的云端，自顾自地放下铺盖躺下了。

洪潮打定主意明天一早就把这个国民党小老婆搬回去，她再也不想理睬这个女人了，不想再看这个女人没完没了地呕吐，不想再像丫鬟似的伺候着这个女人，不想再任这个女人在自己面前洋洋自得地卖弄、炫耀，更不想再听这个女人张嘴闭嘴、没完没了地搬弄她的《西厢记》了！

洪潮没想到自己很快就睡过去了，而且睡得那么沉。

下半夜，洪潮被一种异样的声音惊醒了。一睁开眼睛，洪潮就看见云端紧缩在炕角，手里正摆弄着一把枪。她迅速地在枕头下面摸了一把，不禁惊出了一身冷汗：枪不见了！云端竟趁自己睡觉的时候把枪摸走了！

发现洪潮醒了，云端吃了一惊，立刻把枪口对准了洪潮。

洪潮只觉得脑袋里轰然一声巨响，下意识地刚要翻身坐起，就听见云端喊了声："别动！"

洪潮停止了动作，目瞪口呆地望着眼前那只黑乎乎的枪口。在枪口的后面，她看到了云端那双充满了仇恨的眼睛。洪潮心里一沉，心想完了，今天是要死在这个女人的手里了。想起前两次自己用手枪指住她的情形，洪潮心里真有说不出的后悔，当时怎么就没开枪呢？难道自己就这样死在这个女人的手里了吗？悔不当初啊！自己真是太大意了！太大意了！洪潮不甘心地闭上了眼睛，她听见了云端急促的喘息声，听见了衣服的簌簌声，听见了扳机的扣动声，接下来枪就该响了……

但那枪却迟迟也没有响。

洪潮慢慢地睁开眼睛，看到云端正在手忙脚乱地摆弄手里那支枪，看架势她显然不熟悉枪。洪潮心里一阵狂跳，试探道："你要干什么？！"

云端一愣，立刻又把枪口对准了洪潮。

"你想打死我？"洪潮问。洪潮觉得自己的心马上就要跳出来了，心脏拼命地撞击着胸膛，撞出阵阵擂鼓般的轰响。

云端不回答，拼命地摇着头，举枪的手也剧烈地抖动起来。

洪潮强压住内心的慌乱说："告诉你，打死我你也跑不掉！只要枪一响，院外的卫兵立刻就会冲进来。"

这句话显然提醒了云端。云端愣了一下，忽然慌慌张张地把枪口掉转过来，对准了自己。

洪潮被她的动作吓了一跳，猛然翻身坐起。云端向后缩了一下，枪口却依然顶在自己的头上。洪潮突然醒悟过来，这女人是想自杀！洪潮本来还想大声叫卫兵，这下倒不敢轻易喊了。

洪潮镇定了一下，压低嗓门对她说："把枪放下！"

云端面色惨白地看着洪潮，一动没动。

"你想死？"洪潮说，"你不能死！你还要等曾子卿呢。你不是一直在等着曾子卿回来吗？"

"别说了！"云端大喊了一声，眼泪决堤般地涌了出来，"子卿……他……他已经死了……"

洪潮心里"咯噔"一声，原来她知道了！

"我知道，"云端说，"我什么都知道。我知道子卿早就被你们打死了！我还知道子卿一定是被你那个男人打死的！怪不得从见面那天起，我就觉得和你之间迟早会发生点什么事，果然就发生了，果然……"

洪潮这才明白她晚上为什么不吃饭，为什么不睡觉，为什么要唱那段戏，为什么要偷自己的枪。原来她什么都知道了。

"我恨你！"云端说，"你不知道我有多恨你！是你撕了我写给子卿的信，毁了我的希望。如果子卿看到了我的信，他就不会死，就会活下来，不管多难他都会活下来，会活着回来找我！"

"把枪给我！"洪潮克制着自己，尽量平静地说，"就算曾子卿不在了，你肚子里还有个孩子。想想孩子吧，想想你为这个孩子吃了多少苦……”

“孩子？”云端苦笑道，“子卿都不在了我还要孩子干什么？我要孩子本来就是为了子卿，我是为了子卿才要的这个孩子啊！”云端突然仰天道：“子卿，我什么也不要了，我只要你！你等等我，等等我……”说着就扣动了扳机。

洪潮心口一紧，本能地闭上了眼睛。

但等了半天，却没听见枪响。待再睁开眼睛时，洪潮才发现云端脸色煞白，正不知所措地盯着手里那支没打响的枪。

原来她不会打枪！

原来她连保险都没打开！

洪潮立刻毫不犹豫地扑上去夺枪。但云端却把枪紧紧地抱进怀里，说什么也不肯撒手。

“把枪给我！”洪潮厉声道。

云端死死地护住枪，一声不吭。

“把枪给我！”洪潮又喝了一声。

云端仍旧不肯放手。

洪潮强行抢夺起来，两人立刻扭打到了一起。她们从炕头滚到炕梢，翻来覆去地直到筋疲力尽停下来时，两双手还都死死地抓着枪，谁也不肯松。

洪潮气喘吁吁地喝道：“放开手！”

“不！”云端上气不接下气地回答。

“再不放手我就开枪了！”洪潮急了。

“你开枪吧！”云端很干脆地回答。

“别以为我不敢开枪！”洪潮喊道，“你放手！”

“我不会放手的。”云端的声音突然变得出奇地平静。“你开枪吧，”云端说，“你把我打死吧，就算帮我个忙。”见洪潮仍在使劲夺枪，云端突然大声说：“告诉你，你不打死我，我就不会放过你！”

洪潮冷笑道：“你能把我怎么样？”

“我是不能把你怎么样，”云端说，“但我会可怜你。”

洪潮打了个愣：“我看你还是先可怜可怜自己吧！”

“不，我没什么好可怜的。”云端微微一笑，“我有子卿，我此生有子卿足矣。我只是可怜你，可怜你枉做了一回女人！”

见洪潮脸色突然涨红，云端又继续说道：“我问你，你懂得情吗？你懂得爱吗？你懂得男女之间的欢愉吗？你不懂，别看你也是为人妻，但你却什么也不懂。”

洪潮的脸色霎时变得苍白。

云端几乎凑到洪潮的面前，口含讥讽地在洪潮的耳边说：“那你还算什么女人？那你还做什么女人？你不配！”

“住口！”洪潮歇斯底里地大叫起来。

“我不会住口的，”云端说，“我不仅不会住口，我还要告诉你，你那个男人也不配，他不配……”

“呯”的一声，枪不知怎么突然就响了。

她俩都愣了，一起低下头看枪，一时搞不清是谁把枪弄响的。

血出来了。她们看见了血，看见鲜血正从云端的胸前汩汩地流淌出来。两双手同时痉挛了一下，又同时松开，枪一下掉下来了。

血还在汩汩地往外流，云端脸上的红晕像退潮一样渐渐褪去……洪潮猛然惊醒过来，不顾一切地扑到云端身上，用手拼命去堵那个血窟窿，但怎么也堵不住。

“你……你先坚持一下，我去喊医生！”洪潮慌乱地说。

“不用了。”云端说，声音很轻但很清晰。

洪潮抬起头，看到云端的脸上竟浮现出一丝微笑。

“不用了，”云端说，“子卿还在前面等着我呢，就让我去追他吧。”见洪潮还是执意要去喊医生，就拉住她的手恳求道：“别离开我，好吗？送送我吧，好赖我们也算是姊妹一场吧。”

见洪潮不再挣脱了，云端才安下心来，看着洪潮的眼睛问：“你恨我，是吗？我知道你恨我。可我不恨你。我想告诉你，其实我挺喜欢你的，也挺羡慕你的。”

洪潮的头一下就垂下去了。

云端接着说：“我自幼孤单，没有姊妹。其实你我本该能结成一对好姊妹的。可惜了……”云端突然问：“我能叫你妹妹吗？”

洪潮迟疑着点了点头。

云端的脸上露出了笑容，轻轻地叫了声：“妹妹。”云端说：“这些日子多亏了妹妹的精心照顾，姐姐谢谢你了。”

洪潮使劲摇了摇头。

云端又说：“妹妹，你可千万别记恨姐姐呀。姐姐也是不得已才用那些话来伤你。否则你怎么会……”

“别说了……”洪潮抬起头，早已是泪流满面。

“好吧，不说这些了。”云端忽然问，“妹妹，咱们姊妹一场，我还不知道你叫什么名字呢。”

“云端。”洪潮脱口而出。

云端的眼睛睁得大大的，不相信地看着洪潮。

洪潮赶紧指着自己，肯定地说：“真的，我的名字也叫云端。”

云端的脸上掠过了一丝惊异，过了半天才说出了一句：“天意。”随后又长长地感叹了一声：“天——意——呀——！”

云端的呼吸眼看着就越来越微弱了。她强睁开眼睛，断断续续地对洪潮说：“妹妹，看来这世上……容不下两个……云端呀，姐姐就……先去了。那本《西厢记》就……留……留给……”

十一

主任闻讯赶来的时候，洪潮正在给云端擦拭。

主任就站在洪潮的身后，但洪潮一直没回头。主任在洪潮身后足足抽了两根烟，才开口说道：“洪潮啊，我非常理解你的心情。但不管怎么样，我还是得批评你一句。洪潮你不该这样做呀。咱们解放军历来讲优待俘虏，连战场上缴枪的敌人都不杀，何况她一个手无寸铁的女人。”

见洪潮没吭声，主任又继续说道：“我理解你的感情，我知道……”主任的声音忽然哽咽了，“我知道老贺牺牲……你……你心里难过。我心里也一样难过啊。”

洪潮突然停下不动了。

“所以我一直没敢告诉你。我是怕你挺不住，就总想往后拖一拖，再拖一拖。没想到你到底还是先知道了。”

洪潮的后背僵了一下，头慢慢地垂下来，深深地埋在胸前。

主任还在不停地说着，说他和老贺是同乡，说他们是九死一生一起从长征一直走到了现在，说他们曾经历过许许多多的残酷战斗受过无数次的伤，说老贺这次回来的时候还跟他打了个赌，赌这次能不能种下个种，赌这次种下的是儿子还是姑娘。主任的声音越来越低，唏嘘着说不下去了。

洪潮一直僵在那里一动没动。

平息了情绪之后，主任真诚地说："洪潮呀，今天晚上的这件事既然已经发生了，你也不必有太重的思想负担。这件事就交给我来处理吧。我会给出一个合理的、对各方面都交代得过去的说法。放心吧洪潮，我保证不会让这件事给你造成任何影响。你只需要记住一点：不是你开的枪。听明白了吗？"

洪潮仍旧僵着不动。

主任叹了口气说："洪潮，你还是先回去休息吧，这里我安排别人来整理。"

洪潮的手又开始动了，她从头到脚一下一下精心地擦拭着，直到把云端的全身都擦得干干净净。最后，洪潮拿起了那本《西厢记》。书已经被血浸染了。洪潮小心翼翼地擦干封面的血迹，翻看了几页，才轻轻地把书摆放在云端的身上。

做完这一切之后，洪潮终于缓缓地站起来，转过身，神情恍惚地看着主任。

主任什么话也没说，只默默地把老贺的遗物捧到了洪潮面前。

洪潮目光迷离地看着那些遗物，仿佛是在努力思索到底发生了什么事情，老贺为什么要把这些东西捎回来。

"洪潮，你千万不要这样……想哭，你就哭出来吧。"

见洪潮这个样子，主任不禁心如刀绞，忍不住先自流下泪来。

洪潮却没流泪，她默默地看着那几件东西，总觉得什么地方有点不对头。是什么地方不对头呢？洪潮觉得自己的脑袋瓜里很疼很僵，好像被刚才那些不断往外流淌的血给糊住了似的，怎么也转不动了。她拼命地转动脑袋，使劲地想：是什么地方不对头呢？是枪吗？对了，好像是枪。洪潮拿起老贺的手枪仔细看了看，是了，就是枪！问题就在这：怎么能把枪搞得这么脏呢？上面有这么多的泥土，还有凝固的斑斑血迹。老贺看见该生气了，洪潮想，老贺的枪从来都是擦得锃明瓦亮，纤尘不染的，如果看到把他的枪弄成这样能不生气吗？对了，还有我那把枪，简直就是从血里捞出来的，脏透了。这枪可是老贺送给我的，得赶快擦出来，不然老贺看了会不高兴的，会质问地发出一声“嗯？”

洪潮一旦想明白了，立刻毫不迟疑地坐到桌前擦起枪来。她擦枪擦得十分仔细，把全部精力都集中在了这两把枪上。那神情仿佛擦枪是当前最重要的一件事，是她唯一应该去做的一件事。擦完以后，洪潮把一大一小两把枪并排摆在面前，仔仔细细地检查了好久，这才满意地松了口气。

主任一直在旁边看洪潮擦枪。洪潮这副不哭不闹的样子很让他担心。他过去总批评洪潮太软弱，太爱哭了，可当洪潮真的不哭了的时候，他才发现女人不哭反倒比哭更令人揪心，更加可怕。

接下来，洪潮的举动就不仅是让主任担心，而是让他震惊了。

只见洪潮站起身，对着那两支枪深深地鞠了三个躬后，又重新坐下，用布把自己的眼睛蒙上了。她深深地吸了一口气，就开始拆装枪。只见她双手飞速地动作着，随着手的飞舞，一支枪如变魔术般地迅速分解开，又迅速地组合到一起了，全部过程只用了一口气的时间。第一支枪拆装完毕后，她平息了一下呼吸，又深深地吸进一口气，开始拆装第二支枪……

主任的喉头一下就哽住了——这是老贺的绝活啊！

两支枪都拆装完了，洪潮却久久没把蒙眼睛的布拿下来。主任这才发现那块布上有了两块洇湿的痕迹，那痕迹慢慢地向外扩散着，越来越大，越来越清晰，很快整块布就都湿透了……

洪潮拿下蒙眼布的时候，脸上的表情很平静。她开始平静地往枪里压子弹，一粒一粒地压进去，直到两把枪都压满了子弹。压完子弹，洪潮站起身来，戴上军帽，系好衣扣，扎紧腰带，从头到脚整理了一遍军容。

该拿枪了，洪潮的手在枪上轻轻地抚摸着，来来回回地滑动着……突然，洪潮收回了手，端端正正地敬了个军礼，果断地抓起了枪。

洪潮一手提着一支枪从主任身边大步走过。

主任喊了声："洪潮。"

洪潮听见了，脚下停顿了一下，疑惑地向周围望去，似乎想搞清谁是洪潮。

主任一把拉住她，急切地叫着："洪潮。"

洪潮神情恍惚地看着主任，吃力地想着"洪潮"这个熟悉的名字。谁是洪潮？洪潮想，是我吗？可我不是叫云端吗？那我到底是谁？是洪潮还是云端？洪潮觉得脑袋里一片混沌，所有的东西都搅和在一起分不出个儿了。洪潮不想再想下去了，她还有紧要的事情要做。她使劲甩掉主任的手，继续向门外走去。

主任惊呆了，大叫了一声："洪——潮——！"

洪潮没听见似的径直向前走去，头也不回地走进了夜空。

夜空中先是响起了一阵清脆的枪声。枪声响过之后，就传来了一阵撕心裂肺的哭号。

那晚，凄厉的哭声一直在无垠的夜空中回荡着，久久不散。

催　眠

一

医生，我失眠。

多长时间了？

四五年了。

四年还是五年？

……五年。

一直都睡不好吗？

不是，是每年一到这时候就睡不好。

这时候？

五月份，一进五月份就开始失眠。

是入睡困难还是睡眠质量差？

入睡也困难，质量也差，而且梦特别多。

这种状态一般会持续多长时间？

说不好，整好了一两个月兴许能过去，整不好得折腾个小半年。

看过内科吗？

我过去一直都是看内科。

这次怎么来看心理门诊了？

我觉得吧，内科就是吃安眠药，一片没用吃两片，这种没用加那种，顶一阵子是一阵子，根本去不了根。

你想接受心理治疗？

医生，我想催眠。

催眠？

对，就是躺那儿，医生在旁边说，人就睡着了那种。

你是说催眠术？

对对，是叫催眠术吧。

哦，你看我这有睡觉的地方吗？

真是的，怎么没有呢？这心理门诊跟我想象的不太一样。

医学心理治疗一般不提倡催眠术。

可是……我看心理治疗好像都是催眠呀，就像《无间道》里的梁朝伟和刘德华那样，陈慧琳在一旁说着说着，就把他们说睡着了。

电影看多了吧？这么跟你说吧，你可能是把睡眠和催眠混到一起了。其实，睡眠和催眠不是一个概念。睡眠状态中的人大脑神经活动处于抑制状态，不存在意识活动；而催眠状态中的人意识并没有消失，对自己的存在非常清楚。

二

作家，跟你商量个事。

什么事？

我要去开学术会议，这个病人你先帮我照看几天怎么样？

我？

对。

医生，你……是不是有点太瞧得起我了？

你来体验生活有段日子了，跟着我出门诊也算经历了不少病人，应该没什么问题。

……

怎么，不敢接？

……

哦，我明白了，你不是不敢接，而是不想接。

不，你不明白，我是既不敢接，也不想接。

……还因为沈阳兵的事在怨我？

我在想，你当年也是这样随便就把沈阳兵扔给学生了吧？

这事我跟你解释过，当时情况紧急，我实在是顾不上……

作为医生有什么情况能比治病救人还紧急？

我……

我那么相信你，现巴巴地把他交到了你手上，你可倒好……算了，不说了。

……那个……沈阳兵……现在怎么样了？

……不知道，撤离之前我去了一趟他们部队，但没看见他。连长告诉我已经把他送走了，说是暂时送到一个偏僻的地方看仓库去了。

为什么不送医院？我不是让他们尽快送医院治疗吗？

我也是这么问的。连长回答我说要送医院也得抗震救灾结束以后再送，直接送去对部队影响不好。

唉，真没办法。我们就是不能正视心理和精神问题，总把正常疾患当作丢人现眼的事来遮掩。

你知道吗，医生，直到现在想起那个沈阳兵，我心口的这个地方还会疼。一想起他，我的眼前就会出现这样一幅画面：在一个大山深处，沈阳兵孤独地坐在洞库前，默默地向远方张望着，眼里充满了期待和无奈……

你一来体验生活，我就明白这件事你一直都没放下。

那你还同意我来，就不怕我不怀好意？

我是想，让你多了解点我们心理专业也好，能加深相互理解，不然心里总有疙瘩。

那你就更不该把病人交给我了。

不是要把病人交给你，只是让你替我关照一下。这病人问题不大，我给他开了点解郁安神药，想让你这几天多跟他聊聊，帮助他缓解紧张情绪。不过你要是觉得不合适就算了，还是等我回来再说吧。

别……医生，你真觉得我跟他谈话合适？

当然了，作家谈话本来就内行，何况你跟我接触过不少病人，也没少谈。

可我不专业？

你是没经过专业培训，但心理医生与其他学科的医生不同，心理医生是用心来工作，靠心来指引诊断治疗的，专业理论和技术只是相应的辅助手段。何况作家的工作本来就与心理学专业靠得很近，你应该没问题。

那我以什么身份跟他谈话呢？

当然是作家，以医生的身份就是非法行医了，这可是原则问题。你只是以一个体验生活的作家身份，找一个病人谈话。

在心理门诊，以作家的身份，用心理医生的方式？

怎么样？

有点滑稽。

其实你也不必拘泥什么方式，就像跟我聊天这样，按自己的方式谈就行。

能行？

怎么不行？心理医生也没有固定的方式，再说了，让你用别人的方式谈你谈得了吗？

可也是。

无论怎么谈，只要能用心感受病人的内心，寻找出影响病人心理的致病因素就行。

我明白了，我得通过谈话想办法缓解他的紧张情绪，还得寻找他的致病原因。医生，你真觉得我具有这种非法行医的能力？

你没问题。其实我一直都在观察你，发现你进入情况很快，感受和介入他人心理的能力都很强。

这服药我爱吃。

你在心理方面是有天赋的。

天赋？医生，下药太狠了点吧？

难道你不承认作家通常都具有这种天赋？

我承认，一个好的作家一定得具有这种天赋。

同样，一个好的心理医生也是需要这种天赋的。我一直认为，一般的心理医生也许谁都能当，但优秀的心理医生必须具有精准感知他人心理的直觉，而这种东西是无法通过理论学习和专业训练获得的，这是天赋，是与生俱来的。在我看来，你的心理感知能力和心理引导能力比我带的大多数研究生都好。

别，医生，这么严重的表扬我可有点承受不了了。别说，让你这个心理专家这么一抬举，我这会儿还真有点受宠若惊、信心倍增、勇挑重担的意思了。

得意吧你。

哎，医生，我反应过来了，你这是不是在使用方法？在对我进行心理暗示？为了增强我独立工作的自信心？

你比我都自信，还用我暗示？

那好吧，既然你这么看好我，我这就去准备约谈病人了。医生，你看还有什么要嘱咐我的？

这个病人只有点轻度焦虑症状，应该不难交流。你先谈谈看，有问题随时给我打电话。

你放心，所有情况我都会向你报告，出现任何问题我都会及时请示你，你只要别关机，别嫌我烦就行。

还有最重要的一点，自我心理保护的方法都记住了吗？

记住了。

一定要有自我心理保护意识，在与病人接触的过程中，要注意使用技术方法，避免自己受到伤害。

三

我不是医生。

您是……

我是作家。

作家？我可是来看医生的。

知道。我在心理门诊体验生活，医生这几天外出开会不能出门诊，他认为我可以先跟你聊聊，看能对你有什么帮助，你看可以吗？

……

没关系，如果你不愿意……

行吧。

这么说你愿意？

我是想，正好我还没见过作家呢。

呵呵，有一次，我在电台的一档直播节目里做嘉宾。一位听众打进热线电话说，我从来没见过作家，特别想知道作家是什么样的人，你能告诉我吗？我就告诉他说，作家就是普通人，过着普通人一样的世俗生活，有着普通人一样的喜怒哀乐，跟普通人一样也会咬牙、放屁、抠脚丫子。

哈，有意思。

这是个午夜广播的节目，我还以为半夜三更的没人听广播呢，没想到第二天就接到了好几个朋友的电话。无一例外，一接通电话就听见对方在那边乐，说，喂，你现在是不是正在咬牙、放屁、抠脚丫子呀？

哈哈……哈哈……

你是排长？

是。

五年前你在做什么？

那时我是士官。

士官？排长都是从军校毕业的，你怎么能从士官提为排长呢？

我是特殊提拔的。

为什么？

……我参加抗震救灾立了个二等功。

你去汶川了？！

我去的是北川。

我也去北川了！

真的？！

你们什么时候进去的？

震后第二天，我们是第一批进震区的部队。

哦，那你……什么都……看见了？

嗯，什么都……看见了。

……

……

我是一周后跟野战医院进的北川。

那会儿我们部队已经撤出来了，到别处去救援了。

我说呢，我在北川锣鼓镇住了两个月，驻扎在那一带的救灾部队我都跑遍了，怎么不记得有你们部队呢。

唉，我们离开得太匆忙了……

什么意思？

啊……没什么。我们突然接到命令进山去解救被困在山里的群众，就急急忙忙走了。

你在震区救了不少人吧？

我……其实都是大家一起救的。

你立的可是二等功，一定不简单。

没有……我真的没什么，都是大家一起……

别谦虚了，二等功可不是随便就给的。

我不是谦虚，是……

是过分谦虚。

医生，不，作家……咱能说点别的吗？

四

病人显得很疲惫，面色憔悴，但目光一点儿也不黯淡，反倒有点显得过于亮了。

我就说嘛，作家的眼睛就是厉害，这种病态的亮光很可能就是患者心理焦虑的投射，被你一下子就捕捉到了。

跟他交流倒没什么障碍，他情绪挺稳定的，思维清晰，语言表达也顺畅。

还算配合吧？

他虽然表示愿意接受心理治疗，但当谈话内容涉及某些问题时，还是会下意识地表现出躲闪甚至拒斥的心理反应。

问题通常都会出现在躲闪、回避之中。有点思路了吗？

不知道算不算是。

你说。

我猜测他的病因很可能与五年前的汶川大地震有关。

时间上倒是符合。

开始我也只是注意到了时间，但通过交谈我发现，只要一涉及抗震救灾话题，他的反应就会出现异常。

譬如？

譬如对立功这件事，他的反应就很不正常。在抗震救灾中立二等功，这么一件值得夸耀的事，他竟表现出明显的躲闪、回避甚至拒斥的心理。这没有道理呀。

怎么没道理？你不也这样吗？

别提我好不好，我就立一三等功，跟他不一样。

你看，你不是也跟他一样在躲闪、回避甚至拒斥吗？

……

别在意，作家，我只是在甄别。你看他是不是那种过于自谦的人。

他的表现大大超出了自谦的范畴。

那是不是行为习惯呢？很多人在环境的暗示下，都会养成自我压抑自我收敛的行为习惯。

不，他的躲闪回避不是做出来给人看的，是下意识的流露。

你想用他对待立功的态度来补充你对致病时间的判断？

对。

还有吗？

还有一些笼统的说不清的感觉。

那就接着进行下去吧，也许渐渐就清晰起来了。

你是说我可以这样继续下去？

……

喂，医生，说话呀。

我在想，可能我把这个病人交给你真就对了，没准会有意外收获呢。

五

看你的样子昨晚又没睡好？

不是没睡好，是根本就没睡。

我昨晚也失眠了。

你们当医生的也失眠？哦，对不起，错了，您不是医生是作家。

呵呵，作家失眠就对了？

我不是那个意思。

没关系，其实你会失眠，我会失眠，医生也会失眠，大家都一样。

对对，作家好像更爱失眠。

不一定，我就是个例外，我平时很少失眠。

哦。

我常开玩笑说自己为此深感惭愧，觉得自己特别愧对女作家的称号。

为什么？

因为女作家一般都有点神经衰弱，大多数都有失眠的毛病。平时在一起聚会，我看人家从中午就开始不敢喝茶，不敢喝咖啡了，生怕影响晚上睡觉。我可倒好，无论什么时间喝完浓茶浓咖啡都能倒头便睡，丝毫不影响睡眠。相形之下不免暗自气馁，觉得自己也太神经大条了，特别不具备优秀作家的精神气质。

您说话挺有意思的。

没事聊天呗，你怎么看自己？

我？我对自己也挺不满意的。

哪方面不满意？

好像哪方面都不太满意。

你对自己要求太苛刻了吧？

也不是，我真是觉得自己哪哪都不行。

就没有得意的地方？好好想想，把你想到的最得意的一件事讲给我听。

最得意的……

就是那种私下里自己一想起就非常开心的事，比如买彩票中了个头彩，摔跟头捡了个金元宝什么的。

作家您可真逗。

或者是唱歌赢了个满堂彩，训练争了个第一，还有立功受奖什么的。

……全连就我一个二等功。

就是嘛！

团长亲自给我颁的奖。

你看！

我当时站在台上，胸前佩戴着军功章，真的感到特别自豪。

还说自己哪哪都不行呢，你比一般人都行。

是吗？

当然了。

……可是，有时我会突然觉得这一切都不是真的。

为什么？

因为不符合实际情况。

那你认为实际情况是什么？

……实际情况是我根本就不如别人，只不过别人还没看出来。

所以你害怕哪一天会被别人看出来？

是，每当想到这，我就会自己惊出一身冷汗。

告诉你，我也有过这种念头。

真的？

真的。过去我一直认为自己不够聪明，第一次听到有人说我聪明时我非常惊讶，心想大概是我碰巧把这人给蒙住了吧。后来不断有人说我聪明，我就越来越感到疑惑，想不明白是我真聪明呢还是我把别人都给蒙住了。结果越想越害怕，总担心哪天会被别人识破。后来我实在憋不住了，就跑去悄悄问我爸，心想我爸肯定会跟我说实话。我爸是个公认的聪明人，听了我的话竟诡异地望着我笑，用一种同流合污的口气对我说，丫头，你爸被别人说了一辈子聪明，可你爸我从来都没觉得自己聪明。至今你爸还觉得此事甚是怪哉，眼看这辈子都要走到头了，他们怎么还没识破我呢？然后，我爸就笑呵呵地拍着我的肩膀说，丫头呀，既然如此，咱就坦然接受吧，别跟自己过不去了。用黑格尔的理论解释，这就叫做凡是存在的都是合理的。

您爸……他老人家是做什么的？

搞哲学的。

连他这么有水平的人都有这念头？

我想，可能大多数人都有过这样的念头，只不过谁都窝在心里不敢说，怕人家还没看破呢自己就先露馅了。只有像你这样敢于面对自己的人，才能把内心深处的想法说出来。

其实我也是第一次说出来，没想到说出来的感觉这么好。

是吧？我们总喜欢把很多东西都藏在心里，以为说出来就天塌地陷了。其实真说出来之后就会发现，什么事都没发生，反倒让自己的心里更轻松了。人啊，心里堆积的东西越多，心就越累……

您是想说心太累就会常失眠，对吗？

没错。

唉，这道理谁都懂，可惜没用。

为什么？

懂道理就不往心里藏东西了吗？懂道理就能让心不累了吗？懂道理就敢把心里的东西说出来吗？谁能担保说出来不会天塌地陷？万一真要是天塌地陷了怎么办？

你还真把我给问住了。

其实每个人心里都藏着东西，每个人的心都累，但不是每个人都失眠，对吧？

对。

失眠的人也不都有心理问题，对吧？

也对。

您看，我就没有心理问题，我来心理门诊就是想做催眠。

还惦着催眠呢？

是。作家，您能不能帮忙替我跟医生说说。

医生不是已经跟你解释过了吗？

可是……作家，我这么说您可别见怪，虽然我很愿意跟您说话，可您不会做催眠再说也没用不是？

六

就这么败下阵了?

可不是。

呵呵……

还笑!

好好，不笑。

你看问题出在哪儿?

他的心理还是太紧张了，你得想办法让他放松下来。

其实我挺注意的，我尽量避免直奔主题，一直都在跟他东拉西扯。

是，这点连我们医生都做不到，医生要像你这样一天都接不了几个病人。

你这是表扬我呢还是揶揄我呢?

表扬，绝对是表扬。谈话是心理诊断治疗最重要的途径，这个过程最该不受时间限制，最该安神静气细心体察。但我们做不到，作为医生我们也很无奈。

那你看我为什么没能让他放松?

可能是你自己的心里太紧。

我?

人心是最敏感的，你心里发紧，他一定就会有感应。他感应到了你的紧，自己就没办法松下来。所以你还是得先放松自己，不就是谈个话嘛，别憋着像是跟谁斗智斗勇似的。

别说，还真是这么回事。不过也是让我碰上了，你说这人怎么这么轴，盯住催眠就不松口了。

那你就给他催眠嘛。

开玩笑，我哪会催眠？

你会。

我要会就好了。

其实谁都会催眠。

这话可有点离谱了吧。

一点儿不离谱。你听我说，催眠的核心是暗示，是指用暗示的方法介入和影响他人的心理。但催眠有广义和狭义之分。狭义的催眠单指催眠术，催眠术当然是有技术含量的，不是谁都能做的。但广义的催眠就不同了，广义的催眠在日常生活中很常见，谁都曾有意无意地对别人进行过心理暗示，谁都曾自觉不自觉地接受过别人的心理暗示。

这也算是催眠？

可以算是广义的催眠吧。

照你这么说，催眠也太简单了吧。

本来也不难，别把催眠看得那么神秘。

有点意思。

明白了这个道理，就可以在对病人进行治疗时利用催眠原理，有意识地使用暗示方法，对病人进行心理干预。

有意思。

怎么样？是不是有点跃跃欲试的感觉了？

还跃跃欲试呢，没机会喽，没看人家已经把我拒了吗？

别急，机会还不有的是。

七

作家，是我。

你怎么找到这儿了？

我去门诊您不在，我就……就……

进来吧。

谢谢。

脸色这么不好？

又失眠了。

那你先在躺椅上靠一会儿吧，我得把这几个邮件处理一下。

……

你刚才睡着了。

没有啊，我就闭了会儿眼睛。

还没有呢，我一个邮件还没处理完，你就在那边打上呼噜了。

不会吧？！

别起来，就那么靠着吧。

那多不好意思。

没关系，在我这儿随便。

作家，您这躺椅可真舒服。

舒服吧？要不你怎么能睡着了。

您不是骗我吧？

没骗你，你刚才睡得还挺沉的。

我不信，我睡觉从来都很轻。

呵，你否认得这么坚决，倒让我想起了麦克尤恩的《深深睡眠，浅浅睡人》。

深深睡眠，浅浅睡人？什么意思？

是篇小说，写一个四重奏组的小提琴手。他像你一样，刚醒过来就不承认自己睡着了。医生对他说，你刚才睡得很沉，都没听见我在你耳边的拍手声。他坚决否认说，我通常都睡得很浅。你看你跟他是不是一样？

不一样。我睡觉的时候别说拍手，多小的声音都能听到。

是吗？那你告诉我，刚才你都听到了什么？

刚才我没睡。

好，就算你没睡。那你刚才都听到什么声音了？

开始是您敲键盘的声音，中间您接过一个电话，……

后来……后来我刚有点迷糊，他就又趴在耳边叫我，你醒醒，你醒醒……我只好把眼睛睁开了。

谁？谁叫你？

是……反正每次都是这样，每次我刚要睡着他就叫我，声音特别小，但就是不停，一直叫到我睁开眼睛他才会罢休。

他是谁？

……

你认识他吗？

……

你不认识？

……

是不是你想象出来的？小说里的那个小提琴手就想象出了一个人，他总感觉那个人在跟踪他，站在他的窗户外面或随便什么地方向他张望。但当医生让他把那个人画下来时，他却不知道那个人的模样，只画出了一些连他自己也不知道是什么的东西……

我知道他的模样。

你认识他？

……我认识。

能告诉我他是谁吗？

……

不想说？

……

没关系，既然不想说，那就……

他是沈阳兵。

？！

八

沈阳兵？

对。

叫什么名字？

他也不知道，只叫他沈阳兵。

在哪儿遇到的？

北川。

……会是他？

应该是他。

……这么巧……

他说进北川县城里搜救时，看到那个沈阳兵正在奋力地扒一处废墟。沈阳兵喊人帮忙，他就带着两个兵跑了过去，看见在一个压塌的卷闸门下露着两只穿粉色运动鞋的小脚，这才知道下面压着的是一个十岁的小女孩。他们虽然看不见小女孩的脸，但听小女孩说话的声音特别乖。小女孩告诉他们，自己是来姨妈家串门的，跟表姐一起被压在里面了。她说表姐都流血了，请求解放军叔叔先把她表姐救出去。他们能听到小女孩的表姐在里面一阵一阵地哭，但那个女孩却很安静，一声都没哭过。

救出来了吗？

那个地方很难扒，扒了不一会儿天就黑透了。这时他们已经连续搜救二十多个小时了，连队命令他们暂时停下，吃点东西再回来继续搜救。他这才想起问沈阳兵是哪个部队的，问怎么没看见他的战友。沈阳兵说他就是当地驻军的，地震发生时他不在营区，结果就跟部队失去了联系。他让沈阳兵跟他到连队去吃饭，沈阳兵不去，说自己有办法解决。结果他们刚一转身，沈阳兵就从地上捡起半个面包往嘴里塞。他一把打掉了面包，指着遍地的血迹残骸吃惊地问，你怎么能吃这？！沈阳兵尴尬地说，没事，这两天我都吃的这……他心里一阵难受，伸手去拽沈阳兵。沈阳兵还想挣脱，这时小女孩说话了。小女孩声音乖乖地说，叔叔你去吧，吃饱了饭才有力气，有了力气才能把我们救出来。见沈阳兵不再使劲挣了，他就趴在地上对小女孩说，你乖乖地等着，叔叔一会儿就回来救你！说着，把身上带的矿泉水和方便面都从卷闸门下的缝隙塞了进去。

他们很快就回来了吗？

他们刚吃了几口东西，还没来得及喘口气就接到了上级命令，命他们连队原地休息，早上八点转场进山搜救。

那这里怎么办?

这里的搜救工作由新来的部队接管。他一听就急了,跑去找排长说要带人回去救人。排长不同意,说那边已经有部队接管了。他说他们刚来不了解情况,我们已经救了一半了,得去把人救出来。排长说一班长,你看你的兵都累成什么样了?他们已经不吃不喝地干了二十多个小时了!现在是下半夜两点半,五个小时之后我们就得出发,听说进山的这段路特别险,不让战士们休息一下,出了事谁负责?!他呆呆地立在那里,真不知道自己该如何是好了。一听他不去了,沈阳兵疯了般地冲着他大喊,你骗人!你明明告诉她等着你,说一会儿就回来救她,你怎么能说不去就不去了?她那么相信你把命都交给你了你怎么还骗她!沈阳兵失望地后退着说,你不去,我去!我一个人也得把她救出来!说罢,转身就跑了。

这么说,只有沈阳兵一个人回去了?

当时,他默默地看着沈阳兵远去的背影,内心里一直在拼命地挣扎着。就在沈阳兵的身影消失在夜幕中的那一刻,他忽然意识到,如果不把这个小女孩救出来,他这一辈子都不会再安心了。他马上找到跟他最铁的三班长,悄悄告诉三班长自己要回去救那个小女孩。他估计只要两三个小时就能把人救出来,说他天亮前一定会赶回来的,让三班长给他保密,替他照看下一班。之后,他就趁着夜色偷偷地跑了。

后来呢?

他原以为两三个小时足够了，没想到一直折腾到大天亮。他说他和沈阳兵到后来都红眼了，什么危险都不顾了，连自己的命都不在乎了，只想要把人救出来。最后，是沈阳兵拼死用肩膀扛住压在卷闸门上的水泥柱，他才把小女孩和她的表姐拖了出来。直到人救出来之后他们才发现，小女孩的伤比她表姐重多了。小女孩浑身是血，脸色苍白，只看了他们一眼就闭上了眼睛。他和沈阳兵跪在小女孩身边拼命地呼喊，但小女孩却一直没再睁开眼睛。

唉……

他说就是在这时，他发现沈阳兵有点不对劲了。沈阳兵突然在嘴边竖起一根手指，“嘘”了一声说，别吵，没看她睡着了吗?你那么大声会把她吓着的。接着使劲把他扒拉到一边说，你靠边，我来。然后就俯在小女孩的耳边，用很轻的声音不停地叫着：你醒醒，你醒醒……

这就是他听到的那个声音。

没错。后来救护人员赶来了，他好不容易才把沈阳兵拉开，又忙着帮救护人员把小女孩和她的表姐抬上担架送走……

等等，小女孩没有……

没有，只是深度昏迷。

还好，还有抢救的余地。

就在这时，他看见排长和三班长来了。原来三班长见他一直没回来，就报告了排长。排长拉着三班长一路寻来，路上差点被二次倒塌的房子砸着，虽然侥幸脱险，但排长的胳膊擦伤了。排长一见到他，立刻两眼冒火直冲过来，一把扯下他头顶上的迷彩帽，狠狠地摔在地上，大声吼道：我他妈的差点被砸死！他垂下头看着地上的帽子，还没等开口就被排长一把搂了过去。排长紧紧地搂住他说，我还以为你小子死了呢！我还以为再也见不到你了呢！他的喉咙一下子哽住了，什么话也说不出来，只紧紧地和排长、三班长拥抱在一起。那一刻，他们三人百感交集、抱头痛哭。

沈阳兵呢？

他说那阵子他几乎把沈阳兵给忘了。后来有记者向排长了解救人情况，排长把他拉到镜头前说，这是我们一班长，就是他冒着生命危险把小姐俩救出来的。他当时有点发蒙，忽然就想起了沈阳兵，赶紧四下张望，说不，还有……是我和……到了这会儿他才发现，沈阳兵不知何时早已不见踪影了。

找到了吗？

没有，他们没时间了，马上就要出发了。

……我记得他曾经跟你说过，他们走得太匆忙了。

是说过，当时他长长地叹了一口气，脸上现出一种令我费解的复杂表情。我立刻追问他为什么这么说。他可能是意识到了自己的失态，就随便一句话把我搪塞过去了。

后来，他再没见过沈阳兵吗？

没有，接下来再见到沈阳兵的，就应该是我了。过去我以为见到沈阳兵的经过不重要，所以没讲过，现在我特别想讲给你听。

……

医生，你在听吗？

再说好吗？下午我大会宣读论文，得赶紧去会场了。

九

作家，谢谢您。

谢什么？

昨天晚上我睡得挺好的。

是吗？那太好了。

这件事在我心里压了五年了，从来都没说过。

说出来心里是不是轻松多了？

是轻松多了。

能不能告诉我昨天发生了什么？

昨天接到团里的通知，让我“五一二”那天去给新兵做一场报告。

你不愿意?

我害怕讲这件事，一讲这事就会想起沈阳兵。我特别后悔一开始没说是沈阳兵和我一起救的人，后来就没法说了。所以每次讲这事我都觉得自己是个小偷，觉得是我从沈阳兵那里偷了个二等功。其实刚开始我想说，但排长不让。排长说，当然是我们在救人中起了主要作用，我们人多，他一个人能起多大作用?我为沈阳兵争辩，排长就骂我，说你小子别傻了，自己不要命又差点把我这条命搭上，到头来还想把功劳往别人脑袋上扣，把成绩往外军区推，你还有没有点集体荣誉感?

你们排长挺横的。

不，我们排长可好了。后来我才知道，排长早就料到我会偷偷跑回去救人。在我之前排长就找过三班长了，他悄悄地对三班长说，这小子肯定得偷跑回去，人不救出来他这辈子都不会安心，我这辈子也不会安心。我不能吐这个口，但可以闭一只眼放他走。你就负责给我盯着点，一旦人没回来赶紧向我报告。

如果那天你真出了问题，排长是要承担责任的。

是啊，后来我才想到了这一层，当时排长要是真不想放我，我根本就跑不了。

你们排长还是挺不错的。

就是。所以我就想，还是得听排长的，因为这不仅关系到我个人，还关系到我们排、我们连、我们军区部队，我得有集体荣誉感。

我想，你可能在这件事上低估自己的作用了。你看，你是班长，沈阳兵喊你们去救人之后，就一直是你在现场指挥，后来又是你把个人的一切置之度外跑回去救人；最后，也是你和沈阳兵一起冒着生命危险把人救出来的。你看，在整个救人过程中，你是不是自始至终都起着主要的作用？

可是……

只是由于这件事是因沈阳兵而起，又因沈阳兵而坚持，所以在你的心目中沈阳兵的作用就放大了，你自己的作用就缩小了。你想想，我说的有没有点道理？

我不知道，我从没朝这上想过。

你不能对自己太苛责了，自责可以，但得控制在正常范围之内，否则会伤害自己。我觉得你对二等功就有点反应过度，超出正常范围了。其实，上级给你立二等功一定是经过综合考虑的，一定是因为你在抗震救灾中的表现比别人更突出，一定是因为大家都认为你配得到这么高的荣誉。

作家，听您这么说我心里踏实多了。

你得相信自己，相信自己是最棒的。

我也想相信自己，可是我没法忘掉沈阳兵。每次他把我从睡梦中叫醒，我都会冷不丁冒出一身冷汗。我特别害怕那样的早晨，一睁开眼心里就发紧，好像白天里危机四伏，心生恐惧却又不知是为什么，所以就特别绝望，特别想干脆结束这一切算了。我真的没法忘记他。

不要忘记他，他值得你记住。

那我怎么办?

把他讲出来，像给我讲那样。

太晚了……

不晚，什么时候讲出来都不晚。比如你这次给新兵做报告就可以讲，像给我讲这样。

可是……会不会……

不会。我听了之后就很感动，无论是你、沈阳兵，还是排长，都令我十分感动。

真的吗?

真的。

……那好吧，我讲。

讲完给我来个电话。

是。

十

我特别理解他做报告前的心理焦虑。

你好像挺有同感的。

没错，他使我想起了我在抗震救灾表彰大会做报告前的心情，我当时几乎崩溃了。

那你一开始为什么接受?

开始我以为只是让我给机关干部讲讲灾区的见闻。说实话，在灾区这两个月我经历了很多一生都无法忘记的事情，挺想给大家讲讲的，就认真准备了一个讲话提纲。没想到机关不同意，要求讲我自己在抗震救灾中的事迹。我说讲事迹应该让一线部队来讲呀，我一个作家又没救人又没负伤，我哪有什么事迹？机关说一个方面一个代表，你是代表文化团体的。到了这会儿我才弄明白，原来是要召开一个抗震救灾表彰大会，让我作为文化团体的立功受奖代表发言。

是你一开始就理解错了。

对，明白之后我就不干了，我说你们换人吧，面对在地震中出生入死的官兵，我一个作家怎么能跑到台上去讲我的事迹？这个话我讲不了。机关说，每个发言代表都是经过严格挑选由首长审定的，不经过首长谁也无权改变。怕我写的不符合要求，机关干脆替我写了个演讲稿。

呵呵，替作家写稿。

你知道的，就是那种有没有的事都敢往上诌，多麻人的话都敢往上写，让人起一身一身鸡皮疙瘩的演讲稿。我不是个不敢自我表扬的人，但实在经不起这么严重的自我表扬。我把演讲稿上的不实之词和肉麻的话删掉之后，就剩下了半页纸。机关一看就急了，说这是机关最擅长写演讲稿的大笔杆子给我写的稿，这个稿无论形式、内容、字数都很规范，用每分钟二百二十个字的语速，不多不少正好讲十五分钟，完全符合标准。我说好吧，是我不符合标准，那就找符合标准的人来讲吧。

机关可不会由着你任性的。

是呀，最后还是我认输了。知道我为什么认输吗？因为我发现面对这件事，不仅我无奈，几乎所有人都很无奈。我发现我面对的不是一个人一件事，我面对的是一套自行运转的机关程序，所有人都是捆绑在这套程序上的软件，一旦进入了这个环环相扣的程序，就得严格按照规范走下去，谁也退不出来，谁也阻止不了。机关人员早已习惯了执行这套程序的指令，也由不得他们不习惯，谁不按程序走，谁立刻就会死机。我不习惯，我不想接受程序的指令，但如果我执意退出，造成死机的将不止是我，还会牵连一连串的机关人员。

我明白了，你是不愿意因为你影响别人。

对，所以我放弃了。我在删得乱七八糟的演讲稿后面写道：我特别想把手里这个破罐子摔碎，把这件事彻底搞砸。但我下不去手，因为我砸得起自己砸不起你们。经过激烈的思想斗争，我决定屈服。演讲稿改完不用给我看了，你们怎么写我就怎么念。我只有一个要求，请你们改稿时手下留情，多少顾及点我的脸面，别让我上台念时太过难堪了。

真难为你了，在那样的心境下当众念那样违背内心的演讲稿，对你来说的确是一种心理伤害。我感觉你似乎一直都没从这件事中摆脱出来。

我以为咬着牙念完了这件事就能过去了，没想到一直过不去，至今还觉得可耻，瞧不起自己，无法原谅自己。

我能理解你的感受，从心理学的角度讲，你在被迫做这种与自己的价值观相悖的事情时，出现了心理应对不能的情况，这个过程必然会对你的心理造成伤害。

是啊，开会前我特想跑肚拉稀爬不起来，或者发高烧昏迷不醒，只要能躲过演讲让我怎么着都行。

看看，这就已经超出正常思维，朝自虐方向发展了。所以你不能再苛责自己了，我们既然生活在这个生态之中，就得受制于这个环境，其实每个人对此都有太多的无奈。

我没法原谅自己，我是个作家，即便我没能力清洁别人，至少也得让自己活得干净点吧？但我不仅把自己弄脏了，还站到台上去为别人做表率。我怎么原谅自己？这是刻在我胸前的那个红字！

作家，你这就有点反应过度了。你对病人说得就很好：自责可以，但要控制在正常范围之内。如果就为了这一件事，至今都不能原谅自己，那你真得找我看看心理疾病了。

你以为我没有心理疾病？

我没以为。

那你以为我有？

我也没以为。

……

……

算了，还是谈谈这个病人吧。医生，我想知道学术研究跟临床治疗到底有没有关系？

哟，这么冲，一股子火药味。

问你问题呢。

当然有关系。

我怎么觉得没什么关系呢。

作家，话里有话吧？

没错，我就是挺想不明白的。当初我把沈阳兵交给你的时候，你要去开研讨会没工夫管病人。这次我给你讲当时的情况，你又要去宣读论文没工夫听……

不是凑巧赶一块了嘛。

我不觉得是凑巧。

你不会觉得我是有意的吧？

那倒不会，我是觉得在你们的心目中，学术研究比临床治疗更重要。

……你怎么会这样想？

你想让我怎么想？

你看，我一得空就给你打电话，不就是想继续听你说吗？我就知道不让你讲出来会把你给憋坏的。

是啊，你再不来电话我就憋死了。

那就讲吧，你再不讲我也要憋死了。

他们连队从北川县城撤出后就驻在擂鼓镇。我是跟巡诊医生去的他们连队。连长听说我们是沈阳军区的，就随口说了句他们连队有个沈阳兵。我说那还不快叫来见见老乡？连长就犹豫了，说这个沈阳兵现在有点问题。我问什么问题，他指着脑袋说，这里有点不正常。我追问怎么不正常，连长说他不愿跟人接触，经常一个人自言自语。我说这顶多是性格问题，怎么能说脑袋不正常呢？连长说，不，他还从地上捡东西吃，被发现好几次了。我问他一直都这样吗？连长说地震前还挺正常的，地震发生后连队所有人都在四处救人，唯独他不知道躲到哪儿去了，等到归队后就发现他有些异常了。连长说他是新兵没经过事，可能是被地震吓出毛病了。

看来连队完全不知道他救人的事。

不仅不知道，还认为一个战士被地震吓成这样，说出去挺给连队丢脸的。至今，我还记得连长提到他时的那种遮掩和难以启齿的尴尬。

……怎么会这样。

我跟连长说，正好我们军区的心理专家也来了，让我把他带去看看吧。连长就把他叫了出来。见到他的第一眼，我心里就特别不好受。他拘谨地站在我面前，怯生生地低着头只看自己的脚尖。我问一句，他答一句，像个惊吓过度、随时准备逃窜的小动物。只有当我提到了“沈阳”时，他才突然抬起头，目光变得极其热切。他说，报告首长我是沈阳人！我说我知道你是沈阳人，所以才跟连长给你请了假，准备带你去看沈阳老乡呢。他立刻灿烂地笑了，此后就寸步不离地跟在我身后。

后来你就把他带到了心理救援分队？

对，在你的帐篷里，我亲手把他交给了你。

真对不起，当时我正要去参加一个震区心理应急救援研讨会，你走之后，我就把他交代给了我的学生。

不是对不起我，是对不起他，你应该向他说对不起！你知道吗？我只离开了一会儿，等我再回去的时候，他已经完全变了一个人。我看见他蜷缩在帐篷角落里，两手死死地捂住耳朵，把脑袋埋在双腿之间。没有人敢接近他，只要一听见有人说话，他就会发出惊悚的喊叫。看见我的那一刻，他就像看到了救星似的，一把死死地抓住我，带着哭腔央求着，首长你快带我离开这吧，我害怕。

……

你知道他为什么会变成这样吗？因为你的那些学生一个接一个轮番跑来向他询问病情，在他们眼里，他不是一个格外需要小心保护的心理病人，而是一个可能会对他们撰写学术论文有所启发的病例！他们毫不顾及他那已经受到了伤害的脆弱心理，一遍一遍地用同样的问题刺激他，一次又一次地扒开他的伤口。别说是他，连正常人都承受不了！

对不起，我真的感到十分羞愧。

你是应该为你的学生感到羞愧。

不，我更为自己感到羞愧。我从不知道沈阳兵经历了这么多的……我……我很难过。

你不知道我把他带回连队交还给连长的时候，心里有多么难过。我不敢看他，不敢看他孩子般的信赖的目光，不敢看他充满希望的求救的眼神，我真的觉得自己特别特别对不住他……

别说了，作家，你让我无地自容。……以前，我总认为你指责我是作家的偏激，是小题大做，总认为我在灾区做了那么多的心理救援工作，自己问心无愧。但现在，我真不敢说自己问心无愧了。

别，你别让我弄得也反应过度了。其实，我知道你率领心理救援分队在震区四处奔波救助了许多人，也知道在当时的情况下你不可能每个病人都亲自诊治，只不过这件事我心里实在放不下，只能朝你发泄。

不，我不是反应过度，我知道自己是怎么回事。扪心自问，我之所以在震区把主要精力都用在了组织群体心理救援上，是因为我手里当时正做一个《关于突发战争中的群体性心理应激反应》的全军科研课题。抗震救灾虽然是非战争军事行动，但与突发性战争对心理产生的影响最相似。所以，我希望能在震区获得大量的数据。

医生，你这么坦诚，真让我不知说什么是好了。

说老实话，你对我的触动很大。因为沈阳兵的事你一直在责备我，促使我不得不反思自己。我这次参加学术会议的论文，就是阐述心理医疗实践中的医学伦理问题。

你这个问题很有意义，但对那些会我可没什么信心。可能是我太偏激了吧，我觉得现在的学术会议和我们的文学作品研讨会差不多，都已经失去了原本的意义，有价值的不多，大多都沦为沽名钓誉的秀场了。

话说得尖刻了，但不无道理。可是在这样的大环境下你我又能怎么样？是你能拒绝作品研讨会，还是我能拒绝学术会议？

我在你的这本心理学书上，看到了一个叫李波特的心理医生。

他是南锡学院的创办人，催眠术的先驱。

这里有一段他的追随者、杰出生理学家博恩海姆教授对他的描述。他说："李波特医生完全远离医学专家，埋头于他的研究中，将自己的一切献给病人，他的大部分病人来自穷人阶级。"下面写道，由于谦虚，他拒绝照相，他说："给心理学家或者医生留影不会给学院增加价值和荣誉。"因此我们无法展示这位伟大的催眠学先驱的照片。

……我明白你的意思，但是坦白地说，我做不到，只能是心向往之。

能心向往之就已经不错了，其实我也做不到。

所以作家，你不能这样给人开方子。不能一上来就用人参，病人身体虚弱，受不了人参这么高级的大补。我受不了，那个病人也受不了。你让他讲出来是对的，但让他在大会上讲，这就有点难为他了。

十一

医生，你总算是回来了。

没事吧你？

有事。

有事？

我想做催眠。

不会吧？那个病人又磨你了？

不是他要做，是我要做。

怎么了作家？

……

他会开完了？

开完了。

没在会上讲吧？

你说对了，没讲。

那咱也不至于失落成这样吧？

失落倒谈不上，就是心里特别压抑。

我就说下药不能太猛，压在心里五年的心理负担，你让他怎么能一下子就坦然面对当众去讲呢？

可悲的不是他不能讲，而是人家不让他讲。

谁不让？他那个排长？

排长现在已经是连长了，连长倒挺痛快，说既然你小子心里过不去那就说出来吧，反正这事儿也翻篇了。

那是谁不让？

机关不让。机关要求必须按他们写的稿子念，一个字都不能改，而且要全部背下来，按每分钟二百二十个字的语速脱稿讲。

明白了，我只从心理角度考虑了，忘了这个茬了。

可我应该想到呀，我早就应该想到的！医生，你说我这人怎么吃一百个豆也记不住豆腥味呢？

作家，你得注意心理防护，别被病人的情绪干扰到了。

我已经被干扰了，这几天心情特别不好。

我说你怎么提要求都跟他一样，还催眠，怎么想的你？

我有点理解他为什么那么想催眠了。

你说他为什么？

因为他太压抑了，想通过催眠解脱自己。

不，是因为他想放弃了，想通过催眠逃避自己。

说法不同而已。

不一样，解脱还有解决问题的意愿，逃避可是不想再面对自己，不想再与自己对抗了，是放弃。

你是不是想说我跟他一样，都在逃避自己？

我是想说你跟他不一样，你有能力面对自己战胜自己，不必借助任何方法。

医生，你也太高看我了吧。

我是挺高看你的，作家。说老实话，我一直都很敬重你，虽然你时不时会让我感到不舒服，但我喜欢你的精神洁癖，包括你的小脾气和你的尖牙利嘴。

别这么说，我没你想的那么干净。

底色在就脏不到哪儿去。你不过是违心上台演讲那么一次，就觉得把自己弄脏了，就内疚得要死。依我看，有这份内疚你就比许多人都干净。

我可不敢跟别人比。我跟你比不了，跟这个病人比不了，跟沈阳兵更比不了。你知道吗，我这段日子连续失眠心情烦闷，就是因为与你们相形之下我感到了羞愧，感到了无法面对自己的所作所为。

又反应过度了吧，作家，就那点事至于吗？

何止那点事，要是就那点事我也不会如此愧疚了。

……

你为什么不问我？

我正洗耳恭听。

就那么自信我会主动告诉你？

不是我自信，是你自信，只有自信的人才敢这样面对自己的内心。

……好吧，你一定想不到，抗震救灾的那个三等功是……是我伸手要来的。

在我的印象中，你一直是个挺淡泊的人。

我也以为是。

而且一个三等功对你来说好像不该有那么大的诱惑力，你立过不止一个三等功了。

唉，谁知道当时是怎么了。

当时一定发生了什么吧？

……从震区撤回之前，前指首长突然找我谈立功受奖的事。他说，你们部这几个人的奖励回部里报，前几天前指已经把你们的情况反映到了部里。说到这里，前指首长忽然用不解的目光盯看了我一眼，迟疑着说，刚才部里来电话征求前指意见，不知为什么奖励名单上没有你。见我只愣愣地望着他，又接着说，你在灾区蹲的时间最长，跑的地方最远，写的文字也最多，我已经再次强调了你的情况，希望能把你考虑进去。我一时不知说什么是好，尴尬地立在那里。说老实话，在此之前我从没想过立功受奖的事，直到这会儿我才发现这事好像挺严重的，牵涉到部里对我的认可度了。

没那么严重吧？可能是部里对你在震区的情况不够了解，一时疏忽了。

如果没有之前发生的一件事，我也会这么想，但这之前我已经有过一次不愉快了。我前一年获了个全军一等奖，单位按规定给我报请了三等功。几天前在震区碰到承办这事的干事，我突然想起就问了一下。没想到，他竟像撞见了白痴似的惊讶地看着我，诡异地笑着说，作家你可真有意思，这种事你不盯着抓落实，那个功能自己落到你头上吗？我说不是有规定吗？他说规定是规定，立功的名额有限，你自己不活动就被平衡下来让别人上了嘛。我这才知道原来部里根本就没给我报上去！

难怪你会往心里去了。

当时我还真没太把这当回事。虽然心里也不愉快，但更多的还是感觉可笑，觉得为个三等功到处找人活动实在是件很滑稽的事情。再说我又不是没立过三等功，再多的三等功也换不了二等功，为这事烦自己不值得，也就放下了。但这会儿却立刻不由自主地联想到这事，把两件事联系到一起，我感到自己很受伤害。

可以理解。但你想没想过也许还有这种可能：虽然把两件事联系在一起看，很像是针对你的有意伤害，但这两件事之间其实并没有什么联系，都只是机关行事方式造成的无意伤害，只不过偏巧落在了你一个人的头上？

我也不认为谁会有意，但为什么总是对我无意？

这是个问题，我想，大概是因为你总是无意。

这就是问题所在——是我教会了别人对我的态度！

有道理，那你还有什么可抱怨的呢？

因为我从前指首长的目光中，看到了一种我从来没有意识到的东西。

什么？

对我的质疑。前指首长认为凭表现我应该排在立功受奖名单的前面，没想到部里连我名字都没提，你说他会怎么想？

会猜测部里对你有成见。

没错，会想我这个人可能很成问题，所以无论怎么表现部里都不认可。

也不一定，你得相信谁都有自己的判断。

我不能相信谁都有自己的判断，前指首长对我有所了解还会这样，那别人呢？大多数人都只看结果，只用结果进行判断。所以，如果听任这个结果，我将在更大的范围内在更多的人面前颜面全无，尊严尽失。

所以你决定要这个功？

对。我问前指首长怎么办？他说前指当然尽力推荐，但你自己也得做工作。我问我能做什么？他就提到了来震区视察过的副司令员，说首长对我在灾区的表现赞赏有加，建议我找首长。

你找了？

找了。

没想到你也会求人。

我也没想到。你都不知道我当时是一种什么样的心理感受。我一秒钟都不敢耽搁，赶紧趁心里那股气正盛的时候拨电话，生怕稍一思索自己就会失去勇气，就再也不会打这个电话了。

对你这样的人来说，这事的确是太难了。

好在首长答应得很痛快，他说我去过震区有发言权，一个作家能深入震区这么久我很敬佩，我会如实反映情况的。放下电话，我就哭了。

心里委屈？

心里觉得特别委屈，特别伤感，特别无奈。

就没有一点儿高兴的意思，毕竟首长肯为你说这个话？

没有，直到三等功的命令下来，我也没有一丁点的高兴。那感觉就像是一时兴起生抢了一件东西，到手后才发现这东西只是人家送的才好，自己抢的总不是那么回事。这才知道失德的东西即便归了你，也会立刻贬值不是原本那个价了。

说得好，是啊，失德的东西即便归了你，也会立刻贬值不是原本那个价了。

你现在明白我为什么自愧不如，为什么不敢面对你们了吧。

千万别这么说，作家，你这样让我更无地自容了。那天你说我坦诚，我就恨不得找个地缝钻进去，因为我并不坦诚。我虽然说出了自己是为做科研课题，却没有完全袒露内心。我想避重就轻，因为我知道为科研课题再怎样也算不得大错，我还说得出口。但这些天沈阳兵、他和你轮番逼着我反观自己，令我的内心越来越感到不安……知道我为什么特别看重这个科研课题吗？

为什么？

因为当时我被提名进入高层学术委员会的候选名单，我很需要一个有分量的东西，来提升我在学界的影响。怎么能想象，面对那样的大灾难，面对那么多的生死，我居然还会在心里存着这样的一份私念！回想开始赴震区的时候，我们哪个不是一腔热血抱着拼死的信念，哪个不是豁出命去救人，哪个为自己的生死考虑过一丝半毫？

……医生，你说我们这都是怎么了？

……是啊，我们这都是怎么了？

十二

作家，您以后不来门诊了？

不来了，今天是最后一次。

我想问您个事。

什么事？

您那天是不是……给我催眠了？

哪天？

就是我去找您那天。

你怎么会这么想？

我觉得那天挺奇怪的，怎么不知不觉什么都轻轻松松说出来了。

我还觉得奇怪呢，你天天喊失眠，结果到我那儿呼噜打得震天响，睁开眼睛就什么都往外招。哎，我好像没严刑拷打你吧？

作家，您真没给我催眠？

怎么可能？我根本就不会，不信你问医生。

作家说得对，别说作家不会做，就是会做不经允许也不能随便做催眠。

……那就是躺椅的问题。

躺椅怎么了？

躺椅有催眠作用呗。

我问你，你是不是觉得作家的躺椅很舒服？

是，特别舒服。

你坐在上面是不是觉得自己进入了电影上的那些场景？

对对，特别有感觉。

作家，你看这就是环境暗示，也可以称为环境催眠。

我现在明白心理暗示的作用有多大了。

作家，我能不能向您提个要求？

说吧。

我以后有事能不能再去找您？您放心作家，我不会轻易打扰您的。

你这是冲着躺椅吧？

不，不是，我……

冲着躺椅也没关系，好赖咱们都是抗震救灾的战友，有事就找我。

谢谢作家！谢谢医生！那我先走了。

……

我说过他会先信任你，然后逐渐对你产生依赖感。你看，他现在是不是已经开始依赖你了。

是依赖我还是依赖我的躺椅？

你知道是依赖你。

我知道？

对，你心理已经感应到了。

你就这么确定？

我是心理医生。

……就算是吧，那我该怎么办？

没什么，你需要这个。

我需要什么?

你需要别人对你的依赖。

我?需要别人对我的依赖?!

对，别人的依赖会激发你的热情，给你带来心理上的满足，有助于你从心理焦虑中摆脱出来。

你怎么知道我心理焦虑?!

我是心理医生。

……没错，我心理焦虑，我特别害怕，不敢跟任何人说。

你担心自己这样下去会得抑郁症，又不想声张，所以才来体验生活吧?

果然是心理医生，没想到早就被你看出来了。

其实，看出这点之后我心里挺难过的，我不明白为什么连作家这样通达的人都不能正视心理疾患?

……可能还是觉得不好听吧，一般说这人心理有毛病，就跟说这人太神经，说这人精神不正常差不多，挺受鄙视的。

但你不该鄙视，你是作家，你一直关注人的精神，你更应该懂得尊重那些脆弱的心灵，这其中也包括你自己。在我看来，大多数有心理疾患的人包括精神异常的人，都是内心高贵的人。是内心中的那份高贵使他们比别人更敏感，更容易自伤，所以我特别反感鄙视心理疾患和精神疾患的态度。

医生，你这番话真令我汗颜，看来我需要治疗的不仅是精神焦虑症。

作家，你没发现你的精神焦虑已经得到缓解了吗？

是吗？……对呀，医生，原来我最怕早上醒来的那一刻，一睁开眼睛就感觉心头发紧，像大难临头了却又不知缘由，瞬间就会惊出一身冷汗，然后就觉得万念俱灰。近几天这种情况好像一直都没出现。为什么？医生，你都对我进行了什么样的暗示？或者说你都给我进行了什么样的催眠？

我没做什么，是你自己做的。是你在与这个病人交流交往的过程中，不知不觉地把心里堆积着的那些东西逐渐释放出来了。

原来是这样。医生，怪不得你说“可能我把这个病人交给你真就对了，没准会有意外收获呢”，当时我还纳闷能有什么意外收获，看来这一切都是你有意安排的。

也不算是有意吧，只是当这个病人提到五年前的五月时，我朦朦胧胧地感觉你与这个病人之间有某种内在的联系，心想，让你跟他谈谈可能对你们俩都有好处。我当时也只想到可能会对你有意外收获，没想到连我也从中获得了意外收获。

医生，你可真够恶毒的，用他当诱饵让我心甘情愿地把内心里最不能示人的东西都扒出来了。

别说得那么难听，作家，我不也在你的带动下心甘情愿袒露自己了吗？

那倒是，要不然我现在可后悔死了。

没什么好后悔的，其实能袒露出来的都不是你最不能示人的东西……

等等，你是说你我袒露得都不彻底？

我是说不可能有彻底的袒露，这是人性。

……你说得对，这是人性。人总会下意识地掩饰自己的私念，特别是有道德感的人，更难于袒露自己，即便袒露也要先给自己找一块道德的垫脚石，让自己这一脚踩踏实，好越过心里这道坎。就像我，我找了那么多理由来说明自己是不得不要这个三等功，但这真的就是全部的理由吗？这里面还有没有更深层的原因，让我更难以启齿的私念？这样一层层地扒下去我自己都吓了一跳，我想告诉你——

打住，作家，我说这是人性，是想告诉你到此为止，不是想让你继续往前走。

可是……

如果这样扒下去是很危险的。你想，我难道就没有更深的私念吗？可是我们即便脱光衣服，也得留个三点式给自己保留一点儿尊严吧？袒露也是要有限度的，得在心理承受的范围之内，否则不仅无益，反而会造成新的心理伤害。

……好吧，从心理学的角度这样说，我可以接受。

心理治疗的目的是疗伤，不是制造伤口。只可惜我们大多数心理医生都只热衷于扒开伤口，没有耐性也没有能力修复伤口，这里面不单是个医疗水平问题，更主要还是医学伦理问题。

受教了。

别这么说。

医生，你刚才还说了个词，“环境催眠”。

对。

这也是广义的催眠吧?

没错。

我忽然想到，其实我们都接受过催眠，我们的很多行为都是在暗示的引导下发生的。我记得你说过，催眠的先决条件就是受者必须心甘情愿地接受催眠，否则再高超的催眠师也无法使受者进入催眠状态。也就是说，生活中处处有暗示，关键看你愿意接受什么样的暗示。

……

医生，你在想什么?

我在想，沈阳兵现在怎么样了，他在做什么……

白　楼

一

白楼坚实地伫立着，带着一种与生俱来的威严。

谁也说不清它到底在这里伫立多少年了。据说，这座白楼还是白俄统治时期俄国人修建的。典型的俄罗斯建筑，底部由大块方整的粗石垒成，上部却在檐眉和门柱处做了细腻的浮雕处理。整个白楼呈现出一种与建造它的那个斯拉夫民族极一致的外貌特征：苍白、高大、厚重、结实，有一种天然的艺术气质。

不知道白俄建这座楼是做什么用的，只知道新中国成立后白楼就由部队接管了。从那时候起，白楼就一直作为部队机关的办公楼而沿用至今。似乎因了这些军人的出入，白楼从此便从里到外地愈发威严起来了。

陆阳当战士时只进过一次白楼。就是那一次，使陆阳萌发了一定要走进这座白楼的固执念头。

那次是连队指导员让他到宣传处去送一篇小稿。他先是被门口的卫兵拦住了。那个脸和他一样嫩的尖脸卫兵坦然地接受了他的敬礼后并不回礼，而是从根到梢地仔细盘查起来。他当时紧张得汗都冒出来了，仿佛觉得自己真是个前来刺探军事秘密的特务。到了实在没有什么可问的时候，那个尖脸卫兵才挥了挥手，极不情愿地放他进去了。

他好不容易在三楼找到了宣传处，站在门口整了整军容，大喊了一声："报告！"过了好半天，他才听见里面隐隐约约地飘出来一句应声："进来。"他小心翼翼地推开门，见一个金丝眼镜端坐在办公桌后面，正埋头写着什么。"有什么事？"金丝眼镜头也不抬地问。"报告首长，六连通讯员陆阳前来送稿。"他脚跟一磕敬了一个标准的军礼。"放桌上吧。"金丝眼镜仍旧没抬头。他迟疑了一下，把稿子轻轻放到桌角上说："首长，我——""放那儿就行了，没别的事你就可以回去了。"金丝眼镜打断他的话边写边说。"是……"他只好对着金丝眼镜的头顶敬了一礼，转身出去了。

走在走廊上，他听见金丝眼镜在后面喊了一声："哎，你是哪个连队的？"他把嘴巴闭得紧紧的，一溜烟地跑下楼去。出大门的时候，他目不斜视地从尖脸卫兵的眼前甩着两手雄赳赳气昂昂地走过去了，没敬礼。

回到连队后，指导员问："稿子送出去了？"他在嗓子里"嗯"了一声。指导员又问："怎么样？"他说："不知道怎么样。"指导员诧异地看着他问："谁接的稿子？”他说：“不知道谁接的稿子。”指导员有些不高兴了说：“我不是让你拿了稿子去找冯干事，请人家好好给看看，指点指点吗？”他眼睛突然有些涩，说：“我是想请人家好好给看看，指点指点的，可是人家忙呢。”指导员定定地看了他一会儿，突然悻悻地骂了一句：“操，忙个球。一进了那个楼就都人五人六地拿捏起来了，有一个算一个！”“我就不会。”他突然急促地说，稳了稳神他又补充道：“我是说我早晚要进那个白楼！”指导员的眼珠差点掉出来了。

当战士那几年，陆阳最大的愿望就是有朝一日能堂堂正正地走进这座白楼。从军校毕业回来报到那天，远远一见到白楼，他的心里就翻腾起一股压抑不住的亢奋。他迈着标准的步伐从卫兵面前走过的时候，卫兵“啪”地一个立正，恭恭敬敬地给他敬了一个礼。他一边还礼，一边顺便看了卫兵一眼，虽然已经不是那个尖脸卫兵了，但他的心里仍禁不住浮起一丝满足。

干部处干事小田把陆阳送到宣传处，送到他曾走进过的那间办公室，指着仍旧端坐在办公桌后面的金丝眼镜说：“这是冯干事。”陆阳看到那个被叫做冯干事的“人家”抬起头，从镜片后面看着他的时候，突然激动起来。他有些按捺不住地把自己送到“人家”面前，热切地对着“人家”，希望“人家”能认出自己。但金丝眼镜似乎毫无所动。陆阳突然记起，其实“人家”从来也没见过自己，其实自己充其量也不过只见过“人家”的一块脑瓜顶。陆阳心里不由得有些懈怠，一时生出许多的遗憾。

但却有一个人认出了陆阳，这让陆阳着实大吃了一惊。那个人一手提着两壶水从外面进来，站在旁边默默地看了陆阳一会儿，突然张口问道：“你原先是在六连吧？”陆阳扭过脸，看到了一张记忆深刻的小尖脸，只是那张脸上已经有了一些细密的皱纹，显得不那么嫩了。陆阳当然很吃惊，因为尖脸也穿上了四个兜的干部服。小田干事指着尖脸对陆阳说：“这是宣传处刘干事，去年军校毕业的。”陆阳心里打了个“奔儿”，却赶紧热着脸迎了上去。“刘贵田。”尖脸在自我介绍的同时，也在脸上弄出了一些挺热情的弧状皱纹。两只手握在一起时，陆阳发现尖脸的手很滑腻，握在手里有一种凉津津的感觉顺着手臂向上蔓延。

陆阳从此便如愿以偿地走进了白楼，坐进了这间办公室。如今，他已经在这里稳稳当当地坐了十几个年头了。这些年中发生了许多变化，当年的冯干事变成了冯处长，他和尖脸也都由干事芽子熬成了干事柱子，正儿八经地在处里撑起台面来了。

唯一没有变的，就是陆阳仍旧喜欢这座白楼，喜欢白楼为他营造的那种肃穆的氛围，喜欢在白楼出入时接受卫兵敬礼的那种感觉。许多年来，陆阳始终对白楼怀有一种说不清道不明的情感，连陆阳自己也搞不懂，为什么这座古老的白楼会对他有如此之大的魅力。

二

五点三十分下班。五点二十分楼里准时响起了下班号声。

陆阳收拾起桌面上的文件稿纸，锁好柜门抽屉，看了一下表，不早不晚正好是五点三十分整。他看看对面桌的刘贵田，刘贵田还趴在桌上写，没有一点儿要走的意思。“还整那篇情况反映啊？”陆阳问。刘贵田含含糊糊模棱两可地答了一句。陆阳奇怪地伸头看了一眼，看到刘贵田面前的稿纸上写着：演讲稿《计划生育是我国的一项基本国策》——红英街道薛淑香。

陆阳心里有些腻歪，抓起帽子转身就往外走。走到门口时，陆阳回头说了一声：“我先走了，老刘。”

刘贵田用很大的声音回答说：“唉，你先走吧，我得加会儿班，等把这点写完再走。”声音冲出门外，在走廊里撞得很响。

刘贵田的时间总是掌握得很准确。他总能不早不晚恰巧出现在提前上班的首长前面，在首长赞许的目光中走进白楼。他总能恰巧迎着上班时最密集的那一股人流，在人们肯定的眼神中提着水壶去打水。他总能在人们都忙着下班的时候，恰巧想起来还有一个需要忙的工作，又总能恰巧被领导发现他还在忙着加班。

果然，冯处长刚从办公室出来，恰巧就听见了刘贵田的话。陆阳不由得暗暗地笑了。

与冯处长一起往外走，冯处长便问："刘贵田又加班整那个情况反映呢？"

陆阳不置可否地笑了一下，没说什么。

冯处长皱了皱眉头说："刘贵田的文字能力实在是差了点，不过，他的工作精神还是挺不错的。你看他为了写这篇情况反映——"

陆阳终于忍不住了，突然打断冯处长的话说："是演讲稿吧？"

冯处长奇怪地问："演讲稿？什么演讲稿？"

"不是计划生育演讲稿吗？"

"什么？他是在写计划生育演讲稿？！"

"是啊。"

冯处长一下沉了脸："谁让他写计划生育演讲稿了？！他手里那个情况反映搞了两个星期了，到现在连个初稿还没弄出来！"

陆阳觉得挺好笑，就打着哈哈说："计划生育是头等大事嘛，当然得摆在前头了。"

冯处长却一下停住了脚说："不行，我得去问问他。看看他到底搞些什么名堂？！"

陆阳突然感到挺没意思的，他把目光移向别处，淡淡地对冯处长说：“算了，是老薛让他写的。”

冯处长的脸更不是颜色了，气哼哼地说道：“哼，又是老薛！太过分了，也不看看自己算个什么东西！”说着，却也不再要回去，竟同陆阳一起走了。

回到家，仍旧是灶冷屋空。妻子林丽萍自从到那家合资公司上班以后，几乎是天天在外面吃饭，总是很晚才回家。女儿上中学后，七点以前就没回过家。天知道现在的孩子怎么有那么多的东西可学，好像每所学校都憋足了劲，不培养出几个爱因斯坦、华罗庚来决不罢休。

陆阳懒懒地弄了点饭菜，一边有一眼没一眼地看着电视，一边等着女儿回来。

电话铃突然响了，一定是林丽萍来的。一定是告诉他别对付，要给女儿做点好的吃。一定是告诉他蛋白质要够，营养搭配要均衡，等等，等等。他磨蹭到铃声响到第五遍后才去接电话，却不是林丽萍。话筒里一个尖厉的女声在说：“小陆吗？你怎么不接电话呀？”陆阳拿着话筒有些发蒙，情知是熟人，却又一时想不起是谁。刚想问，话筒那边却咯咯地笑着说：“我是老薛，薛淑香。”陆阳心里咯噔一下，赶紧说：“哎呀，是老薛呀，你好。真对不起，你看我这耳朵，刚才愣是没听出来。找我有事吗？”“也没啥，想找你打扑克。小田总说你是高手，你晚上要是没要紧事，就到我家来玩玩吧。”“这……我……”陆阳有些犹豫，嘴也不利落了。那边似乎根本没想听陆阳的反应，接着说:“就这样吧，七点开始，你快点吃饭，别来晚了让大家等你一个人啊。”

那边电话早撂了，这边陆阳怔怔地拿着话筒半天才扔下。看看表已经六点半了，陆阳想了想，胡乱扒拉几口饭，又给女儿留了个条，就匆匆走出家门。

三

薛淑香是政治部朱主任的家属，在街道做计划生育工作。不知道为什么，机关里大多数人都喜欢叫她薛阿姨。大概一开始只是那些父母与朱主任有关系的人叫，显得近便。接着，与这些人年纪相仿的人也跟着叫起来，因为他们也希望能近便一些。后来就叫开了，只要比老薛小的人都跟着叫，抢着叫，似乎谁也不肯失去这个近便的机会。其实，老薛才刚进五十岁。许多叫她阿姨的人都比她小不了几岁。在机关里，只有少数几个嘴硬的，陆阳就是其中之一。陆阳叫不出口，不仅叫不出口，一听到比他还大两岁的刘贵田左一声又一声地叫薛阿姨，心里就别扭。陆阳只能叫老薛。

在陆阳看来，老薛是那种在男人眼中已经失去了性别的女人。一副笨拙的身板，一身多余的赘肉。通常，在拥挤的公共场合，陆阳是最怕挨近这种女人的。一旦发现肌肤与哪块赘肉接触摩擦，陆阳就会如触电般立刻闪开，好一阵子浑身都不舒服，心里那个别扭劲就别提了。陆阳认为女人最重要的是身材。没有身材的女人便失去了性别的魅力。更何况老薛又长了一副与她年龄极不相称的尖嗓子。听老薛讲话就像是听金属刮玻璃似的，弄得一身一身地起鸡皮疙瘩。但不管怎么样，老薛请陆阳打扑克，陆阳就得去。这是个基本原则。要坚持基本原则这一点陆阳心里是明明白白的。

小心地轻轻按了一下门铃，陆阳就在门旁耐心地等着来人开门。听见里面踢踢踏踏的脚步向门口走来，陆阳赶紧调整好面部表情。开门的却不是老薛，而是刘贵田。刘贵田一副自家人的样子，一边递给陆阳一双拖鞋，一边说："一听门铃响，就知道是你来了。快换上，都等着呢。"陆阳随刘贵田进了客厅，看见老薛正在同一个人聊天，仔细一看，那人竟是干部处小田。过去就听说小田和刘贵田天天陪老薛打扑克，看来此话确有出处。

小田新近提了干部处长，陆阳于是便依次分别招呼道："老薛你好，田处长你也来了。"

小田便笑，说："陆阳，今天薛阿姨可是专门点你的将啊，你可得拿出点水平来。"

老薛也笑着说："小陆，今天咱俩一伙，让我也见识见识你这高手。"

陆阳有些为难地说："老薛，他们这是泡我，我打桥牌还能凑合几下，这打‘棒儿’我可是真不行。”

老薛说：“哎呀，桥牌可不是谁都能打的呀。会打桥牌的打起‘棒儿’来还不是小菜一碟嘛。”

“就是。”“就是。”小田和刘贵田一个劲地在旁边溜缝。

四个人围坐在桌边玩起来。几圈过后，陆阳就看出老薛的牌打得极臭，出牌随心所欲，几乎毫无章法。该“调主”的时候，她“捅副”。该“拉副”的时候，她又拼命“调主”。要是换了别人，陆阳早就急眼了。在机关里，陆阳打扑克喜欢训人是公认的。但今天陆阳却格外沉得住气。也许是仗着好手气，他们的比分直线上升。老薛的兴致于是也直线上升。老薛的兴致一好，刘贵田就闲不得了。老薛一会儿喊：“刘贵田，添点茶。”刘贵田就去添茶。一会儿又叫：“刘贵田，洗盘苹果去。”刘贵田就去洗苹果。颠颠地跑来跑去。

大家停下吃苹果的时候，小田问老薛：“主任去军区开会怎么还没回来呀？”

老薛回答说：“谁知道了，说是还得两天。”

小田又问：“会议不是昨天就结束了吗？”

老薛说：“说是人事上有点变动，让他晚回来两天。”老薛竭力做出漫不经心的样子，但脸上却流露出一些掩饰不住的欣喜。

三个人突然都不作声了，一个个都神情专注认认真真地吃着手中的苹果，但耳朵却都挺挺地支棱起来了。

小田最先吃完苹果。他一边擦着手一边很随便地说："主任也该动一动了，都在这个位置上干了好几年了。"

老薛突然打断小田的话，神情严肃地说："哎，小田，我可没说老朱要动啊！这事现在还没定，动不动还两说着呢！"

小田赶紧说："薛阿姨你放心，这种事我们能乱说吗？"

"就是，就是。"刘贵田和陆阳也赶紧附和着说。

老薛的脸色转了回来。趁着热乎劲，小田又说："其实我们也很矛盾。在主任手下干惯了舍不得主任走。可主任不动一动吧，又明摆着职务该调整调整了。可惜楚政委只比主任大一岁，这个位置一时半会儿恐怕……"

老薛终于忍不住了："听说，最近要调几个干部去国防大学学习。可能有老楚一个。"

谁也没再接这个话头。停顿了一下，大家突然像商量好了似的嚷嚷起来："洗牌，洗牌，接着玩，接着玩。"

接着玩以后的气氛便显得更加热烈了。大家的情绪似乎一下子高涨起来。特别是老薛，心情格外好。尖着嗓门一会儿说小田手太臭，一会儿笑话刘贵田太笨，指指点点地总是教导刘贵田该怎么打。倒是对陆阳感觉不错，觉得互相配合得挺好。最后一把决胜局的时候，陆阳没摸到几张好牌。开始，陆阳觉得这局够呛了。可是不知道为什么，打来打去倒越来越有希望赢了。正在关键时刻，老薛出了一张臭牌——红桃Q。完了！陆阳想。小田早就绝红桃了。外面还有一张红桃老K。红桃老K要是落在刘贵田手里，小田一“毙”，刘贵田一加，这牌立马就“破”了。陆阳斜眼瞟了一眼刘贵田手里的牌，果然就有一张红桃K！陆阳心里这个气呀，又不好发作，只好忍着。可小田偏偏就没“毙”成，没“主”了。虽然没“毙”，但也是必“破”无疑的。因为陆阳还有一张红桃，而且是个J。陆阳出了红桃J以后，就单等着刘贵田出那张红桃老K，等着“破”了。这会儿，刘贵田简直笨得出奇，把手里那张牌捻来捻去的，最终也没敢出那张红桃老K。这个老薛倒真有命，闹了个有惊无险。陆阳心里想，不由得暗暗松了口气。

终于赢了。最后撂牌时，老薛尖声欢呼着一把抢过刘贵田手里剩下的两张牌，看到红桃K便得意地点着刘贵田的脑门子嚷道：“刘贵田你可真是个臭牌架子，要不你们早‘破’了！”

“我看，我看。”小田伸长脖子看了一眼，立刻痛心地喊了起来：“你咋不出红桃K呢？！真是的，这牌可惜了。”

陆阳看到小田一边说着一边把手中剩下的两张牌迅速地塞进牌堆里。

刘贵田像被当场抓住了把柄的小偷般，尴尬地干笑着，直说："我看错了，我以为陆阳'毙'了呢。"

老薛笑着直摇头："刘贵田，你呀，你可是真够笨的。算算牌嘛！就那么几张牌你还算不过来呀？！"

陆阳听得直想笑，但他忍住了。

四

林丽萍回来了，正在卫生间冲澡。

女儿已经睡下了。看到留在桌上的饭菜似乎一点儿没动，陆阳心里有些不安。他在沙发上坐了一会儿，不知为什么总觉得有些心神不定，似乎有些东西使他挺兴奋。他隐约觉得有个很微弱的信号在他的周围徘徊，他努力试图捕捉那个信号，使它清晰起来。于是，他很想找人唠点什么。他点起一支烟抽着，一边整理着思绪，一边等着林丽萍。

过了很长时间，林丽萍才从卫生间出来。

"洗完了？"陆阳问。

林丽萍没吱声，阴沉着脸径直从陆阳面前走进卧室，看也没看陆阳一眼。

陆阳呆了一下。这要是放在往常的话，陆阳接下来肯定是要发火的。但是今天，陆阳似乎被那个莫名其妙的信号濡成了一堆湿柴，怎么也点不着了。

陆阳走进卧室，站在林丽萍背后，把妻子的肩头扳过来，对着妻子那张依旧阴沉的脸突然笑了。

“你还笑？跑哪儿去了？连孩子也不管！”林丽萍气哼哼地质问道。

“我把饭做好才走的，还留了条的。琳琳怎么没吃？”陆阳说。

“你看你做的那些饭吧，谁稀得吃？琳琳连一口都没动！”

陆阳叹道：“这孩子也有点太——”

林丽萍抢白道：“这能怨孩子吗？我说了多少次了，就求你做好这一顿饭，你怎么就不能上点儿心呢？！”

“说得容易，就这一顿饭。”陆阳苦笑了一下，“丽萍，要不你别在公司干了，还是回卫生所吧。你看现在咱们这个家哪还有个家样了？”

林丽萍突然沉默了。过了一会儿，她快快地说：“说得容易，不在公司干。不在公司干卫生所能每个月给我开两千块钱工资？”

“以前你在卫生所时，没有那两千块钱，我们不是也过得挺好吗？”

“可是以后呢？琳琳上高中、上大学哪一样少得了钱？指望你，到时候还不得抓瞎呀。”

陆阳没话说了。不知道从什么时候起，当兵的快从扶贫者变成扶贫对象了。真的，现在坐在那个威严的白楼里的人，几乎大多数都没有他们的老婆挣钱多。可是那些老婆许多都是当年仰仗他们才从农村走出来的。那时候他们这些人在老婆面前就是白楼，就是威严，就是天。林丽萍虽然不同，但林丽萍当护士的时候也一直对陆阳崇拜得五体投地，对陆阳的见解从不加反驳地言听计从。那时候的林丽萍总如小鸟依人般地温顺。可现在呢？

不知为什么，那个微弱的信号忽然有些清晰起来，陆阳脱口而出："楚政委可能要去国防大学学习。"

"你说什么？"林丽萍莫名其妙地看着他。

陆阳认真地说："楚政委可能要去国防大学学习两年。"

"那怎么了？"林丽萍仍旧莫名其妙。

"那怎么了？楚政委一走，朱主任就有可能顶上政委的位置。"

"楚政委又不是调走，去院校学习不是带职深造吗？"

陆阳一笑："这你就不懂了。进院校也许就意味着给别人倒位置，意味着毕业以后自己就失掉了位置。"

"怎么会呢？进院校不是进一步培养，为了下一步重用吗？"

"那是过去的说法。这几年谁都看明白了，占住位置比什么都重要。"

"那，楚政委能愿意去吗？"

“谁知道了，但愿他能愿意。”

“为什么？”

“你想啊，一个萝卜一个坑。”陆阳扳着手指头数着，“楚政委不走，朱主任就提不起来。朱主任提不起来，邱副主任就没戏了。邱副主任一没戏，冯处长就没指望了。冯处长一没指望，我不就没盼头了……”

林丽萍扑哧一下乐了：“哟，你兜了这么大个圈子，原来是做升官梦呐？怪不得今天脾气这么好。”

陆阳也笑了，说：“没听说吗，中年男子三大快事：升官、发财、死老婆。这升官可是第一大快事呀。”

“好哇你，你想死老婆！”林丽萍一下子扑上来，在陆阳的胸前使劲捶打起来。陆阳就势抱紧林丽萍，林丽萍拼命地挣扎着，两人一起翻倒在床上。

躺在床上，两个人突然安静下来，默默地望着天花板，各自想着心事。过了一会儿，林丽萍突然问：“你听谁说的？”

陆阳说：“老薛。”

“老薛？”林丽萍很奇怪，“她怎么想起告诉你这些事了？”

“我今天晚上在她家打扑克时，听她讲的。”

林丽萍一下支起上身，惊讶地看着陆阳：“原来你是去她家打扑克去了！行啊，陆阳，你进步不小哇！”

陆阳脸上有些不自在，他扭过脸躲过妻子的眼睛，嘟囔了一句："应付应付呗，面子事。"

林丽萍默默地看了陆阳一会儿，又仰面躺下了。两个人一时都没了话。过了很长时间，林丽萍自言自语般地说："到公司上班以后，我真长了不少见识。有时候我想，也许真的只有目的是最主要的。你说呢？"

陆阳没吱声。

过了一会儿，林丽萍又轻声说："陆阳，还记得你过去对我说过的话吗？"

"什么？"陆阳的声音有些懒懒的。

"你说，如果有一天你能掌握这座白楼，哪怕只是一部分，你就会把白楼竖在战士的心上，而不是立在战士的头上。"

过了好一会儿，陆阳才长叹了一声，说："那时真是太年轻了。"

林丽萍转过身来，抚摸着陆阳的面颊笑着说："你还不老嘛。"

"是吗？"陆阳摸了摸自己坚硬的胡茬子，坏笑着问，"还来得及吗？"

"来得及。"林丽萍很认真地说。

"那就试试？"

"试试吧。"

"好，这可是你让我试的。真试出事来，你可别吃醋，别后悔。"陆阳哈哈大笑起来。

林丽萍愣了一下突然反应过来，气急败坏地大叫着：“讨厌！人家跟你说正经事你也贫！”

陆阳突然觉得兴致很好，他笑着搂过林丽萍。林丽萍却推开他的手说：“别，我今天太累了。”说话间，陆阳忽然闻到林丽萍嘴里的酒味，顿时情绪骤然低落，兴趣大减。他定定地看了妻子一会儿，颓然松开了双手。

看来林丽萍的确是累了，没过一会儿就昏昏欲睡了。陆阳刚站起身，林丽萍突然睁开眼睛说：“对了，我今天在大富豪吃饭时碰到曲光了。”

“哪个曲光？”

“还能有哪个？！”林丽萍又闭上眼睛。

“他在那儿干什么？”

“在那儿还能干什么，宴请客商呗。他说让我捎个信给你，改天要请宣传处的哥们去大富豪撮一顿。”

这小子，转业好几年连个动静也没有，就算走得灰吧，也不至于到了隐名埋姓的地步吧。看来，大概是混出个模样来了，要不，怎么敢去大富豪请客。陆阳呆呆地想了一会儿，突然问：“曲光那小子现在做什么呢？”

没回声。陆阳扭头一看，林丽萍已经睡着了。

五

陆阳踩着上班号走进白楼，正碰上刘贵田提着两个水壶从走廊那头迎面走来。远远地刘贵田就开始笑，很殷勤地一直笑着走过来。弄得陆阳莫名其妙，也只好赶紧准备出笑容迎上去。待到走近了，陆阳才觉出了诧异，刘贵田的目光似乎并没有对着他，而是从他的肩头穿过，射向后面。陆阳顺着刘贵田的目光回过头去，看到原来是冯处长紧跟在自己的后面，心里不由暗暗地笑了。

冯处长却没笑，一副视而不见的刻板面容。从早上进了白楼，冯处长就一直阴沉着脸。陆阳向他汇报的时候，注意到他那被金丝眼镜圈住的眼圈有些发青。肯定是又失眠了，没准昨天晚上又受老婆的窝囊气了，陆阳想。

冯处长是南方人，名叫冯文卿，一副江南才子的细腻模样，娶的老婆却是个典型的东北酸菜缸，又粗又壮。老婆以凶悍泼辣而著称于家属大院，冯处长自然便以怕老婆而名冠白楼了。

刚从军校毕业分到处里的时候，陆阳因为过去的事情一直与冯处长保持着距离。虽然陆阳从未提过那件事，但心里却始终存有芥蒂。日子长了，陆阳逐渐发现冯处长其实是个挺好的人。做事认真，严谨勤勉，虽然死板一点儿，心胸不够开阔，但为人还正直老实，笔下功夫也很好，是机关里数得着的一把刷子。刚开始写材料时，冯处长没少指点陆阳。陆阳上道也很快，到冯处长当处长之前，陆阳已经与他并称宣传处的两大笔杆子了。当处长以后，冯处长就不大亲自动手写材料了，一应材料便都撒手交给陆阳去写。可以说，在处里几个干事中，冯处长对陆阳是比较器重，比较偏爱的。

对刘贵田则不同，明眼人都看得出来，冯处长不喜欢刘贵田。不管刘贵田天天怎么给他打扫办公室，不管刘贵田一天为他打几壶水，他总是一副无动于衷淡不拉叽的模样。常把刘贵田写出的材料用红笔勾画得所剩无几后，一声不吭地扔回到他的桌上。弄得刘贵田整日揣摩他的脸色，常常捧着材料不知如何是好。刘贵田没有多少文字基础，他是当公务员时想办法通过首长上军校的，因为学的是政治，毕业后便分到了政治部。但刘贵田的文字却无法因为三年的军校而有多少提高。其实，冯处长不喜欢刘贵田倒不完全因为他写材料不行，究其根本恐怕还是看不上他的为人。

冯处长曾经当众熊过几次刘贵田，都不是为了材料，大多数倒是因为打扑克。冯处长最讨厌打扑克，自从他当了处长以后，处里就根绝了中午聚在办公室打扑克的老习惯。过去，每天中午处里热闹着呢。老薛常常从街道跑来凑手。都知道老薛喜欢打扑克，时间一长，不知怎么的就变成大家给老薛凑手了。冯处长当处长的第一天，就在处里宣布了中午不许在办公室打扑克的规矩。那天老薛不知道，中午又跑来了。刘贵田说，薛阿姨，咱这扑克看来是打到头了。老薛问为啥？刘贵田说冯处长不让了，冯处长不喜欢打扑克。老薛笑着说这个冯文卿啊，可算是当了回官，中午休息时间你管那么宽干啥。再说了，就算是当上了官也不能按自己的好恶要长官意志是不是？刘贵田他们几个没再说什么，心里也觉得中午休息时间打打扑克没啥，就又打了起来。没想到，下午一上班，刘贵田还没来得及收拾完残局，冯处长就进来了。一看满桌的扑克牌，一地的烟头瓜子皮，脸上就变了颜色。刘贵田见不好，一边拿笤帚紧着往撮子里划拉，一边解释说："处长你看，中午老薛又来了，偏要打，没办法……"话音未落，冯处长把桌上的扑克牌呼地一下全掀到地上去了。刘贵田捡也不是，不捡也不是，正愣着，冯处长说："扫哇，怎么不扫了？都扫到撮子里扔了，也省得到时候她再来你没办法嘛！"说完板结着脸走了。从此，果然没有人敢在办公室打扑克了。

这会儿，冯处长正面无表情地听着陆阳的汇报。陆阳汇报的是他前一段下部队了解到的一些情况和自己关于如何加强现时期基层思想政治工作的一点儿思考。冯处长对陆阳的汇报似乎有些疑问，不时提出一些问题。冯处长对基层的了解更多是来源于那些经过修饰的材料和汇报，因此，对陆阳提供的这些活生生的事例，不免感到震惊和新鲜，但一时却难以接受。他一再强调要实事求是，切不可危言耸听。后来，陆阳表示准备再跑几个部队，多了解一些问题，再核实一下情况，根据这些情况与基层政工干部广泛探讨一下，争取拿出一个对基层思想政治工作有实实在在指导意义的调查报告。最后，冯处长同意了。见一向保守的冯处长终于接受了自己的意见，陆阳很高兴。按说，陆阳这时就可以走了。可是，陆阳却踌躇着，似乎还有话要说。看到冯处长在金丝眼镜后面探询地看着自己，陆阳突然觉得有些不自在了，想了想终于什么话也没说，转身就往外走。刚走到门口，却被冯处长喊住了。冯处长在后面说，你叫刘贵田到我办公室来一趟。陆阳赶紧答应着头也不回地走了。

刘贵田打水还没回来。陆阳坐在自己的位置上愣了一会儿神。他其实很想告诉冯处长楚政委要去院校学习了。陆阳知道这个消息对冯处长来说是很重要的。冯处长已经当了六年处长，年龄也到了提拔的最后年限了，今年内如若再没有提升的机会，他就等于彻底报废了。陆阳看得出来，今年以来，冯处长精神一直不佳，经常莫名其妙地烦躁，除了老婆外，这应该是个最主要的原因了。陆阳很想把这个消息告诉他，好让他早点做准备，赶快活动活动。谁都知道，如今这年月自己不想办法活动，天上是不会主动给你掉下来馅饼的。可是不知为什么，话已经到了嘴边却怎么也没法说出口。自然不是为了什么保密原则，也不是因为老薛曾嘱咐过不让说的话。是为什么呢？为什么话一到嘴边自己的心里就总是有些发虚呢？明明是好事，自己这是替冯处长着想，既然是为别人着想，还有什么不好说的呢。应该说，应该这就去对冯处长说，陆阳想定了，随之站起身。

刚要往外走，刘贵田提着水壶进来了。陆阳一下定住脚步，脱口就说："处长找你呢。""什么事？"刘贵田问。"可能是问那篇情况反映吧，让你去他办公室。"刘贵田的尖脸突然紧了一下，但只一忽就逐渐松弛下来，换上一种挺有内容的笑，信心十足地转身去了。

看着刘贵田走进处长办公室的背影，陆阳心里不知为什么忽然有点后悔。

六

朱主任回来了。

陆阳是早上出去锻炼时候看见朱主任的。陆阳每天早上坚持锻炼。内容很简单，基本是出了门就跑，从白楼前的花坛边穿过，一直跑到白楼另一侧的那片空地。在空地停住脚后，便伸胳膊撩腿地要上一顿拳脚。总是那套标准的军体拳，虽不如现如今的那些花哨把式好看，但短促铿锵、粗犷有力，打起来顺心顺手。加上陆阳又喜欢边打边由着劲"嘿嘿"地吼上几嗓子，便淋漓地泻出了一夜的沉闷积郁，吼出了一天的好精神头。习惯了，每天如此。若偶有间断，陆阳这一整天便会精神倦怠，怎么也提不起个精气神来。林丽萍曾嘲笑陆阳，说他这是在连队坐下的病，典型的大兵综合征。

陆阳跑步的时候，远远看到白楼前的花坛周围照例有一些人在转着圈子散步。似乎条令条例规定了似的，白楼的首长们每天早上都要在这里散步。而且，几乎每人都带着一个随身听，有的插着耳机，有的喇叭哇哇响，边围着花坛散步，边听新闻。通常，在最里面那圈的是部队长、政委和副职们。中间那圈是机关三部的首长。这两圈的人比较稳定，除了出差不在外，基本不会缺席。最外面那圈的人就比较杂了，变化也大。常有个别喜欢凑份子的处长；常有碰巧走过偶尔裹进去的人；也不乏专门寻机会来找首长谈事的人。久而久之，这里的圈子便绕出了许多的故事。据说，经常有人能从最外面的圈子开始，一点点地绕进去，如朱主任。而个别的则有幸能绕到最里面那圈，如楚政委。总之，在白楼人的眼里，每天早上的花坛无疑是个绝对敏感区域，是每个人都希望走近，而又不敢轻易走近的军事重地。

跑近之后，陆阳看见了朱主任。今天，朱主任破例没有在中间那圈转，而是与楚政委并肩边走边谈着什么，很自然地进了里圈。两个人的表情都很耐看。朱主任矮胖，正认真地说着什么，仰着的脸上带着一些恰到好处的微笑，泛出一层油亮亮的红光。楚政委瘦高，略俯着身躯，神情并不很专注地听着，却还在时不时地问点什么。乍看起来，花坛周围的人仿佛如往常一样，各自散着自己的步，听着自己的新闻，但仔细看去，却又与往常不同，每个人的眼里似乎都闪烁着一些新的内容。不时有目光在那两个人的身上掠过，不留痕迹地迅速一瞥后便立即收回。陆阳笑了，他看出这个早上所有人的注意力其实都集中在楚政委和朱主任身上。

快要跑过花坛的时候，陆阳突然被一个反光刺了一下眼睛，他定了定睛，恍惚看到了一个金丝眼镜。陆阳一怔，刚想仔细看看，却突然改变主意，头也不回地赶紧跑了过去。

莫名其妙地，陆阳这个早上的心情突然变得很糟。

七

上午来了个电话。正巧是陆阳接的。

你好，是宣传处。

陆阳！猜猜我是谁？

操，还用猜！你小子还活着呀？我以为你老人家早收拾收拾去世了呢！

哈哈，凭啥不活着？革命尚未成功，同志还须努力。我老人家不仅活着，还越活越滋润了呢！

发了？

一般吧。

别遮了，大富豪都进了。

大富豪算啥？小菜儿！

哟，牛起来了！看这架势大概现在你屁股底下坐的，手里提的，腰里别的，都配齐了吧？

那算啥？连胳膊上挎的都有了。

嗬，功夫见长啊！

过奖了，这本来就是我的强项嘛。本人不是还为此受过专项“奖励”吗？

你……你还对那件事……

不，我早忘了。说实在的，还真应该感谢那件事，否则，我曲光也不会有今天了。

嫂子怎么样了？

你是问哪个嫂子？

这么说，你到底还是跟嫂子离了。

你是指哪次离？

曲光！你，你跟她也离了？！

得了，别做惊讶状了。其实你最清楚这是个必然的结局。

……

好了，好了，这些革命家史还是留着咱们见面时再痛说吧。林丽萍跟你说了吧，今天先打个招呼，改日我在大富豪做东，请宣传处的哥们撮一顿。你替我跟大家说一声。

好事！喂，都通知吗？你没什么忌讳吧？

没有。还是那句话，我早都忘了。你尽管放心吧。

那好，有你这句话，我可就起草红头文件了。到时候保证一个也落不下。

就这么定了！哎，陆阳，白楼边上那块空地还在吧？

在呀，谁还能把它拿走？你问这干什么？

嗯，我有点想法。喂，陆阳，这样好不好？你帮我打听一下那块空地有没有可能卖，如果卖的话怎么个卖法，最好能先讨个价出来……

得了吧，那是军产。现在总部一个接一个地往下发文件，谁还敢再卖军产了？

这你就别管了，你只管给我打听，剩下的就看我了。事情办成了，我按惯例给你提千分之三的中介费。

去你的，你他妈的这是回来抢军帽来了？别忘了，这顶军帽你小子也戴了十几年呢！

陆阳，你以为我这是刮军饷呀，我这是为部队建设做贡献。得，你不愿意就算了，我自己想办法去问。我说陆阳，几年不见，你怎么还是那副熊劲头？不过，你们家林丽萍变化可挺大。林丽萍现在了不得了，场面上的应酬落落大方，分寸把握得恰到好处，气质、风度都是一流的。

怎么着，你小子还想扒我的碗边，打我的主意吗？

哈哈，看来在你陆阳眼里，我也是采花大盗一个。罢，罢，罢，既然连你都这么抬举我，我就干脆认下算了。喂，还打桥牌吗？

没搭档了。

哪天再凑一桌？

没心情了。

……陆阳，听这话你这几年岁数见长啊。等见了面咱哥俩好好唠唠吧。

见面再说吧。

那好，再见。

再见。

放下电话，陆阳默默地呆坐了半天。真的，好几年没打过桥牌了，陆阳想。从曲光转业以后，不，其实是从发生那件事以后，陆阳就没再打过桥牌。陆阳的桥牌是跟曲光学的，学会后他俩就成了一对搭档，经常外出参加各种比赛。久了，在外面也逐渐小有名气了。后来，为了参加一次混合比赛，桥牌协会就为他俩分别配了一名女搭档。后来，陆阳一对就打了个冠军，曲光一对就打了个第三名。后来，曲光就和他的女搭档难解难分了。

再后来呢？陆阳最不愿意提的就是这段了。再后来，曲光的老婆突然来找陆阳，说陆阳你平心而论嫂子到底对你咋样？陆阳说没说的嫂子我老婆都是你给承包来的。嫂子说那你知道了为啥还不赶快告诉嫂子？陆阳说我知道啥呀我什么也不知道让我告诉你啥呀？嫂子说刘贵田都告诉我了陆阳你咋还替他瞒着？陆阳没话了。嫂子就哭了，说陆阳你不告诉我你对组织总该说实话吧？我在组织那把他告下了组织会找你的。陆阳一下子傻眼了，呆呆地看着嫂子抹着眼泪走了。

陆阳在心里挺同情嫂子的，他知道嫂子是个好人，知道嫂子对曲光一片真心。但他也知道嫂子是个不怎么讨男人喜欢的女人，太絮叨，太神经质，太不注意修饰自己了。有一次曲光对陆阳说他真羡慕陆阳，真希望能有个林丽萍那样的女人偎在自己身边。陆阳笑骂着说你他妈的少占着盆还来扒我的碗边你也不是没有女人。曲光说我没有。陆阳问那嫂子是怎么回事？曲光毫不犹豫地回答说是妈。逗得陆阳哈哈大笑。曲光却一点儿也没笑。

冯处长来找陆阳谈话的时候，陆阳心里矛盾极了。冯处长板结着脸告诉陆阳，说曲光老婆在朱主任那甩了一天的大鼻涕，朱主任火了，把冯处长找去狠狠地训了一顿，责令宣传处认真查处曲光的生活作风问题。冯处长阴郁的目光穿过金丝眼镜定定地看着陆阳，说曲光的情况你应该是最了解的，听说就是你们那个桥牌给搭的桥。希望你能为组织上提供女方的姓名单位等详细情况。陆阳说其实曲光和那个女的之间没什么，只不过打牌配合的顺手喜欢常在一起打牌。冯处长沉着脸说有没有什么得由组织上做结论。陆阳就说那你何不组织对组织去了解我能知道什么。冯处长就认真地看了陆阳一眼没再说话。陆阳觉得冯处长看自己的眼神很奇怪，似乎并没有气愤和不满，却有种如释重负的轻松感。

几天后，刘贵田却帮着嫂子把曲光他俩逮着了。说是逮着了，其实也就是趁他俩打完桥牌去一个小吃店吃饭的时候把他俩堵住了。但曲光当时就痛痛快快地承认自己喜欢那个女人，提出要与嫂子离婚。嫂子二话没说，扑上去就扇了那女人两个耳光。结果，婚当然是没离成，曲光倒背上了个处分。两个月后，曲光就打报告死乞白赖地闹着转业了。

陆阳那时候就知道曲光终归要跟嫂子离婚的，他了解曲光。但他没料到曲光这么快就跟那个女的也离了。他倒的确在心里掂量过他俩，凭直觉，他认定他俩不会长久，那女人不属于曲光。可是，他从来也没把自己这种感觉告诉过曲光。曲光竟看出来了，这个鬼家伙！

八

老薛突然到宣传处来了，一进门，满脸就波澜起伏地荡漾开了笑纹：“陆阳，干啥呢？”

陆阳抬头见是老薛，赶紧起来招呼道：“哎呀，是老薛呀。”

老薛看了看陆阳桌上的稿纸说：“又写材料呐？瞧瞧，瞧瞧，一写就是这么一大摞子。陆阳你真行，怪不得人家都说你是政治部的笔杆子，怪不得连老朱也夸你笔头子硬。”

陆阳心里一动。虽然对自己的文字能力陆阳是有足够的信心的，但直接听到主任对自己的评价，他一时还不免沉不住气。正呆呆地品味着，忽然看到老薛正在定定地瞅着自己，不由红了脸，不好意思地笑了笑说：“老薛，你可别这么说，政治部能写的人多了。”

“那是，写是都能写上两笔，一点儿不能写也进不了政治部呀，但写得好赖可就两说着了。就说刘贵田吧……”

“噢，你是来找刘贵田的吧？他下午去直属队了。”陆阳突然想起，赶紧告诉老薛。

老薛摆了摆手说：“陆阳，薛阿姨今天是专门来找你的。”见陆阳有些发愣，就从包里掏出一份材料放到桌上，说：“是这么回事，我们街道要参加区里举办的计划生育演讲比赛，前几天，我让刘贵田给写了个演讲稿，这不，就这份。谁想到刘贵田吭哧瘪肚写了好几天，结果报上去就让人家给枪毙了。你说这个刘贵田咋就这么笨呐？当了多少年宣传干事了，就是熏也该熏出个模样了。你不知道，回来我跟老朱这一顿火呀，我说你们政治部就这水平呀，让我们街道老娘们都跟着丢人现眼！老朱这才让我来找你，说你准行。咋样，陆阳？拿出点真章来，给薛阿姨划拉篇像样的！”

陆阳这才明白，刘贵田前几天写的那个东西报废了。

他突然觉得刘贵田怪可怜的，费劲巴力地写了一大气，本想结结实实地讨个好，不承想反倒结结实实地栽了一回。说实在的，陆阳真不想接这篇东西，他这两天正在赶着写那篇《关于加强现时期部队基层思想政治工作的调查报告》。况且，冯处长最近突然对这份调查报告重视起来，已经过问了好几次了。陆阳觉得，冯处长似乎是在这份材料上维系着什么。他理解他，如果有可能，他也愿意成全他。其实，成全他又何尝不是成全自己呢？冯处长让他下个星期一一定要把初稿拿出来，时间是够紧的，这期间他根本没精力再接别的东西。但是，陆阳心里明白，无论如何老薛这篇东西也得接。

“什么时间要？”陆阳问。他在心里存着一丝侥幸，希望不会要的太急，只要能在时间上缓一缓，哪怕只缓个一两天，自己就可以两全其美了。

老薛说：“下星期一。”

陆阳一下愣了。正在这时，冯处长进来了。冯处长一看到老薛立刻热情地上前打招呼说：“哟，老薛来了，有什么事吗？”

“有点……小事。”老薛多少有些收敛地说。

冯处长问：“什么事？”

陆阳踌躇了一下说：“老薛是想——”

“噢，我是想请陆阳帮我们街道写一篇计划生育演讲稿。”老薛打断陆阳，一下抢过话头，突然提高声调尖着嗓子说。说完，紧张地看着冯处长。

冯处长的目光在金丝眼镜后面暗了一下，又倏地亮了起来，随后笑着说："宣传基本国策这是好事嘛！没问题，老薛，你就交给陆阳吧，保证没问题。"

老薛脸上的线条一下子舒展了，乐颠颠地说："哎呀，冯处长，这太谢谢你了。你们宣传处对我们街道工作这么支持，我得告诉老朱好好表扬表扬你们。"

冯处长也笑着说："没啥，没啥，自己家人还有什么说的。老薛，以后有事你尽管说，我们保证全力支持。"

"那好，以后我可少不了麻烦你们了。"

冯处长道："没问题！"

"那我就先走了，后天我来取稿子。"走到门口，老薛突然回过头说："哎，今天晚上你们俩到我家去打扑克好不好？"

冯处长和陆阳同时一愣，还是冯处长先接过话回答说："好，好，我们去，我们去。"

"那我晚上可在家等你们了，你们早点来啊。"老薛叮嘱了一句，兴高采烈地走了。

把老薛送到门口，冯处长转身回来，陆阳正默默地看着他。冯处长脸上不由有些发窘，怏怏地把目光移到一边，沉吟了一会儿才说："陆阳，今天晚上我叫上刘贵田一起去，你就别去了。你这几天辛苦一点儿，加加班，抓紧把稿子赶出来吧。我已经把调查报告的情况向朱主任汇报了，朱主任很重视。”见陆阳没吭声，想了想又说：“陆阳，有些话现在说可能早了点。我目前的情况你应该清楚，不管用不用我，我在这个位置上顶多也就干到年底了。我想，你心里应该有个数，宣传处的工作你应该全面考虑，多想一些，多做一些。话，我也只能说到这个程度了，这些事还得靠你自己去悟。”

陆阳就那么一直默默地看着冯处长，始终什么话也没说。

九

林丽萍连续两个晚上都是醉醺醺地回来的。一进门就吐，吐得昏天黑地。陆阳一直忍着，帮她拍后背，扶她上床，替她擦洗干净，为她收拾污物。直到她睡着了，陆阳才能静下心，坐回稿纸前。

今天林丽萍又是被人搀回来的。陆阳打开门，一见林丽萍那副模样，火就一直顶到脑门子，气得手都没伸，扭头就往回走。搀林丽萍的那个人急得直嚷：“哎，你倒是接一把呀！喂，陆阳，你他妈的快点过来！”

陆阳急忙回头一看，那人竟是曲光。陆阳这才过去把林丽萍接过来，把曲光让进屋。

安顿好林丽萍，从卧室出来，陆阳看到曲光正坐在客厅，悠闲地吸着烟。陆阳沉着脸子，一声不响地站在曲光面前。

曲光饶有兴致地端详了陆阳半天，突然“扑哧”一下笑出了声，说：“你看你那副熊劲头，就像我把你老婆怎么样了似的。告诉你啊，我这可是学雷锋，在大富豪碰到林丽萍，看她喝高了，怕出麻烦，主动开车把她给你送回来的。”

陆阳脸上的肌肉抽动了几下，浑身一松，颓然跌坐在沙发上。曲光不动声色地递给陆阳一支点燃的烟。陆阳接过来，狠狠地一连吸了几大口，一支烟顷刻就燃剩了半截。“操！”陆阳终于开口了，“我明天就叫她去辞职，不干了！”

曲光微微笑了笑，没作声。

“什么他妈的公司，天天喝酒，好像能喝出钱似的！”

“哎，这你可别说，就是能喝出钱来。”曲光接过话头。见陆阳一脸的不屑，又说：“你也别不信。告诉你，今天林丽萍一口气喝了半瓶，当时就喝出来了三百万！那个客商满以为一下就能把林丽萍将住了，没想到林丽萍二话没说，咕嘟咕嘟就把半瓶酒干进去了。客商当时就老老实实在合同上签了字。”

陆阳脸色陡然间变得青紫，一下把手中的半截烟捻得粉碎，咬牙切齿狠狠地说道：“好哇，够豪爽啊，一口气干半瓶，这他妈的哪还是个女人了？！”

曲光斜了陆阳一眼，悠悠地说：“我倒挺佩服林丽萍那股劲的，她那个老板好眼力。”

“我炒了她那个老板！我明天就让林丽萍去炒他！”

“那好哇，炒完老板到我这儿来，我正需要人手呢。”

陆阳一摆手：“哪儿也不去了，还回卫生所当护士，老老实实给我过日子！”

曲光一笑：“怕是不能喽。下海这事才怪呢，不管怎么淹怎么呛，只要是下了海，就没有一个肯再上来。大不了从深水退到浅水，从这个海湾转到那个海湾。其实这事要怪你，怪你当初就不该让她下海。”陆阳张口刚要分辩，却被曲光用手势止住了。曲光接着说道：“到了现在这个地步，只剩一个办法能把林丽萍拉上岸来了。”说罢定定地看着陆阳，停了一会儿，才一字一顿地说：“你们两个置换一下，你，下，海！”

“一边去！我看你是看眼儿不怕乱子大！”陆阳气哼哼地瞪了曲光一眼。

“不，我说的是真话。”曲光突然认真起来，直视着陆阳的眼睛说：“我想拉你和我一起干。我要在这边投资搞个项目，但我不能钉在这儿，我在南边还有好几个企业。所以，我必须找一个可靠的人替我支摊。我第一个就想到了你。只要你同意，我就全踏实了。怎么样，咱俩再做一回搭档吧。”

陆阳抬头仔细打量了曲光一眼，突然笑着问道："你怎么会认为我能同意呢？你又不是不知道我。"

曲光并不看陆阳，自己点了支烟，边吸边缓缓地说："人总是在变的，何况你又是个聪明人。这里面的具体安排我也想过了，我想先给你个集团公司副总，兼这个项目的总经理。月薪暂定四千，配一台车。"

"嗬，价码不低呀。你觉得我真值这个价吗？"陆阳几乎是冷笑着问。

"得了，别酸溜溜的了。你先考虑考虑，再跟林丽萍好好商量一下，回头尽快给我个答复。告诉你，别抻着，我时间可紧啊。"

临走时，曲光来到写字台前，随手翻动了几下稿纸说："嗬，还在为我军建设呕心沥血呐？陆阳，你倒真是痴心不改呀。不过，说实在的陆阳，我就是喜欢你这股子熊劲头！"

送到外面，陆阳真诚地对曲光说："谢谢你了，让你搞得这么晚，快点回去吧。噢，对了，新嫂子来了吗？"

曲光一皱眉头，拖着长腔："来了，能不来吗？走哪儿跟哪儿。"

陆阳笑着说："对你不放心呗。"

曲光也笑，说："有什么不放心的？我现在是喜新不厌旧，跟我老婆铁着呢。"

陆阳仍笑着问："不能离了？"

“你放心，打死我也不会再离婚了。”

“嘀，没想到你也能改邪归正变好呢！”

“变好？”曲光冷笑了一声，从车门里伸出脑袋说，“你以为这是变好吗？告诉你吧，这是变坏！其实，那个肯为爱去离婚的曲光还算活得认真，还算是个好男人。一个男人到了不再认真对待感情，心不在婚姻上而又不肯离婚的时候，这个男人才算真坏到份上了。陆阳，你别不服气，在这方面我可是老师傅了！”说罢，一踩油门走了。

曲光走后，陆阳独自呆坐了好一会儿。稿子是写不下去了，干脆去睡觉。来到卧室，见林丽萍摊手摊脚地占据了大半个床，陆阳便坐在床边，默默地看着妻子。妻子睡得很沉，褪了妆的脸上显得缺少血色，眼睑有些水肿。细细看去，妻子的眼角周围已经不知何时布满了细密的皱纹。他突然觉得眼前的妻子仿佛很遥远很陌生了。对着眼前这个虚浮的面孔他不免有些惶惑，那个娇柔的女孩哪儿去了？那个依人的小鸟哪儿去了？

林丽萍翻了个身，嘴里喃喃地说着：“不……不……”陆阳推了推林丽萍，林丽萍突然惊恐地睁开眼睛说：“不！我不喝了！”见是陆阳，又忽然嘤嘤地哭了，边哭边含含糊糊地说：“我难受，难受，我……不想……喝……”陆阳一边替妻子擦眼泪，一边安慰说：“好了，好了，不喝了。咱们明天就去辞职，咱们再也不给他们喝了，好不好？”林丽萍点了点头，又迷迷糊糊地睡过去了。

这一夜，陆阳睡得很不踏实，翻来覆去地折腾到后半夜才睡着。正睡得香，突然觉得有人推他。睁开眼睛一看，是林丽萍。林丽萍一副收拾停当准备出门的样子，正站在床边看着他，见他醒了便急急忙忙说道：“琳琳今天补习英语，你别忘了晚上提前给她做饭。那边抽屉里我留了两千元钱，你收拾起来吧。我走了啊。”说着人已经到了门口。

陆阳急忙在后面喊道：“哎，你去哪儿？”

“上班呀。”林丽萍回答。

“不是说好了今天去辞职吗？”

林丽萍回过头满脸疑惑地看着陆阳说：“你发什么神经？”

门“嘭”的一声带上了。陆阳听到林丽萍的高跟鞋在楼道里踏出一串信心十足的脚步声。

十

中午在机关食堂吃饭时，陆阳看到小田端着碗在一个清静的角落里坐下，就紧赶几步凑到小田旁边坐下了。小田抬头看了陆阳一眼，突然不是好模样地笑了一下，弄得陆阳心里顿时长了毛似的，痒痒地难受。

陆阳打定主意不正面问小田。他知道小田的毛病，你越是问得紧，他越能卖关子。你若是不理他，他倒没准绷不住了。陆阳摆出一副木滋滋的样子，坐下就吃。

果然，没过一会儿，小田就主动开口了："我说陆阳，你们宣传处行啊，关键的时候有一个算一个，全能打得响，冲得上。"

陆阳摸不准小田指的是什么，便试探着顺着话茬往下溜："那当然了，我们宣传处历来就是藏龙卧虎的地方。"说着话头一转，顺便搞了个火力侦察："田处长，你们干部部门可别小瞧了。"

"不敢，昨天晚上刚刚领教过了，真是强兵顶上无弱将啊。"小田一脸的军事情报。

绕了半天，小田不过就是要说冯处长打牌的事。陆阳心下一懒，故意装作没听懂的样子，一本正经地纠正道："错了，是强将底下无弱兵。"

"没错，是强兵顶上无弱将。"小田加重语气说。

陆阳不想再绕了，直截了当地问："这么说，冯处长昨晚赢了？"

小田一愣，明白陆阳是知道的，便也不再绕。回答说："赢了。"想了想又笑道："你别说，老冯这家伙还真行。平时从不见他摸扑克，可拉上来就是把手。怪不得有人说他是牌坛老手了。"

"什么？冯处长是牌坛老手？别开玩笑了！谁不知

道冯处长拒腐蚀永不沾，从来不打扑克，他能是牌坛老手？！”陆阳不以为然地说。

“不知道了吧？”小田得意地用筷子点着陆阳，说：“听说，老冯过去在他们那一茬干事里厉害着呢，朱主任他们全都不是个儿。”

“得了吧，厉害？厉害为什么从来不玩？”

“不玩自然有不玩的道理了。告诉你吧，老冯和曲光一样，在牌上摔过跟头。”

陆阳一惊：“他和曲光一样？……”

小田一笑：“那倒不是。听说老冯那时干得挺冲，很受政治部主任赏识。后来，有一次上班时间被人拉去打扑克，不知怎么情报就捅到上面去了，政治部主任亲自带着军务参谋去端窝，堵住了门口。另外三个人见大事不好都慌忙跳窗跑了，只剩下老冯一个，又死活不肯说出那几个人的名字，结果，就实实在在地背了个处分。老冯从此就地卧倒，只剩了匍匐前进的份，再没有跳跃冲刺的能力了。”见陆阳半天没吭声，小田又问：“你猜摁倒老冯的那个主任是谁？”

陆阳没回答，却突然问道：“捅情报的是谁？”

小田看了陆阳一眼，也不回答，仍循着自己的话头说：“摁倒老冯的就是楚政委，当时楚政委是政治部主任。”

陆阳竟又盯了一句：“我是问谁捅的情报？”

小田的脸上现出一种莫测的神情，过了一会儿，才懒懒地回答：“那谁知道，应该是跟老冯比较近的人吧，否则也不会了解情况。也许就是他们同期的干事，没准摁倒老冯他就能……”小田突然打住不说了。

两个人默默地吃了一会儿，陆阳沉吟着突然问道：“田处长，你看……你看冯处长这次有戏吗？”

小田一愣，旋即又笑了，说：“有没有戏我可说不准，不过我看老冯这次可是跳上台主动入戏了。”

“也难怪，冯处长这是被挤到关键口了，再没戏就没机会了。其实，冯处长这个人表面上看起来有点死板，接触长了解了，人还是挺不错的。”陆阳说。

“那是，”小田点着头，又说，“连老薛也这么说。昨天晚上老冯和她打对家，好家伙，直落我们三局，把老薛乐得跟什么似的。”

陆阳听了若有所思地随口应道：“哦，那就好。”

“什么好？”小田莫名其妙地问。

“老薛高兴就好，老薛一高兴，冯处长就有戏了。”陆阳回答。

小田认真地看了陆阳一眼，突然问道：“陆阳，我怎么觉得你有点不大对劲呀？”

陆阳脸上微微一红，说：“我有什么不对劲的。”

“你怎么突然对老冯的事这么起劲，我看你是醉翁之意不在酒，怕不是自己有什么想法了吧？”小田穷追不舍地问。

陆阳的脸更红了，搪塞道："得了吧，我能有什么想法？不过就是心血来潮下级关心关心上级呗，我是醉酒之意不在翁。"

看到陆阳红头涨脑的窘相，小田忍不住"扑哧"一声乐了，边乐边说："得，得，你可别急，我来个醉酒之翁不在意还不行吗？"想了想又说："陆阳啊，你这个人其实挺聪明的，就是有点……有点……怎么说你好呢，直说了吧，就是有点'迂'。现如今啊，这人是真练出来了，你看人家要官、要钱、要待遇的时候，哪个不是像从自己裤兜里往外掏大便纸那么理直气壮？有点想法算啥？这年头，像你陆阳这样还会脸红的人可是凤毛麟角喽！"

陆阳没吭声，他有点摸不准小田话里的褒贬含义。小田是政治部出了名的人精，陆阳虽然与小田关系不错，但也常觉得小田的面目挺模糊。有的时候你觉得他与你很近、很哥们，有的时候你又会突然发现他其实离你很远、很生疏。有的时候你觉得他挺正直、挺真挚，可有的时候你又会觉得他挺卑琐、挺奸滑。他好像从来不肯把正脸对着你，只给你无数个不尽相同的侧面。

小田见陆阳半天没话，以为真的窘住了，便转了个话题问道："好几天没见你在白楼露面，你这两天跑哪儿去了？"

“下部队去了。”

“下部队去了？”小田的眼睛瞪得老大，“这种时候你不老老实实在白楼守着，下部队去干什么？！”

“我搞了一个调查报告，有几项内容还需要充实一下。这几天我跑了几个连队，在下面召开了几个座谈会，总算把情况摸得差不多了。”

“什么调查报告非得赶在这几天急着去跑？”小田问。

“是《关于加强现时期部队基层思想政治工作的调查报告》。”陆阳大致说了说情况，又说，“冯处长和朱主任都挺重视的，催着要呢。”

小田默默地看着陆阳，突然问：“你知道刘贵田这两天在干什么吗？”见陆阳抬头看着他，就继续说道：“该换季了，人家刘贵田领着公务员楼上楼下楼里楼外呼呼啦啦地擦了好几天玻璃。”

“是吗？”陆阳一笑，“怪不得回来后觉得白楼灿烂多了，连冯处长的脸上也灿烂了。”

“岂止是白楼，连首长住宅区也灿烂了。岂止是冯处长，连老薛们也灿烂了。”小田淡淡地说。

陆阳停下筷子，若有所思地看着小田。小田却并不看陆阳，只认真地吃着最后一口饭。吃完，小田把碗筷摞在一起，懒懒地起身说：“我中午可得睡一会儿了，昨天玩得太晚了。董处长真是个臭手，害得我跟他当了一晚上的牌架子。”说罢，头也不回地走了。

陆阳一下子怔住了。他猛然想起自己这么多天来一直忽略了一个重要的问题，这就是冯处长也有竞争对手。董处长是保卫处长，他虽然年纪比冯处长小两岁，但任职时间却与冯处长相同。若论竞争政治部主任，董处长的条件丝毫不比冯处长差。

陆阳突然没了胃口，闷闷地把只吃了一半的饭菜统统倒掉了。

十一

秘书突然找陆阳，叫陆阳带上调查报告立刻到楚政委办公室去一趟。

虽然同在一个楼里办公，但陆阳很少有机会去首长办公室。首长的办公室通常都很大，一般喜欢迎门对角斜摆一张极大的写字台，首长在后面坐着，整个房间便都在火力范围之内了。不管是谁，只要一进这个门，便立刻会被一种无形的威慑所笼罩，不自觉地缩了手脚，轻了声音。待你在写字台对面那排专为客人准备的沙发上坐定后，你便会发觉，这沙发与写字台后面的那张靠椅恰好形成了一个特定的角度。于是，你便只能乖乖地向坐在那张靠椅上的人仰视了。

现在，陆阳就这样仰视着楚政委。

楚政委是个冷脸人，平时话极少，但该讲话的时候却总能泾渭分明，口若悬河。这便足以使人敬畏着了。楚政委的烟瘾很重，脸上终日笼罩着常年被烟熏出来的那种老绿色，这便为楚政委的脸面更增添了许多肃然的感觉。陆阳几乎没见过楚政委笑，所以，当看到楚政委对着自己露出一排整齐的牙齿时，陆阳着实吓了一跳。但他立刻反应过来，这是楚政委在笑，这说明楚政委对自己的汇报感兴趣了。明白了这一点后，陆阳便抑制不住地有些激动起来。

要知道，陆阳这一级的参谋干事，是极少有机会在首长面前展示能力的，他们与首长之间的断层太多。通常，他们的能力只能展示在处长面前。他们对工作的设想、新的见解、具有指导性的意见等等，无一不得首先经过处长的认可。若处长不认可，再好的意见也得作罢。但若处长认可了，便会由处长自己去向主任展示，而这时展示的却是处长的而不是干事的能力了。到此便断了一层，更不要说处长上边还有主任呢。

陆阳是经常有一些想法的人，也经常为自己的许多想法没有实施的机会而抱憾。所以，当他发现有机会在更高一层的领导面前展示自己的时候，当他发现领导对自己的见解感兴趣的时候，他便不能不激动了。

陆阳自己也不知道什么时候把手中那份调查报告初稿抛在一边，干脆脱了稿，从容不迫地侃侃而谈起来。

他从连队最近出现的几起打战士的现象谈起，谈到士兵成分的变化，谈到不同成分士兵素质的优劣差异，谈到目前基层政治思想工作滞后的意识及陈旧的手段，谈到自己对这些问题的种种思考。

不知不觉地，楚政委在他的阐述中离开了那把靠椅，在地中间踱起步来。不知不觉地，楚政委与他并排坐在沙发上认真探讨起来。当陆阳从激动中渐渐平复下来以后，他才发觉自己不知什么时候竟一根接一根地接过楚政委的烟，两个人对抽了整整一盒，把个办公室搞得烟气腾腾的了。

陆阳发现楚政委其实挺好接近的，他具备许多首长所不具备的倾听能力。一般首长在听下级讲话的时候常常精力不集中，随便打断话题或强行让你进入他的思路，表现出极强的主观意志。不会像他那样认真地注视着你的眼睛，不会像他那样用理解的眼神鼓励你不停地讲下去，不会像他那样平等地与你探讨。

临走的时候，楚政委把陆阳的调查报告初稿留下了，说他准备好好看看，再仔细琢磨琢磨。陆阳很高兴，他没想到楚政委会对他写的调查报告如此重视。从楚政委办公室出来的时候，陆阳的脚下仿佛踩了弹簧般，每一步都充满了弹性，心情是好得不能再好了。

陆阳的好心情一直持续到第二天。第二天一上班，冯处长就告诉陆阳，他给老薛写的演讲稿使老薛在区计划生育演讲比赛中获了个二等奖。老薛说要好好谢谢陆阳，让陆阳今天晚上去她家坐坐。冯处长说话的时候，陆阳注意到他脸上的线条很柔和。这段时间以来，冯处长的状态一直不错，只是眼睛常常发红。陆阳知道这是天天晚上打牌熬夜的原因。陆阳暗地里很替冯处长的境况高兴，他真心地希望冯处长这次能够如愿以偿。后来，冯处长又问陆阳那篇调查报告初稿出来了没有，说他昨天把处里深入基层，抓基层思想政治工作调查报告的情况向朱主任做了汇报，朱主任听后很重视，让初稿一出来立刻送给他看。陆阳就告诉冯处长说初稿已经写完了，现在材料在楚政委手里，说他马上去问问楚政委是否看完了，如看完了，立刻就拿回来。说罢，转身就去了。

陆阳很高兴，他没想到自己突然间受到了这么多的青睐，于是忍不住地想到自己也许真的到了该脱颖而出的时候了。但他只顾高兴，走得太急了，没注意到冯处长听到他的话后，眼中略过的那丝阴影。

楚政委却不在。秘书说楚政委外出了，是今天早上走的，什么时间回来不清楚。

十二

晚上，陆阳如约来到了朱主任家。冯处长也在，正坐在客厅里与朱主任谈论着什么。

陆阳并没有受到想象中的热情接待。老薛只是在陆阳刚进门的时候出来招呼了一下，似乎说了几句面子上的感谢话。待陆阳在客厅坐定之后，老薛就转身出去了，一晚上再也没照面。后来，陆阳记起，老薛在离开客厅之前，曾用异样的目光扫了陆阳一眼。但当时陆阳没太在意。

朱主任很随和，胖胖的脸上总是红润润地带着微笑，慈眉善目的，生就一副笑面菩萨相。他与冯处长是一个车皮拉到部队上来的，比冯处长大两岁，但坐在一起看上去，冯处长反倒显得老相一些。

刚落座，朱主任就笑盈盈地递给陆阳一把水果刀，指着茶几上的苹果说：“自己削。来，小陆，自己动手，丰衣足食嘛。”

陆阳先削了一个给朱主任，朱主任接了。又削了一个给冯处长，冯处长也接了。陆阳这才开始给自己削。于是，三个人边吃边开始东一句西一句地聊了起来。朱主任先是问了陆阳一些无关紧要的话，诸如老婆了、孩子了、身体了、工作了等等。陆阳一一作答，心里觉得挺受用。后来，就着工作的话题自然便谈到了那篇调查报告。陆阳当然又兴奋了一阵子，但毕竟有冯处长在场，陆阳还是有所收敛的，并没有忘记在必要的地方强调冯处长的主导作用。讲述中，陆阳有意多做了些解释，因为他知道朱主任对材料是不太在行的。朱主任是干部处档案干事出身，写得一手好字，但材料却不行。据说，当年他和冯处长一起借调到机关时，他处处比不过冯处长，差点被退回连队。也亏了他那副笑面，人缘好，字也写得漂亮，便物尽其用留在干部处抄写表格了。朱主任不懂材料，这在政治部是个公开的秘密。私下里，大家常笑谈朱主任每次看过材料之后，最喜欢使用的一套评语：我看行，不是不行。行是行，就是有点平。

朱主任的眼睛始终没有离开电视荧屏上的《新闻联播》，只偶尔在说话中扭头看陆阳一眼。朱主任经常打断陆阳的话，随时发表一些见解和看法。但陆阳始终也没闹清朱主任是否真的知道他都说了些什么。可是，陆阳发现自己在谈到楚政委对调查报告的态度和意见时，朱主任却听得格外认真，不仅没有打断，还询问了几个问题。后来，朱主任说了很多的话，肯定了宣传处搞这个调查报告的动因是好的，但同时也指出挖掘得还不够深，还需要进一步下功夫。冯处长在一旁则很少说话，只偶尔插上一两句。陆阳发觉冯处长今天晚上的情绪似乎不太好，有些沉闷。最后，朱主任终于还是使用了他那句著名的评语："这个调查报告嘛，我看行。不是不行。不过……行是行，就是感觉还是有点平。你说呢，老冯？"说完，并不等冯处长回答就又转向陆阳说："小陆啊，你们年轻人工作还是要扎实些才好，不要急功近利，急于求成呀。我这不是批评你啊，这么不成熟的东西怎么好随便就往政委那送呢？我不是说不该给政委看，是要给政委看，最后都是要通过政委的嘛，但到政委手中的应该是能够反映出我们政治部整体水平的成型材料。如果先在我们政治部内部研究研究，把材料充实整理完善了再报给领导该有多好。你想想，给领导一个很粗糙的初稿，是不是显得我们对领导不够尊重啊？”

陆阳整个蒙了。与冯处长一起往回走的路上，陆阳一句话也不想说，只是在冯处长责备他不该把材料越级送到楚政委手上的时候，他才解释说是楚政委找的他，而不是他主动找的楚政委。冯处长默默地打量了陆阳好一会儿，才冷冷地说：楚政委怎么会知道你在搞调查报告呢？！

真的，陆阳此刻才注意到这个问题。楚政委刚找陆阳的时候，陆阳确实有点意外，一般情况下政委是不会直接找下面干事的。但陆阳很快想到一定是领导之间通的气，便没在意。现在看来主任和处长并没有与政委通过气。那么，楚政委到底是怎么知道他在搞调查报告的呢？

陆阳有口难辩了。

十三

楚政委外出的这几天，白楼的空气极其活跃。每天都有新的消息，每个新消息里都含有足量的刺激因素。

先是风传楚政委是被调去谈话了，回来后就得立即交接工作，去院校学习。后来又传说朱主任这次肯定要接政委了，朱主任在干部部门多年，上上下下关系硬着呢，外单位的别想挤进来占这个位置。再以后就是传下面位置的人选了。听说冯、董二位处长竞争得很厉害，两个人都在暗地里加紧活动。还说朱主任似乎更倾向于冯。传递这条消息的人特地在后面加了个按语，说过去朱主任似乎曾经欠过冯点什么，这次是有意要补偿了。董是在上面找了一些人的，因此频频有电话为董做工作。但既然朱主任要接政委了，他对下面人选的意见当然是起决定作用的。因此，接下来的兴奋点就是围绕宣传处长的人选，而不是围绕保卫处长的人选了。传出来的宣传处长人选主要就是陆阳和刘贵田，从舆论上看，陆阳在这一轮中靶的概率似乎更大一些。政治部的个别小子已经开始私下里陆处长长陆处长短地叫着开陆阳的心了。

这几天，陆阳倒是听了小田的话，哪儿也没去，一直守着白楼。来自各方面的情报陆阳自然是都接收到了。看起来，局势倒是一直朝着对陆阳有利的方向发展。按理，陆阳应该高兴才是，但不知为什么，自打那天晚上去过朱主任家以后，陆阳就一直有点不安。几天来，陆阳反复思量这材料的事到底会对自己有多大的影响，但一直掂不出个轻重。陆阳总觉得就算是自己主动把材料送给政委看的，也不是什么了不起的错误，顶多就是个程序问题。可是，若只是个程序问题的话，为什么冯处长会把这件事看得那么重呢？从朱主任家出来后，冯处长把陆阳叫到办公室谈了好大一会儿。冯处长几乎是气急败坏，劈头盖脑就把陆阳狠狠地熊了一顿，根本不让陆阳说话。最后，冯处长长叹了一口气说："陆阳啊，我说了这么多可都是为你好呀。我是担心你恃才傲物，走我的弯路，耽误了自己。你在机关的时间也不短了，我不止一次地告诫过你，这个楼里没小事，这其间有许多微妙之处你得自己上心去悟呀。"说得陆阳挺感动的。他相信冯处长是真诚的，但同时也不免有点小题大做的感觉。他总觉得问题不会很大。往最坏里想，就算把这个砝码加在刘贵田那一边，刘贵田的分量也重不到哪儿去。再说了，在宣传处长人选的问题上，冯处长的意见是最重要的。冯处长，还有什么可说的吗？！

宣传处近几天的气候格外宜人。冯处长的精神眼见得一天比一天好，板结的面孔明显化冻般地软下来，脸面显得生动了许多。刘贵田的动作似乎更快捷了，小风似的到处旋转着，瞬间便利落了桌子、净了地面、满了茶杯水壶。陆阳发现自己的心态也有了很大的变化，已经自觉不自觉地开始从新的角度去考虑工作，用一种新的眼光打量周围的人和事了。这种心态似乎使陆阳具有了更大的包容性，更能发现他人的长处了。拿刘贵田为例，过去陆阳极看不上刘贵田的那些小举动，觉得卑琐庸俗，但现在陆阳却感到刘贵田还是很有长处的，毕竟，他勤勉，乐于承担处里的许多琐事，喜欢跑跑颠颠，对外协调能力也比较强。陆阳想，处里还是需要有这么个人的。虽然，陆阳也明白刘贵田始终在积极努力为当处长创造条件，但他总觉得领导若真让刘贵田来撑起一个宣传处似乎有点滑稽，毕竟这是宣传处，不是公务班。

但是，今天陆阳却觉出了异样。异样的感觉是从上午开始的。曲光定在今天晚上在大富豪请宣传处全体吃饭。上午，陆阳找冯处长通知曲光请客的事。他走进冯处长办公室的时候，看到冯处长正在跟刘贵田谈话。见陆阳闯进来，两个人突然噤了声，面部表情显得很不自然。陆阳见状赶紧简要地把事说完，转身就出来了。

如果仅仅如此，陆阳就不会往心里去了。陆阳不是那种疑神疑鬼小肚鸡肠的人。但紧接着，陆阳就发现冯处长对他的态度有点怪。好像总想躲着他，极力避免和他单独在一起。有两次，陆阳故意直视着冯处长，冯处长却坚决地把目光收在镜片后面，只把一片模糊的反光冲向他。

还不仅如此，刘贵田也有变化。刘贵田今天早上破例没去打水，而是支使处里年轻干事去打的。且一反几天来与陆阳之间保持着的若即若离内紧外松的态度，突然亲近得可疑。陆阳还发现，刘贵田好像总忍不住小心翼翼地偷偷观察他，眼神里有一种使陆阳不安的防范。陆阳始终也没琢磨透，那到底是胜利者对失败者的防范呢，还是失败者对胜利者的防范呢？只是不管属于哪种防范，都不能不使陆阳产生一种自己在他人眼里是一个随时可能爆炸的定时炸弹的感觉。

直觉告诉陆阳，政治部的人选方案已经拿出来了。

整整一天，陆阳都处于焦灼不安的状态之中。很想找小田摸摸底，但小田却突然失踪了。办公室电话没人接，中午吃饭时满食堂也没寻到人影。直到下午快下班的时候，陆阳才从其他途径得到消息：宣传处长人选定的是刘贵田。陆阳这一轮脱靶了。

十四

大富豪在市中心的闹市区，是个集餐饮娱乐为一体的消费场所。从开业的那天起，大富豪便以其一流的服务和昂贵的价格而蜚声遐迩，成为全市最高消费档次的标志。每天，这里都汇集着许多这个城市里最有权、最有钱和最想有权、最想有钱的人们。每天，这里都进行着许多最平常、最重要和最不平常、最不重要的交易。大富豪像一个旋转着的巨大的齿轮，不断地把这个城市中最活跃的各个部分裹挟进来，不动声色地推进着许多交易的进程。而能润滑这个巨大的齿轮，使之不断滚动的则是钱。

陆阳不喜欢大富豪，不喜欢大富豪那种金碧辉煌的奢华风格。在陆阳的眼里，大富豪特像一个穿金戴银、撑着上等人架子，却丝毫没有文化底蕴、俗不可耐的暴发户。

曲光定了个KTV包房，自己当仁不让地坐在了上首，又分别招呼着让冯处长和陆阳在两侧坐了。曲光眼里历来就没有刘贵田，所以，只把他伙在那群小干事里，说了声大家随便坐便结了。刘贵田四下看看，刚想往冯处长那边凑，却被陆阳一把拽住了。“老刘，”陆阳直视着刘贵田说，“往哪儿去？坐下！”刘贵田干笑了两声，只好挨着陆阳坐下了。冯处长在一旁呆着面孔看着，没作声。

曲光的祝酒词很漂亮，虽然给人一些过于圆润工整的感觉，但也实在是挑不出什么毛病来。点的是洋酒。曲光先让服务小姐举起酒瓶，为大家指点着酒瓶上的著名商标和年代标志，让大家见识够了，这才开瓶。每只杯子里只倒了少量的酒，却加了不少的水和冰块，看着不免使人丧气。每举一次杯，曲光便很得体地抿一口酒，然后说道：“请，自便，大家自便。”于是，大家就只好也抿一口，就只好也自便一下了。看得出，曲光这几年场面上的事是练出来了。但是，既然场面惯了，就不免要玩场面，而一旦玩起场面来，便没了自然，淡了味道。

所以，这酒一开始便喝得有些拘谨。

“味道怎么样？”曲光扭头问陆阳。

“不错，不错。”刘贵田抢上来说。

陆阳却不紧不慢地答道：“不怎么样。没劲！”

曲光愣了一下，注意地看了陆阳一眼，却“扑哧”一下笑了，随后示意服务小姐过来，吩咐道：“拿瓶酒鬼。”

酒鬼来了。很古朴，很不起眼的瓶子，一开盖却浓香四溢。周围的眼睛立刻火苗子般地活泛了。一连干了几杯，气氛便逐渐热烈起来。大家开始挖空心思地出题目，分别寻找对手进行小规模作战了。

陆阳今天晚上是铆足劲跟刘贵田摽上了。已经跟刘贵田连干了三杯。第一杯喝的是同一年兵酒，第二杯喝的是同一个军校毕业酒，第三杯喝的是同一茬子干事酒。曲光在一旁饶有兴致地帮着陆阳溜缝。刘贵田没多少酒量，三杯酒下肚立刻便红到了脖子根。曲光又趁火打劫，接着灌了刘贵田几杯，刘贵田眼瞅着就蔫了。

陆阳真想就这么跟刘贵田拼着喝下去，可看到刘贵田才支巴两下就熊了，不免有些泄气。曲光瞅机会低声对陆阳说：“算了，别跟他叫劲，他不值。告诉你个好消息，那块空地我已经到手了。我准备在那里并排起两座高层建筑。怎么样，你不感兴趣吗？”见陆阳一声不吭翻着恶眼看着他，曲光突然哈哈大笑起来，朗声道：“来来，今儿个高兴，咱哥俩喝个双杯！”

陆阳没动，眼睛盯着曲光说道：“我不喝没名堂的酒。”

曲光一笑：“放心，我不敬没名堂的酒。这第一杯是为了过去你我多年的搭档而干！”

“这我得喝。”陆阳抬手举杯，两人咣当一碰，各自干了。

“这第二杯嘛，”曲光停了一下，死死地盯住陆阳的眼睛说，“为今后你我再次联手重做搭档而干！”

陆阳没有举杯，默默地看着曲光，他从曲光的眼睛里看出，这小子什么都知道了。陆阳下意识地移开目光，低头去看手中的酒杯，杯中的酒在灯光下反射着粼粼的光，刺得陆阳的眼睛有些发疼。

刘贵田突然睁开惺忪的眼睛说道：“陆阳，你……你不喝，我替你喝。”说着就来抓陆阳的酒杯。

曲光拦住刘贵田，冷冷地说：“没你的事。”

陆阳抬起头，与曲光对视着。曲光的脸上带着胸有成竹的微笑，毫不掩饰自己幸灾乐祸的心情。刘贵田又伸手来抓陆阳的杯子了，嘴里还不停地说着：“我替你，你别瞧……瞧不起，我能喝。”陆阳突然一把将刘贵田推开，僵硬地举起酒杯，狠狠地向曲光的杯子撞去。还没等曲光反应过来，陆阳已经一仰脖干进去了。

这杯酒很辣，呛得陆阳一顿好咳。曲光赶紧招呼陆阳吃几口菜，抑制不住一脸的容光焕发。

刘贵田被陆阳一下推倒在椅子上，不由得怔怔地愣了一会儿，此时，他猛地站起身，突然指着陆阳和曲光问道："你们……是不是瞧……瞧不起我？"见没人回答，又说："我和你们俩一人喝一个双杯，谁不喝就是瞧……不起我。"陆阳没吭声，曲光见状劝了一句："别逞能了吧老刘，你看你都成醉虾了。"话音未落，刘贵田"啪"的一声摔了手中的杯子，声嘶力竭地喊道："我知道你们瞧不起我，我早就知道你们瞧不起我！我算什么？我刘贵田是顶着满脑袋高粱花子到部队来的，我怎么能跟你们比呢？！可我就想跟你们比！没人能帮我，我只能自己硬从地底下往外拱。我是平地拔骨朵，平地拔骨朵呀你们懂吗？！我干出来了，可你们知道我是怎么干出来的吗？对，你们知道，知道，所以你们瞧不起我。可是我，我愿意这样吗？！我也想长你曲光那个脑子，我也想有你陆阳那笔刷子，可我没有。我也不愿意整天看人家的脸子被人吆三喝四，我也不愿意整天扫地打水擦玻璃，可我不干行吗？！我想，总有一天我会干出来，让你们换个眼珠子重新看我。我终于干出来了，你们谁都没干出来我刘贵田干出来了。可是，你们还是照样瞧不起我。还有冯处长，别看你到底投了我一票，可我知道你那是违心的，你心里也一样瞧不起我。你们都……都瞧不起我！"刘贵田说着说着，忽然伏在桌上痛哭起来。

空气突然凝住了，许久没有人再说话。不知过了多长时间，陆阳默默地斟满了四杯酒，说："贵田，来，我陪你喝了这两杯！"刘贵田止住哭声，缓缓地抬起了头。

"等一下。"曲光说着又斟了四杯酒，递给冯处长两杯说："老宣传处的人只剩下我们四个了，冯处长，我们四个人一起喝了这个双杯吧。"

冯处长看了曲光一眼，迟疑着接过杯子。三个人都举起了酒杯，陆阳却没动。冯处长默默地把酒杯又放回到桌子上，注视着杯中的酒，用低沉的声音说："陆阳，刚才刘贵田说的你都听到了，那都是事实。我知道你怨恨我，整个晚上你没和我说一句话，没跟我喝一杯酒。我不在乎。我只想告诉你，谁的路都是用自己的脚走出来的。也许，有的时候外力会起些作用，在你快攀到山顶的时候拉你一把，或者趁你站在沟边的时候踹你一脚。可是，如果你没攀到一定的高度谁想拉你也拉不住，如果你不站在沟边谁想把你踹进去也踹不着！"

"不，冯处长，我不是怨恨你，我没有理由怨恨你。我是瞧不起你！"陆阳说。

冯处长凄然一笑："我知道。你以为我就瞧得起我自己吗？刚才刘贵田说我瞧不起他，我承认我曾经瞧不起过很多人，可是，到头来怎么样？那些被我瞧不起的人反倒有资格瞧不起我了！连我自己也越来越瞧不起自己了！现在我想通了，什么瞧得起瞧不起的，有什么用？我就是吃了太看重自己人格形象的亏了。这些事，我是用了许多年的时间才想通的，虽然晚了点，也许，还来得及。”

又是一阵静场，过了好久，陆阳长长地嘘出一口气，突然站起身，声音沉沉地说：“冯处长，我谢谢你。尽管你的有些看法我目前还不敢苟同，但我感谢你的真诚。这杯酒就算我自罚谢罪了。”说着一口干了进去。

曲光紧接着站了起来，举起酒杯激动地说：“来，咱宣传处的哥们一起干一杯！为了我们这个晚上，为了我们这群人，为了我们这群人的过去、现在和将来！”大家呼地一下全站了起来。

刚举起酒杯，陆阳却突然喊道：“等等！这杯酒得用咱们当兵的方式来喝。我起头，大家有多大嗓门使多大劲。注意了：一——二！”

“干——！”一声充满兵味的呐喊突然冲出房间，使整个大富豪为之一震。

十五

楚政委走得突然，回来得也突然。而且，回来后毫无动静，既没有交代工作的意思，也没有任何要离开的迹象。几天后，从军区方面传来消息，说楚政委不去国防大学学习了。消息说，楚政委找人说了话，但有人说话还不是最主要的，主要的是为楚政委说话的人拿出的两个理由很硬。一是拿出了一张化验单，说明楚政委“澳抗”阳性，属健康带菌者，不宜进院校那样的集体生活单位；二是拿出了一篇楚政委抓的《关于加强现时期部队基层思想政治工作的调查报告》，说是军区首长对这个调查报告很感兴趣，认为所抓的问题针对性强，很有普遍指导意义，已经责成组织部配合楚政委在这个基础上尽快抓出一个基层部队思想政治工作的典型，拿出成型经验，在全区部队进行推广。

楚政委回来后，陆阳只见过楚政委一面。是在白楼门口。当时，楚政委正陪着军区组织部的人往外走，脚步匆匆的。陆阳侧身让路的时候，楚政委边说话边抬头看了陆阳一眼。陆阳觉得楚政委看到他的时候似乎停顿了一下，好像想向他做个什么表示，但组织部那人一个劲地在旁边追问着什么，楚政委只好又转过脸继续与那人说起话来。陆阳看到楚政委临上车时还回头向这边张望了一下。

随着楚政委的回来，白楼的一切似乎又都恢复到原来的状态之中了。楚政委仍旧不停地抽烟；朱主任仍旧笑眯眯地讲话；冯处长仍旧常常板结着面孔；刘贵田仍旧每天扫地打水；陆阳仍旧早上去打上一通军体拳。但是，仔细观察就会发现这其间有了一些细微的差别：楚政委的烟量明显减少了；朱主任的笑似乎用得更多了；冯处长板结的面孔开始出现眼睑下垂的衰老症候；刘贵田的动作也不那么迅速灵活，变得有些迟缓了；陆阳早上跑步已不再从白楼前的花坛经过，而是从围墙外面绕过去跑了。

后来，小田找陆阳谈过一次，是早上趁陆阳在空地打拳的时候。小田说，陆阳我听说曲光让你跟他干待遇优厚有这事吗？陆阳说没错是有这事。小田问，那陆阳你是怎么打算的？陆阳说我还没想好，可这事好像不在你干部处长职权范围之内你问这干吗？小田说巧了这事正归我干部处长管。便告诉陆阳，说楚政委挺欣赏陆阳的，让他给陆阳透个话，说今年年底转业工作安排完以后，准备提陆阳当宣传处长。让陆阳有个思想准备。陆阳无动于衷地听了，突然说我早就该想到是你把那份调查报告提供给楚政委的。小田避开陆阳的目光看着远处，说陆阳你应该懂得好牌不一定都能发挥作用也不一定都能起到好的作用，好牌只有抓在会运用它而又有能力运用它的人手里才能最大限度地发挥作用。陆阳就问小田，依你看我该打哪副牌？小田说这你可难住我了，这两副牌哪副牌都挺好可哪副牌都不好打。陆阳一笑，说了句操，那我就只好打军体拳了！说罢，便不再理会小田，自己伸胳膊撩腿地继续打起拳来。

几天后的一个早上，当陆阳跑步来到空地以后，突然愣住了。只一夜之间，空地上就堆满了建筑材料。几辆掘土机怪物般地伸展着爪子，堂堂皇皇地占据着这个新的领地。陆阳不由心里一沉，明白又有一片空地将永远地消失了。

陆阳站在那里茫然四顾，发现不知什么时候周围已经有了许多的高层建筑。那些高层建筑很突兀、很自信地昂首挺立着，带着一种咄咄逼人的气势。再看白楼时，竟平白地觉得突然比往日矮小暗淡了许多。

但是，白楼仍坚实地伫立着，带着那些高层建筑所无法类比的独特的魅力，带着那种与生俱来的威严。

俄罗斯陆军腰带

秦冲没想到这辈子还能见到鲍里斯，更没想到会在远离中俄边境的地方见到鲍里斯。

秦冲迅速地瞥了一眼鲍里斯的肩章，心当即就被狠狠地抓挠了一下，妈的，这家伙都上校了！

秦冲中校，虽然看上去只比上校差一级，但中俄两军编制不同，鲍里斯的上校上一级就是准将了，秦冲的中校上面还有上校、大校，然后才是将军，这中间差了不止三级呢。秦冲立刻觉得两个臂弯同时发痒，心想这回神经性皮炎指定是要犯大发了。

你好，秦！鲍里斯离老远就大叫。秦冲赶紧迎上去，一边喊，老鲍，你好！一边瞄住鲍里斯的手臂动作，恰到好处地跟他同时抬手敬礼，既避免了低一级先敬礼的尴尬，又不失热情和礼节。

直到跟鲍里斯的手握在一起之后，秦冲才正式开始兴奋。鲍里斯的手仍旧很不军人，厚软且潮热。从前秦冲每次跟鲍里斯握手都会有一种怪异的感觉，觉得自己握的不是鲍里斯的手。换句话说，就是秦冲认为凭鲍里斯这家伙的手不该这么温厚，因为秦冲尝过这只手出拳的滋味。但今天，鲍里斯那多毛而温厚的手却让秦冲备感熟悉和亲切。毕竟，他们是老相识了，不管当年秦冲多么烦这个倒霉的鲍里斯，但多年之后意外相见，特别是在中俄联合军事演习的野营村相见，还是令秦冲十分高兴的。

秦冲和鲍里斯是名副其实的老对手了，当年他俩都是边防连长时，曾守过同一段国境线，只是他们各为其主，一个在国境线这边，一个在国境线那边。一般情况下，国境线两边的边防军人是难得互相照面的，因为两国的哨所之间有固定的距离，巡逻线路也大多只并行不交叉。但他们这里不同，秦冲和鲍里斯守的是一段黑龙江，这江冬天封冻，夏天开化，所以哨所和巡逻线路就总得随着季节不断变化。夏天的情况比较简单，宽阔的江面把他们分别隔在两岸，两个边防连只隔江对峙着就是了。偶尔会发生一些行船偏离江心进入对方国界的情况，但大多不用你管他就会自行调整回来，不会有太大的麻烦。麻烦的是冬季。冬季黑龙江会封冻，封冻之后江面上不仅能走人，跑载重车都没问题。所以一到了这个季节，方方面面就都活泛起来了，偷越国境的想趁这个时候跑人，偷关的想趁这个时候倒腾货，还有那些在江面上凿冰捕鱼的，你一眼看不住他就可能凿到外国领土上了，稍不留神就会给你凿出个边境纠纷来。所以，每当进入冬季，两岸的哨位就开始跟着冰冻的江面，从岸边一点点地向江心推进。也就是在这个时候，秦冲的神经性皮炎开始准时发作。随着哨位不断地向江心的国境线推进，秦冲的两个臂弯内侧的皮肤就会越来越红越来越痒。直到哨位推到了江心，直到两国哨兵鼻子碰上了鼻子，直到秦冲跟鲍里斯两个眼对上了眼，秦冲的神经性皮炎就彻底大发起来了，痒得那叫一个抓心挠肝，扛不住劲时真恨不得拿刀把整块皮给片了去。

起初秦冲并不怎么烦鲍里斯。鲍里斯会讲汉语，是莫斯科大学汉语专业的，比较好沟通。但这还不是主要的，主要是秦冲觉得鲍里斯虽说不是陆军专业，没有伏龙芝那样令人信服的背景，但看上去很军人，身姿挺拔，着装严谨。俄军那时的服装比咱讲究，鲍里斯即便外面套着迷彩短大衣，也会束紧腰带，领口处露出一截体面的领带，而且无论什么时候出现，鲍里斯脚下的皮靴都擦得锃明瓦亮。尽管后来秦冲知道鲍里斯的皮靴并不是他自己擦的，但秦冲还是很欣赏鲍里斯的军容军姿。军人嘛，秦冲说，就得有军人气质。秦冲是很在意军人气质的，可惜那时咱的军装不给撑腰，想御寒就得把自己穿成个棉花包。秦冲是坚决鄙视棉花包的，所以在棉花包和气质中间他当然地选择了气质，也就是说在保暖和挨冻之间他当然地选择了挨冻。这就把秦冲弄得很悲壮，无论是巡岗查哨还是处理边境问题，只要是出现在俄军面前，特别是出现在鲍里斯连长面前时，秦冲准穿得周吴郑王的，而且冻死不服软，嘴都瓢了还叫硬，声称自己是耐高寒优良品种。其实，连刚下连的新兵蛋子都看得出，秦连长是在跟对面的鲍连长较劲，比的是军人气质。

秦冲开始烦鲍里斯是因为菜地的事。秦冲的连队有一块著名的菜地，之所以著名是因为在高寒地区开出这么一片菜地不容易。要知道，这里一年只有三个月的无霜期，只能抢在这三个月里种菜，而且还不是什么菜都能长，什么菜都能长得好。秦冲的连队不仅在这里种出了菜，而且还把菜种得瓜有瓜样果有果样，很给连队争脸面。这菜地自然就成了秦冲的宝贝，只要有人来连队，秦冲准会领着人家去菜地参观。

边境气氛趋于缓和之后，两边的连队有了较多的接触，时不时就在一起搞个联欢。有一次联欢后，秦冲为了表达热情，当然也是为了在鲍里斯面前显示，就把他们领到菜地参观。而且当场发给俄军官兵每人一个塑料袋，让他们进菜地自己摘点黄瓜西红柿带回去。这下可把俄罗斯兵们乐疯了，他们争先恐后地冲进菜地，不一会儿一人就摘了满满一袋子黄瓜西红柿。秦冲注意到鲍里斯没进菜地，但当时没往心里去，以为鲍里斯是端着，或是不想弄脏了自己的皮靴。

不久后，他们又搞了一次联欢活动，联欢活动的最后一项仍旧是安排俄军去菜地里摘菜。令秦冲万万没有想到的是，刚要给他们发塑料袋，他们就一人从腰间拽出了一个大编织袋，人家自己早就准备好了。一看这架势，秦冲就知道坏了，地里哪有那么多黄瓜西红柿呀，要是把那些大编织袋都装满，这菜地立马就得罢园了。可既然把人家领来了，就不能不让人家把口袋装满。秦冲翻眼去看鲍里斯，见鲍里斯竟像没事人似的，兴致勃勃地看着眼前的热闹场面。秦冲心下一沉，立刻稳住神，命战士们赶紧抢在俄军前面砍大头菜往里装，尽量减少我军的损失。

送鲍里斯走之前，秦冲意味深长地问鲍里斯，老鲍，看来你们很喜欢我们的菜地呀。

鲍里斯说，是的是的你们的菜地很有趣。

秦冲立刻跟上一句，你们也可以种菜地嘛。

不不，鲍里斯连连摇头。

不会种不要紧，秦冲说，我们可以给你们提供技术帮助。

不不，鲍里斯还是摇头。

菜种菜苗也没问题，秦冲又说，我们育苗时给你们带出来就是了。

不不，鲍里斯更加坚决地说，不是这个问题。

那还有什么问题？秦冲问。

鲍里斯说，问题是，我们不是农庄，是军队。

秦冲当时就卡壳了。

秦冲怎么也没想到鲍里斯竟能连骨头带筋地扔出这么难啃的一句话。这句话让秦冲在暗地里悄悄地啃了好长时间。啃没啃出名堂不知道，反正打那以后秦冲对菜地的热情明显不如从前那么高涨了。也就是从那时起，秦冲开始越来越烦鲍里斯了。只是那时秦冲的烦基本上还控制在正常范围之内，没达到后来那种剑拔弩张的地步。

眼前的鲍里斯仍旧身姿挺拔，皮靴锃亮。这么多年过去了，老鲍除了军阶有变化，其余方面似乎毫无变化，连神情都跟原来一样。见鲍里斯也在打量自己，秦冲下意识地挺了挺胸脯子。

秦冲今天穿的是作训服，脚蹬一双高腰作战靴，裤脚松松地塞在靴腰里，头戴一顶特种兵的贝雷帽，帽舌斜斜地压在眉峰处。秦冲知道自己身上这套装束野战味十足，更知道这种粗野的美很适合自己。好好看看吧，秦冲不无得意地想，今非昔比，现如今该轮到你老鲍眼馋我了吧？

果然，秦冲如愿以偿地在鲍里斯的眼里看到了赞许羡慕的亮光。

秦冲对鲍里斯他们这支部队印象一般化。

秦冲的特战营一进野营村就开始清理营区环境，整理内务。秦冲检查了一圈，以他的严苛都没挑出什么毛病。鲍里斯那边的俄罗斯兵可倒好，背包都没拆就撒丫子放了羊，眨眼间就把七个球场全占满了。秦冲过去看了一眼，简直没个样，光大膀子的光大膀子，穿大裤衩子的穿大裤衩子，满场呜嗷乱叫不说，没过多大一会儿就当场打断了一根胳膊。

这事要发生在我军这边就完了，还没上战场就自损战斗力，从上到下谁也别想躲过这个处分了。秦冲想到鲍里斯情绪不会好，丢人丢到外军面前，把人丢大发了。所以秦冲趁午后的空隙时间，特地整了两瓶好白酒去看望鲍里斯。鲍里斯喜欢喝白酒，大多数俄罗斯人都喜欢喝烈性酒，而且特别喜欢喝中国的白酒。从前他俩每次在一起喝酒，鲍里斯都会喝得酩酊大醉。秦冲却从来不醉，秦冲的酒量一般人都比不了。其实鲍里斯的酒量也不小，只是他太贪恋酒，鲍里斯喝酒那架势活像是在讨便宜，多讨一杯是一杯。秦冲挺瞧不起鲍里斯上酒桌的那副德性，但这并不妨碍秦冲每次喝完酒都张罗着给鲍里斯带两瓶好酒回去。一码是一码，秦冲说，我跟鲍里斯之间是国际关系，都国际了咱就得表现得大气。

跨过野营村中间那条象征国境线的小路，穿过俄军野战帐篷群，秦冲注意到每个俄军帐篷门口都有一个擦皮靴的搭脚架，心想，看来前苏联军队的传统一直没丢弃。秦冲听说五几年我军向苏军学习时，学的第一课就是擦皮靴，想到鲍里斯脚上那双永远锃明瓦亮的皮靴，秦冲不由得笑了。

俄军军官公寓在野战帐篷群的后面，是几排专门为他们搭建的轻体房。在这一点上，俄军跟我军完全不同，他们可不搞什么官兵一致，他们官就是官，兵就是兵，等级森严得很。秦冲这个营长可以和士兵一样住野战帐篷，但他们一个小排长都得住在军官公寓。

秦冲挺不屑地走进俄军军官公寓，发现这里的设施真他妈的全，不仅有洗衣间、淋浴间，甚至还有个台球室。秦冲站在连接几排轻体房的回廊中间，一时竟不知该向哪里去寻鲍里斯了。左面那排房间有声音，秦冲转向左面，却猛然撞见了一个肥胖的俄罗斯女人。那女人只穿了短裤和胸罩，正在用一条大毛巾擦湿漉漉的头发，见一个中国军人闯了进来，胖女人尖叫了一声跑回屋去，随着房门嘭的一声碰死，里面传出一阵哈哈大笑。

秦冲十分尴尬，知道自己误闯了厨娘们的住处，赶紧退了回来。秦冲知道俄军士兵不做饭，部队走到哪儿都得带着这些厨娘。今天秦冲还特地安排分管伙食的副营长去俄军食堂参观，让他了解外军的配餐方式。结果副营长一回来就乐不可支地向秦冲学，说那些厨娘做饭像配药，土豆削了皮再称重，最可笑的是一锅下好几十斤土豆，多一个也得从秤上拿下来……这有什么可笑的？秦冲没好气地瞪了副营长一眼，这叫科学配餐懂不懂？这叫严格按体能需要控制卡路里懂不懂？不懂就向人家学！

秦冲让副营长去跟人家学是有缘由的。俄军刚进驻当天后勤来不及展开，所以第一顿饭是联合指挥部安排的。我们中国人热情啊，而且我们表达热情最重要的方式就是让客人多吃，吃得越多越说明我们心诚，越显得我们大方好客。负责分餐的那几个兵也不知是得了谁的令，铆足了劲抡大勺子，个个餐盘都装得溜满。秦冲在一旁冷眼观看，发现许多俄罗斯兵看到面前那一大盘食物都面露难色，心里真替他们愁得慌。秦冲毕竟跟俄军有过接触，知道人家俄军的食物都是经过计算配比的，吃饭不允许剩，分给你多少就得吃进去多少，不像我们剩了可以随便倒掉，心想这吃又吃不进，剩又不能剩，倒又不让倒，还不把人撑出毛病呀？果然，没过一会儿那边就出毛病了。原来一个列兵实在吃不下去了想偷偷倒掉，结果被鲍里斯当场抓住。鲍里斯把那个列兵按在墙上足足地训了半个小时，最后到底逼着列兵把半盘子剩菜全部塞进了嘴里。秦冲知道鲍里斯这是在杀鸡给猴看，更知道鲍里斯这是故意做给中国军人看，否则他犯不上在大庭广众之下足足训上半个小时。秦冲看出鲍里斯做得很成功，那个列兵被逼着往嘴里塞食物的痛苦模样，的确把在场的所有中国军人都镇住了。秦冲也看出在场的中国军人普遍对鲍里斯产生了不满，但秦冲心里没有不满，因为秦冲一直很赞赏外军的配餐制度。当年秦冲在土耳其接受魔鬼训练时，就曾得益于那里的配餐制度。SAT 特训营严格按照体能配餐，学员给什么就得吃什么，给多少就得吃多少，那时秦冲被逼得连生牛肉都能吃了。回想 SAT 的训练那么艰苦，如果没有严格的配餐制度，身体恐怕是很难支撑下来的。

秦冲终于找到了鲍里斯。鲍里斯正在轻体房围成的院落中间晒太阳，他看上去似乎心情不错，闭目仰靠在躺椅上，只穿着一条短裤，全身都沐浴在阳光里。午后的阳光流金一样从鲍里斯那多毛的身体上流淌下来，漫过青草地，漫过矮树丛，在鲍里斯的周围蔓延出一片金黄色的宁静。

秦冲刚想招呼鲍里斯，突然看见了鲍里斯脱在旁边的衣服，目光一下子定在了搭在衣服上的那条腰带上。那是一条皮质优良的俄罗斯陆军腰带，棕黄色的皮带条上用明线扎出规则的菱形图案，纯铜卡头在阳光下闪着油亮的光。秦冲熟悉这种腰带，这腰带最独特的地方就在卡头，一般的腰带卡头上只有一个钉，这种腰带的卡头上却有两个钉，腰带上的钉眼也相应地有两排。秦冲曾在身上比量过这种腰带，说实话他很喜欢，他觉得这种双钉的腰带比单钉的扎在腰上更牢靠。秦冲觉得最不牢靠的就是我军现在用的这种腰带，卡头太民用化，时尚但不踏实。

默默地盯着那条俄罗斯陆军腰带，秦冲忽然间就没了兴致，连招呼都没跟鲍里斯打，就扭头匆匆离开了。

正式演习之前的两军合练进行得很顺利。这次演习主要是为加强中俄两军的联合反恐能力，要求多兵种配合，运用多种手段打击恐怖分子。所以秦冲的特战营在演练中就显得十分抢眼，他们一会儿出现在空中，跳伞在指定地点降落，一会儿从超低飞行的直升机中直接跃向地面，一会儿又沿着立陡立崖的墙壁向上攀爬……俄军的表现也相当不错，他们对陌生环境的适应能力极强，很快就进入了情况。特别是他们的空降兵部队，虽然没展示他们的伞兵战车，但空降兵天女散花般突然密集地出现在空中，然后迅速落地集结，眨眼间就能投入战斗，还是很令人赞叹的。

一切正常，只需再预演一次，就开始正式演习了。但秦冲的神经性皮炎此时却莫名其妙地发作了。秦冲总觉得心里不踏实，但又想不出为什么不踏实。演习前的各项准备工作检查过无数次了，各个关键环节也交代过无数次了，问题到底出在哪儿呢？

近两天野营村的空气明显轻松了许多，我军的北方军区歌舞团来慰问过了，俄军的远东军区歌舞团也来演出了，演习前的紧张气氛因此掺进了一些类似年节的喜庆味道。但这都不是问题，秦冲挠着臂弯想，而且按照我们通常的说法，这还有鼓舞士气、提高部队战斗力的作用，所以问题应该不在这儿。

秦冲的神经性皮炎果然不是白犯的，他很快就追本溯源嗅出了野营村里的异样味道。秦冲发现有士兵在暗地里悄悄地跟俄罗斯士兵交换物品，而且这种情况大有愈演愈烈之势，最令秦冲担心的情况终于还是发生了。

按说，两个不同国家的军人整天碰鼻子碰脸地在一起厮磨，互相赠送点小礼物算不得什么。但以秦冲的边防工作经验来看，外事无小事，只要沾了外事的边，即便是小事也能演化成大事。所以从打一进野营村，秦冲就在特战营里多次强调不许私自与外军交往，不许与外军交换物品。但在野营村里住着的可不只是秦冲一个特战营，眼巴巴地看着人家与俄军你来我往弄得挺热乎，兵们自然就会好奇眼馋，自然就会心头发痒。何况那些俄军士兵又经常主动出击，说不定什么时候就从兜里掏出个领花、帽徽、兵种符号什么的，强烈要求跟你换东西。天下的军人没有不喜欢军品的，这些东西谁看见谁动心，谁摸着了都不想撒手。如果只是偶尔换个一两次倒也罢了，小来小去的换换也就罢了，可你想，士兵身上能有多少东西可换，换来换去不就开始动用下发给个人的装备了嘛，一动装备问题不就大了嘛。在秦冲看来，装备是军人躯体的一部分，是军人战斗力的一部分，躯体和战斗力怎么能随便拿去交换呢？要论喜欢，恐怕秦冲比谁都喜欢这些东西，但喜欢归喜欢，规矩归规矩，不能因为喜欢就坏了规矩。

秦冲决定今天晚上亲自蹲坑，看看到底是个什么情况。

月亮白亮白亮地顶在头上，连眼都不眨一下。这样的夜晚不适合隐蔽，却很利于观察。好在对秦冲来说根本不存在适合不适合的问题，什么样的环境下隐蔽都不成问题。秦冲选的地方不仅能藏身，还能清楚地观察到中俄两军联合岗哨的位置，甚至能借助远红外夜视望远镜看到临时国境线附近的大部分活动区域。

秦冲很快就发现，其实进入这个区域活动的大多是军官而不是士兵。他看到几个中俄军官在一起比比画画地交谈着什么。大概是我方的一个军官在跟一个俄军少校商量换个徽章，只见我方军官准备充分地掏出两条丝巾递到俄军少校手中，俄军少校马上痛痛快快地把一枚徽章递了过来。我方军官立刻拿出一面中俄联合军演的旗标，当场就把徽章别在了上面。中俄军官们个个伸长了脖子看着那旗标，嘴里不停地发出阵阵惊叹。秦冲好奇地把望远镜聚焦过去，看见那面旗标上面竟然别满了各式各样的徽章。还真有有心人啊，秦冲的馋虫顿时被勾了出来，一拱一拱地直往上顶，在心里把人家羡慕得一塌糊涂。没办法，秦冲咬住牙根想，眼馋也没鸟用，人家机关干部这么干行，咱不行，谁让咱屁股后面跟着一大群兵呢。

晚些时候兵们才开始活动。兵们显然不像军官那么张扬，但似乎更加默契。联合岗哨设在临时国境线的两边，之间相距只有几米。秦冲看见刚换下岗的两国哨兵会意地相视一笑，就向对方走去，站在临时国境线两边比比画画地交流起来……

月光洒在地上，地面泛起一层亮白色的光。秦冲心中不由一动，这情景太熟悉了，仿佛是在那个冰封的江上，白亮的月光照着宽阔的江面，照着江心的国境线，也照着竖立在国境线两边的哨所。秦冲隐蔽在一个雪堆后面蹲坑，看见那个大个子俄罗斯兵比比画画地做出喝酒的样子，中国兵会意地一笑，从怀里掏出了一瓶酒。俄罗斯兵的眼睛立刻红了，不顾一切地冲了过来。中国兵却笑着把酒瓶揣进了怀里。俄罗斯兵急切地伸出手去要，中国兵指了指他的腰，意思是让他用腰带来换。大个子俄罗斯兵明白了，马上毫不犹豫地抽出了腰间的皮带……

不，秦冲晃了晃脑袋，赶紧把思绪从江边上拉回来，这才看到眼前竟是俄罗斯兵指着中国兵的腰，向中国兵要腰带。中国兵掏出一样东西给他看，但俄罗斯兵显然不满意，坚持要腰带。中国兵又比画了几下，俄罗斯兵就有些急了，一把抽出了自己腰间的皮带……

就在这个时候，秦冲突然从暗处跳了出来。令秦冲没有想到的是，几乎就在同时，鲍里斯也出现在这里。

秦冲和鲍里斯惊讶地互相对视着，这情景竟然与多年前一模一样，他们谁也没想到多年前曾经发生过的一幕，会在这里重新上演！

接下来应该是什么呢？接下来应该是他俩同时发出野狍子般的吼声，顿时把那两个兵吓堆了。中国兵虽然还站得住，但脸却已经贴到了胸脯上。大个子俄罗斯兵则面孔煞白浑身发抖，像个被卡住了脖子的小动物。

再接下来就是那条俄罗斯陆军腰带了，是鲍里斯抢过腰带狠命地抽打大个子俄罗斯兵，又扒掉俄罗斯兵身上的衣服抽打，后来干脆就把腰带调过来，用那个带双钉的铜制卡头抽打，直打得大个子俄罗斯兵在雪地上不停地翻滚号叫。

后来就该是秦冲上场了。秦冲本想拔腿就走的，妈的丢人还来不及呢，凭什么看上人家的腰带？人家的腰带就那么好？就值得你转磨磨想辙整瓶白酒跟人家换？亏这损兵做得出来，回去看我怎么收拾你！见鲍里斯上来就开打，秦冲心里极其不屑，心想自家的孩子自家领回去关上门管教就是了，犯不上在这撒野打给外人看。说老实话，秦冲急眼了也打兵，此刻他就恨不得照自己那兵的后屁股上狠狠地踹上一脚。但打也不是鲍里斯那么个打法。首先你得爱兵，得做他的家长，待你和他都认可了这种关系，即使急眼时打他几下子，下手也会带着亲情，双方都能接受。鲍里斯下手没有情，只有暴虐，但这不关他秦冲的事，秦冲只想赶紧把自己的兵带回去处理这事。但就在秦冲转身要离开的时候，却偏巧看见了血——大个子俄罗斯兵的头被鲍里斯打出血了。血汩汩地从那兵的头顶流出，流过眼眶，流过嘴角，顺着稚嫩的下巴滴答滴答地落在坚硬的冰面上。鲍里斯是不该让秦冲看见血的，看见血秦冲就管不了那么多了，在血滴落冰面上的那一瞬间，秦冲突然凌空弹射出去，一把夺下了鲍里斯手中的腰带。鲍里斯迅速回转身毫不含糊地当胸就给了秦冲一拳，两个人就势就扭打在一起了……

按秦冲后来的说法，这是他这辈子打得最具有国际影响的，也是最没名堂，最不讲章法，最有失军人气质的一场架。根本就谈不上打，秦冲说，脚下溜滑净摔跟头了，那也能算是打架？

秦冲和鲍里斯默默地对视着，这一次他们谁都没朝自己的兵吼叫。月光投射在他们的眼中，悄无声息地修改着从前的脚本——

鲍里斯不仅没发火，还微微地笑了一下。秦，鲍里斯说，你们的腰带很好，我们的士兵都很喜欢。

秦冲有些意外地看着鲍里斯，一时竟不知说什么是好了。

鲍里斯说，他只是想交换一下留个纪念，可以吗？

秦冲没说话，狐疑地望着鲍里斯。

好吧，鲍里斯耸了耸肩说，没关系。

直到鲍里斯的背影在黑暗中消失很久了，秦冲依然站在白亮的月光下一动没动。

下午突然下了一场暴雨。这雨下得毫无来由，中午还晌晴白日的，转眼间就狂风大作暴雨倾盆了。很少见这么大的雨，就像头顶上决了口似的，大水倾泻而下，没几分钟野营村的大小排水沟就都爆满了。眼看帐篷就要进水了，官兵们立刻冲出去冒雨排水。紧急情况下最能看出一支部队的素质，根本不用秦冲多说，官兵们就挖沟的挖沟，培土的培土，舀水的舀水，紧张而有序地干了起来。

对面的俄军帐篷也进水了，秦冲跑过去看了一眼，差点没笑喷，水漫进帐篷把盆都漂起来了，俄罗斯兵却什么都不顾只顾皮靴，光脚站在水里把皮靴提得高高的，好像只要把皮靴保住就什么都有了。秦冲赶紧派人去帮他们排水，俄罗斯兵这才纷纷跑出来，学着我们士兵的样子用盆往外淘水。

像来时一样突然，大雨说停眨眼间就停了。秦冲把俄军的帐篷挨个检查了一遍才放心。在检查俄军帐篷时，秦冲有了个意外的发现，他发现俄军竟然在悄悄地学我们的内务，他们也开始追求整齐划一，把牙缸摆成了一排，而且牙刷都朝一个方向倾斜。只是他们学得还不够地道，新牙刷都没开封，一看就是摆样子给人看的。秦冲心里暗自发笑，心想这形式主义真是害死人啊，一不留神把老毛子都给拐带坏了。尽管秦冲很赞成两军间应该互相学习，但毕竟文化背景不同，有些东西学得来，有些东西是学不来的，硬学恐怕也只是学个皮毛而已。别的不说，俄军光膀子这一手我们就学不来。俄军喜欢光膀子，不光休息光膀子，打球光膀子，连出操都个个光着个大膀子。开始秦冲看了很兴奋，心想这招好啊，光膀子出操多痛快多酷，而且还低碳环保，出身臭汗回来冲冲就行，连衣服都不用换洗了。但细想想还真就不能跟人家学。人家俄罗斯民族就是那文化，讲究的是个“放”。咱中国人不行，咱们讲究的是“收”，凡事都得收着点，捂着点。真要是突然间拉出一个营的光膀子兵，别说老百姓会吓一跳，连自己都觉得不对劲。

一个俄罗斯士兵引起了秦冲的注意，这兵年龄很小，脸上泛着一层淡黄色的茸毛，一副胎毛还没褪尽的模样。秦冲经过他身边时，把他手里的毛巾碰掉了。捡起毛巾递给他之后，秦冲随手亲热地拍了拍他的后脑勺，就像平常对待自己的兵那样。后来秦冲就发现自己挨个帐篷检查时，小俄罗斯兵一直跟在他身后。说不清这个小俄罗斯兵怎么会让秦冲心里忽悠一下，猛地想起了那个大个子俄罗斯兵。秦冲站住脚回过头，认真地打量了小俄罗斯兵一眼，发现他跟大个子俄罗斯兵一点儿都不像。但是，他的目光让秦冲觉得很熟悉。秦冲忽然明白了，正是他的目光让自己想起了大个子俄罗斯兵。秦冲其实很不愿意想到他，他是秦冲心中的一个痛。

秦冲和鲍里斯打架之后，秦冲顺理成章地获得了个处分。之后不久，那个被鲍里斯痛揍的大个子俄罗斯兵就偷越国境跑过来了。令秦冲哭笑不得的是，当哨兵把大个子俄罗斯兵抓住带到秦冲面前时，他竟高兴得扑过来想拥抱秦冲。秦冲这会儿躲还躲不及呢，哪能还跟他往一块搅和，赶紧打发人把他送给边境代表去处理。

后来边境代表来找秦冲，说大个子俄罗斯兵是因为实在受不了军队的体罚才跑过来的，他说自己如果再不跑就会被打死。还说他喜欢中国，愿意到中国来生活，表示他可以在中国做点生意养活自己。后来听说要把他遣送回去就号啕大哭，强烈要求见秦冲。

秦冲连连摆手，说不见不见。

见边境代表一脸内容地盯着他不吭气，又负气地说，别这么看着我好不好，好像他是我什么人似的，我跟他什么关系都没有，为他背个处分就已经够傻 × 的了。

边境代表说，大个子俄罗斯兵说不见到秦冲就绝食，他现在已经好几顿没吃饭了。

秦冲这才没了辙，只好答应去见面。路上秦冲还想，见面非得狠训这家伙一顿，但一看到大个子俄罗斯兵的眼神，秦冲立刻半句狠话都说不出来了。那大个子俄罗斯兵的眼神是那么的单纯，那么的无助。在见到秦冲的那一刻，他的眼睛像焰火般忽地亮了起来，就像看到了亲人一样，目光中充满了希望。秦冲让他坐下，他立刻就坐下。秦冲让他吃饭，他二话不说端起来就吃。他那充满了无条件的信任和依赖的眼神，把秦冲的心弄得乱七八糟的。秦冲知道自己承受不起他这样的信任和依赖，自己没有办法帮助他留下来，也没有办法保证他不回到那个令他恐惧的军队。最让秦冲受不了的是，自己不仅得劝说他回去，还得亲自押送他回去。

秦冲永远也忘不了那个寒风凛冽的冬日，他亲手把大个子俄罗斯兵交给了鲍里斯。

一看到鲍里斯，大个子俄罗斯兵的眼里立刻充满了恐惧。他扭过头来眼巴巴地望着秦冲，似乎在乞求秦冲的保护。但秦冲无法保护他，只能硬着心肠，做出一副无动于衷的样子。大个子俄罗斯兵被鲍里斯从秦冲身边带走的时候，像个无助的孩子一样，目光中充满了不解、悲伤和失望。那目光真让秦冲心里受不了，这感觉就像是把自家孩子往狼窝里送一样。秦冲咬紧牙根，目送着鲍里斯往回押送那个兵。在跨过国境线之前，大个子俄罗斯兵的脚步踉跄了一下，然后突然站住了，转过身来定定地看了秦冲一眼。这一眼，看得秦冲心里悚然一惊，那张稚嫩的脸仿佛顷刻间就荒芜了，苍老了，目光中所有的光亮似乎都熄灭掉了，像无月的夜一样没了一点儿生机，里面只有一种令人不安的濒死的绝望。

秦冲的牙根终于咬不住了，他一脚踢飞了脚下的积雪，头也不回地离开了现场。

秦冲的感觉没错，不久之后就得到消息，说大个子俄罗斯兵自杀了。

从听到这个消息的那一刻起，秦冲就再也没能摆脱过负疚心理。秦冲做过很多努力，想要把自己从这件事里摘出来。他无数次地告诉自己，那个大个子俄罗斯兵的死跟自己没关系，自己在这件事情上无能为力。他也无数次地告诉自己，造成这个兵自杀的是鲍里斯，鲍里斯当然不会饶过一个偷渡的兵，当然要对这个兵施暴，这个兵实在受不了就只好自杀了。可是无论秦冲怎样说服自己，只要一想到那个兵的目光，秦冲就无法安放自己的内心，无法摆脱是自己跟鲍里斯合谋把那个兵逼上了死路的念头。

秦冲坚决地躲开了小俄罗斯兵的目光，他不想回忆过去，不想在回忆中败坏心境。

待到秦冲检查完俄军帐篷往回走的时候，鲍里斯才在远处出现。看着鲍里斯一身光鲜地朝这边走来，秦冲突然感到鼻子眼里一阵难耐的巨痒，冷不防打了一个响亮的大喷嚏。

演习进行得很成功，秦冲的特战营在演习中表现得极为突出，最后在解救恐怖分子扣押的人质时，特种兵在人们最意想不到的方向突然出现，迅速制服了恐怖分子，成功地解救出人质，表现出了极强的机动能力和极高的特战素质，获得了联合军演指挥部的高度评价。一切都很完美，只是演习过程中我军后勤部队出了点事，一辆保障车在完成夜间无照明快速机动科目时发生侧翻，驾驶员当场死亡了。

秦冲是从联合军演指挥部下发的通报中得知这件事的，通报要求各参演部队认真做好各项安全检查，保证演习结束后部队回撤的安全。说实在的，秦冲没太把这件事放在心上。在秦冲看来这么大规模的军事演习，上天入地地动用那么多飞机坦克、武器弹药、车辆人员，不出事是侥幸，出个把事实属正常。所以秦冲只按惯例把通报精神传达了，让各分队按要求进行安全检查，这事在他这就算过去了。

但很快，秦冲就发现这件事过不去了。

清晨，俄罗斯士兵一出来，秦冲就觉得哪地方不对劲，仔细看过才恍然大悟，原来是没光膀子。真新鲜，自从入住野营村以来，这些俄罗斯士兵还是第一次在早上出操的时间没光膀子。不仅没光，而且个个还穿戴得十分整齐。秦冲心想，看架势今天早上俄军是不准备出操了。

果然，秦冲见鲍里斯把部队带到了野营村的小广场上。小广场中间并排竖立着两根旗杆，上面分别悬挂着中俄两国的国旗。鲍里斯就在国旗下面整队，像是要搞什么仪式。秦冲的好奇心骤起，决定在一旁看个究竟。

只见鲍里斯在队伍前面讲了一番话，秦冲虽然听不懂，但看得出鲍里斯的神情很严肃，所有俄军官兵的神情都很严肃。讲完话之后，鲍里斯发出了一连串的口令，只见全体俄军官兵一起摘下了帽子，低头默哀。与此同时，旗杆上的那面俄罗斯国旗开始缓缓下降，直降到半旗的位置停了下来。

秦冲心头一震，原来俄军是在为在演习中死去的中国军人举行哀悼仪式！

就像当年被鲍里斯当胸打了一拳一样，秦冲突然觉得心口发紧，好半天都喘不过来气来。内心里沉睡了很久的一些东西似乎在这突然的重击下猛然惊醒了，用力地牵动着那些久已麻木了的神经，秦冲竟然感到了痛，而且是那种直抵内心的痛。秦冲依稀记起，自己已经很久都没有过这种真切的痛感了。

野营村里所有的中国军人，在那天的清晨过后都显得格外地沉闷。没有人去小广场，即使经过那里也尽量绕开中间的旗杆走，而且尽量不去看广场上空那两面一升一降的国旗。有一种暗暗的期待在军人们的心中蔓延，希望上面会通知我军也举行一个哀悼仪式。尽管过去从来没有过这样的哀悼，但过去与今天不同，因为过去军人们一直把这种情况叫做事故，今天他们才幡然醒悟这其实是牺牲，是与在战场上阵亡同样的一种牺牲。在心中同时蔓延开来的还有对降半旗的期待，军人们忽然觉得这很重要，在他国的国旗为我军的士兵降了半旗之后，他们希望我们的国旗也会为一个在演习中牺牲的士兵降下。

秦冲很清醒，他知道这两个期待一个都不可能实现。首先，在演习中举行哀悼仪式我军没有先例，其次降半旗需按死者级别报请有关部门批准。但清醒归清醒，却并不妨碍秦冲的两个臂弯越来越瘙痒难忍。果然，一整天也没有得到一点儿关于这方面的消息。

晚饭前秦冲再次提着没送出去的那两瓶酒去找鲍里斯。演习结束了，俄军明天就开始撤了，今晚他怎么也得跟鲍里斯单独喝上一顿，给鲍里斯送个行。别说，今天请鲍里斯喝酒，秦冲还真有点心甘情愿的意思，秦冲特地在我军餐厅定了一个小单间，还点了几个记忆中鲍里斯爱吃的菜。

鲍里斯的精神头都在酒上，还没坐稳就开喝，没等动筷子呢两杯已经干进去了。还是那副讨便宜没够的德行，一点儿没长进。但今天秦冲愿意，喝多少不吝，结果不大一会儿，鲍里斯就没形了。

鲍里斯举着酒杯说，秦，你和我喝一杯。

秦冲问为什么？

鲍里斯说，不为什么，就是喝一杯。

秦冲说不行，你得说出个道，我不喝没名堂的酒。

鲍里斯问什么是道？

秦冲说，就是说出喝这杯酒的道理。

鲍里斯想了想说，道理是我爱你，可以吗？

秦冲乐得不行，说不可以，我又不是女人。

鲍里斯问，那怎么说？

秦冲说，对男人只能用喜欢、尊敬这类的词。

鲍里斯说，那就是我尊敬你。

老鲍你搞错了吧，秦冲笑着指了指自己的肩章，又指了指鲍里斯的肩章，说我有什么可尊敬的？

不，鲍里斯摇着头说，你是个好军人。

秦冲认真地看着鲍里斯，问，老鲍，你真是这么想？

鲍里斯把手放在心的位置上说，是，你是好军人，从前到现在，都是。

好，秦冲说，就冲你这句话，我跟你连喝三杯！

喝完这三杯，鲍里斯突然问秦冲，秦，你看我是不是好军人？

秦冲迟疑了一下说，你让我想一想。你知道，我一直不喜欢你……

为什么？鲍里斯惊讶地问，我不知道。

这下倒轮上秦冲惊讶了，你不知道？

不知道。鲍里斯说，你等等，我知道了，是为了那次你和我打架？可那是你的问题，是你先动手打的我。

那我问你，那个兵，就是我交回给你的那个兵是不是死了？秦冲问。

鲍里斯点点头说，是。

秦冲一下子站了起来，逼视着鲍里斯问，他是怎么死的？

在车臣，我们去车臣参战的时候，鲍里斯耸了耸肩摊开手说，他运气不好。

秦冲一屁股跌坐在椅子上，半天没说话。

别难过，鲍里斯拍了拍秦冲的肩膀安慰说，他战斗很英勇，还被授予了总统签发的“勇敢”勋章。

秦冲忽然觉得小房间里烦闷得要死，两个臂弯奇痒，便起身对鲍里斯说，老鲍，我们出去走走吧。

鲍里斯莫名其妙地看着秦冲，焦急地说，不不，我们喝酒……

秦冲一把抓起酒瓶子塞到鲍里斯手里，说走吧，咱们出去喝。

秦冲和鲍里斯两人一人拎着半瓶酒，穿过小广场，向野营村后面的小树林走去。

老鲍……秦冲刚张嘴，鲍里斯就把他制止了，秦，鲍里斯认真地问，你为什么总叫我老鲍？

秦冲一愣，说不为什么，中国人就这习惯。

鲍里斯摇了摇头说，不好。

秦冲问为什么不好，叫老鲍是对你尊重？

不不，鲍里斯说，我叫鲍里斯不叫老鲍，秦，你知道鲍里斯是什么意思吗？

什么意思？

为荣誉而战。

为荣誉而战，秦冲沉吟了一下说，老鲍，你这名字……

不是老鲍，是鲍里斯，鲍里斯坚持道。

秦冲笑了，说好，鲍里斯，你这名字很军人，真不错。见鲍里斯高兴地咧开了嘴巴，又不无醋意地点着鲍里斯的肩章说，为荣誉而战，鲍里斯，你下一步该升准将了吧？

不，鲍里斯说，这是我最后一次参加军事演习了，演习回去之后，我们部队就撤编了。

秦冲一愣，那你要离开部队了？

鲍里斯说，是的。

部队知道吗？秦冲问。

已经宣布过命令了，鲍里斯说。

你们是在宣布命令之后来参加演习的？秦冲问。

是的，鲍里斯说，因为是最后一次，所以大家都很努力。秦，鲍里斯问，我们部队的表现可以吗？

当然，秦冲充满敬意地对鲍里斯说，不是可以，是很好，是非常非常的好。

谢谢，秦！鲍里斯高兴地说，可你还没回答我，我是不是好军人？

你是好军人，鲍里斯，秦冲毫不迟疑地回答，从前到现在，都是！

小树林里凉风习习，果然清爽得很，秦冲觉得好受多了。两人坐在草地上，举起瓶子狠狠地撞了一下，咕咚咕咚地一口气连喝了好几口。

鲍里斯，秦冲问，你去车臣了？

两年，鲍里斯竖起两个指头说，在车臣打了两年仗。

我真羡慕你，秦冲说，当了这么多年兵，我还没上过战场呢。

鲍里斯看着秦冲说，秦，没上战场之前我也像你这样想。

秦冲有些意外地看了鲍里斯一眼，问那现在呢？现在你怎么想？

现在？鲍里斯迟疑着把目光转向一边，忽然又狡黠地笑了，现在我想，应该让你去上战场。

秦冲审视着鲍里斯说，鲍里斯，你没说实话。

鲍里斯拍了拍秦冲的肩膀说，秦，说实话你是好军人，你们是好军队，上战场，鲍里斯做了个坚决的手势说，没问题。

秦冲笑了笑，默默地用酒瓶子撞了一下鲍里斯的酒瓶子，两个人一起仰头对着瓶嘴又喝了几口。

小树林里看不到月亮，但有月光。月光被切成碎末洒在地上，洒出了满目的斑驳，眼前的一切就显得不那么清晰了。秦冲和鲍里斯抬眼向远处望去，远处天空中飘扬着的两国国旗，在月夜里却显得分外清晰。

秦，鲍里斯指着那两面一高一低的国旗问，这是为什么？

怎么说呢？秦冲想了想说，这么说吧，我在土耳其接受训练时有个体会，两个军队就像两个完全不同的家庭，各家有各家的生活方式，习惯了就只觉得自己的好，就算发觉了人家的好，也不会轻易就学，因为不习惯，还因为没有积累一时学不来。你能明白我说的意思吗？

不，鲍里斯说，我不明白。

原来我也不明白，秦冲说，后来到了土耳其才深有体会，等到学习回来以后，我想把从外面学到的东西移植到我们军队时，这种体会就更加深刻了。

鲍里斯说我明白了，就是我们的腰带好，你们的腰带也好，但不可以换？

秦冲大笑，说胡扯，这哪儿跟哪儿呀？腰带有什么不能换的？

鲍里斯立刻跳将起来，大叫了一声，好，那我和你换腰带。

换就换，秦冲也跳了起来。其实秦冲一直希望能得到一条俄罗斯陆军腰带，只是没有机会。在边防当连长时他得在战士面前绷着，离开边防后就再没这种可能性了。现在鲍里斯主动送上门了，他心里正巴不得呢。

秦冲抽下自己的腰带在手里掂了一下，腰带很打手，皮质厚实，卡头漂亮。要离手了，秦冲才发现这腰带真的很好，难怪俄罗斯兵红着眼到处寻摸着换呢。可自己为什么一直没觉出好呢？是因为自己的东西不新鲜，整天系在腰上没感觉，就把好给忽略掉了吗？

秦冲接过鲍里斯的腰带仔细地端详着。没错，正是他喜欢的那种俄罗斯陆军腰带，纯铜的卡头上面并排有两个钉，棕黄色的皮带条上也相应地打了两排孔，整条皮带都用明线扎出了规则的菱形图案。往腰上扎的时候，秦冲才觉出有些不方便，两个钉眼不是一下就能找准，皮质也显得过于粗硬了些。但这腰带系在身上真的很妥帖，很紧实，很有束缚感。

换完腰带，两人笑看着对方。

干了怎么样？秦冲举着酒瓶子问。

没问题！鲍里斯也举起酒瓶子回答。

为什么干呢？秦冲问。

为了……鲍里斯在腰上拍了拍说，为了腰带。

对，秦冲说，就为了腰带。

两个瓶子重重地撞在一起，撞出了一声清脆的响声。

一仰头，两人把瓶里的酒全干了。

痛快，秦冲说，鲍里斯，我那儿还有两瓶好酒，明天给你带上，回去……话音未落，就见鲍里斯站不住脚地开始往下出溜。秦冲赶紧伸手去拉，一把没拉住，竟和鲍里斯一起摔倒在地上了。

醉中的鲍里斯把秦冲抓得很紧，他们像当年打架似的在地上打起了滚，秦冲好不容易才把压在身上的鲍里斯掀掉，两个人就那样摊手摊脚地并排躺在了草地上。

斑驳的月光从林间洒落下来，迷彩一样涂满了他们的全身。

借着月光，秦冲惊讶地发现，自己的胳膊平整光滑，神经性皮炎竟奇迹般地好了……

杀猪的女兵

一

警察进来时，她身子靠在墙上，满头满脸都是血。

你报的警？老警察问。

她说是。

老警察打量了一眼瘦瘦小小的她，有点不相信地问，你干的？

她说是。说完这话，人就顺着墙慢慢地出溜下去，瘫倒在了地上。

120正在把丈夫往外抬。她挣扎着爬起来要跟过去，却被小警察拦下了。小警察的样子很凶，说站住，你得跟我们去局里接受调查。

她身子挣扎了几下就软了下来，整个人几乎都靠在了小警察的身上。小警察闻到了她嘴里呼出的浓烈的酒臭味，不禁厌恶地噤了噤鼻子。

把她弄过来，醒醒酒再带走。老警察说。

小警察就半拖半拽地把她弄回客厅，扔在了沙发上。

老警察拽了把椅子坐在她面前，目光犀利地打量着她。过了许久，才冷冷地扔了一句，说吧，怎么回事？

她看着老警察，费劲地转动着脑筋，怎么回事？是啊，她也想知道是怎么回事……

门铃响的时候，她正歪在沙发上看电视连续剧。门铃响了半天她也没动窝，那会儿电视剧正播到紧要关头，她的眼睛一刻也舍不得离开屏幕。反正丈夫手里也有钥匙，她想，就没去理会。

后来丈夫就进来了，一进来就朝她吼，怎么不开门？！她看了丈夫一眼，看出他又喝多了就没理睬，继续看电视剧。丈夫就火了，说你耳朵眼塞驴毛了？听不见呀？她没吭声，眼睛继续盯着电视。丈夫就冲过来把电视机的电源关上了。她腾地一下站起来，刚想去把电视再打开，却被丈夫一把拽住了。丈夫眼睛红瞎瞎地瞪着她，说你干什么？她说我看电视。丈夫说你为什么不开门。她说我看电视。丈夫说你看屁电视！她心里的火就开始往上拱，拧着身子挣了几下，丈夫却拽得更紧了。她刚想发火，但看见了丈夫那张被酒精泡囊了的脸，不由心下一懒，叹了口气说，你放开，我去给你倒杯水。

她去倒了杯水递给丈夫，问你怎么又喝多了？

谁喝多了，丈夫说，我才没喝多呢。

没喝多你耍什么酒疯？她说。

谁耍酒疯了？你说谁耍酒疯？！丈夫“啪”的一声

连水带杯子一起摔在地上，说，我他妈根本就没喝醉！

她低下头，看着地上摔碎了的杯子，看着一地的碎玻璃。浸在水里的玻璃碴子起初像水一样地不露声色，但随着水渐渐地漫开，就露出了无数锋利的刀尖。她呆呆地看着那些锋利的刀尖，忽然很想把脚踩上去，让尖利的玻璃刺进自己的皮肤，让鲜红的血从伤口中流淌出来，让自己沉浸在身体的疼痛之中。水缓缓地漫了过来，慢慢地爬上了她的拖鞋，大脚指头已经感觉到湿漉漉凉津津的了。她打了个激灵，抬起头尽量平静地说，好吧，没醉就赶紧洗洗睡吧。

你什么意思？丈夫问。

没什么意思，让你早点休息。

你不相信是不是？你不相信我没喝醉是不是？

我相信，我相信行了吧？

你他妈的少哄我，我知道你不相信！

她无可奈何地看着丈夫。有好一阵子了，丈夫动不动就把自己喝成这个样子。而且丈夫只要一喝成这样，就开始跟她来劲。这个时候她怎么着都不对，逆着丈夫说不行，顺着丈夫说也不行，反正横竖都不是。她隐隐地觉得丈夫心里肯定有事，而且这事应该与她有关，丈夫这么做就是憋着劲要找她的茬，故意借耍酒疯敲打她。此刻，她的这种感觉是越来越强烈了。

她稳了稳神，使劲地咽了口吐沫说，去洗洗吧，走，咱们洗洗睡觉去吧。

你少来！丈夫突然一甩手，差点把她甩了个跟头。我他妈的就不信了，今儿个老子不让你见识见识，你还真就不知道马王爷到底长了几只眼。丈夫边说边踉踉跄跄地奔向酒柜，伸手就拎出来了一瓶二锅头。

他又喝了多少？老警察问。

没喝。她说。

那这瓶酒……老警察指着空酒瓶子问，是你喝的？

我？她使劲儿地想，这瓶酒是我喝的吗？她晃了晃头，脑袋仁像散了黄似的昏昏沉沉地疼。她想起来了，这瓶酒好像真是她喝的。可她怎么会破戒喝酒了呢？她可是好些年都不碰酒了，不想碰也不敢碰，这东西连着她的过去，连着她好不容易才尘封起来的那些记忆，她不想触动那些令自己不愉快的东西……

二

班长往军绿色的搪瓷缸里倒酒，咕咚咕咚地倒了大半缸，然后把搪瓷缸递给她说，喝下去，这玩意壮胆。

她下意识地往后退了一步，没接。

班长睇视着她，怎么，想打退堂鼓了？

不是，她慌慌地盯着那缸酒小声地说，我不会喝酒。

会喝水不？班长问。

会……

会喝水就会喝酒。班长说。

她说，不……

班长说，跟喝水一样，用嘴，一口一口地喝。

她拼命地摇着头。

班长认真地盯了她好一会儿，说你再想想吧，现在打退堂鼓还来得及。说完就不再理会她了，自顾自地从腰间掏出一个旱烟袋，从里面捏出一撮碎烟叶，均匀地撒在一张两指宽的纸条上，手指灵活地一搓一捻，立刻卷成了一根粗壮的大老旱。班长小心地伸出舌头，用舌尖舔湿纸条的边缘把烟卷粘牢固了，这才开口说，你们这些女兵呀，真不知道个深浅，穿着白大褂在科里当护理员多好，非要闹着到炊事班来，也不掂掂自己这半斤八两到底能干点什么？班长划了两根火柴才把大老旱点着，满屋子里立刻充满了刺鼻的旱烟味。她冷不防吸进了一口，立刻就被呛着了，剧烈地咳嗽起来，咳得泪流满面。

她真想打退堂鼓了，就冲班长她也想打退堂鼓了。

她早就看出班长不愿意要她们这几个女兵。新兵排长领她们来炊事班报到的那天，班长头不抬眼不睁，两把菜刀上下翻飞，把案板剁得叮当山响。新兵排长前脚刚走，班长后脚就吼了一嗓子，我这是炊事班，又不是幼儿园！老子是炊事班长，又不是妇女队长！然后，就一点儿好脸也没有地分配她们干活：你，到后面跟小个子学烧火去。你们两个来切菜，切菜会不会？怎么拿刀呢这是？来来，大个子你来教教她们，我真服了这些女兵了。你，对，就是你，班长用手指头点点她，你去喂猪吧，一会儿我带你去看看猪圈。

当时她心里还挺高兴的，喂猪是苦活，苦活才能锻炼人。她要求到炊事班来就是为了吃苦，为了接受锻炼和考验，所以她巴不得到最艰苦的地方干最苦的活。她只是有点受不了班长对待女兵的那个劲头。昨天见班长又冲她们几个女兵来劲了，她一时冲动就犯了倔，就站出来了，现在心里越想越后悔。

昨天开班务会安排年前工作，班长从一开始就叽叽歪歪的。炊事班本来人手就紧，这又赶上过年，班长原指望分来几个男兵当壮劳力用，好让大家缓缓劲，没想到偏给自己送来了一群啥啥不是的女兵，班长心里自然窝着股火。活儿分不过来，班长也就没个好脸，怎么看这几个女兵怎么别扭，就忍不住拿她们撒气。正好说到杀年猪的安排，班长就直眉瞪眼地冲着几个女兵问，明天杀年猪，你们谁来杀？

女兵们的脸立刻就都白了。

班长轻蔑地挨个扫视着女兵，奚落道，怎么了，你们几个不是哭着号着要到炊事班来，要接受锻炼和考验吗？现在考验你们的时候到了，怎么一个个都往回缩缩了?

见大家屏息静气不敢吭声，班长就把烟屁股从嘴里拔出来，狠狠地摔在了地上。班长说，都给我听好了，别一天到晚唱高调，什么时代不同了男女都一样?实在不行了男女才一样呢!我告诉你们，男的就是男的，女的就是女的，天就是天，地就是地，这叫做天经地义!公鸡打鸣母鸡下蛋，各有各的营生……班长见她举起了手，停下来问，你什么事?

她站起来，死死地咬着嘴唇。

什么事?说。班长说。

我……她松开嘴唇，血呼地一下就涌了上来，滚烫滚烫地涌动着。她说，班长，我想试试。

试什么?班长不解地问。

杀猪。她说。

所有人的眼珠子一下子都瞪成了大灯泡。

三

你喝了多少?老警察问。

她迟疑了一下，指了指桌子上那只军绿色的搪瓷缸子，伸出了两根手指头。

二两?老警察问。

两缸。她说。

老警察和小警察一起诧异地望着她。

看不出来，酒量不小呀你！老警察说。

她心里一惊，抬起头，看到老警察的眼中叠映着班长的目光，看到班长正用异样的目光看着她，语气很重地说，看不出来，酒量不小呀你！

她竟然一口没呛，真的像喝水那样把一缸子酒咕咚咕咚地喝了个精光。本来她都准备打退堂鼓了，她知道班长就等着她退缩呢，只要她一退缩，班长就能下得去这个台阶了，今后也就有了整治女兵的话把了。但她顾不了那么多，她现在心里害怕死了也后悔死了。她真后悔不该跟班长较这个劲，她平时连个蚂蚁都不敢踩，怎么可能拿刀子杀猪呢。她已经张开嘴巴了，喉咙里已经发出声音了，但就在退堂鼓刚要敲响的时候，教导员推门进来了。教导员说女兵杀猪是个新鲜事物，为了让更多的人受到教育，他已经通知全体人员到现场观摩学习，现在大家都已经在外面等候了。

她和班长一下子都傻了。

外面已经开始抓猪了。几个男兵正追逐着一头猪在院子里疯跑，人们在一旁围观，人群中不时地响起阵阵哄笑声。她和班长对看了一眼，心里都明白戏已经开场了，没有机会换角了。

班长把搪瓷缸子端到她的面前，声音突然变得很柔。喝了吧，班长说，喝下去就不怕了。

她的眼泪一下就涌了出来。

别怕，班长说，有我呢。到时候我在旁边帮着你，你听我的指挥就行了。

她点点头，接过搪瓷缸子，大口大口地喝了下去，连味都没喝出来。

喝完酒，班长就把一把磨好了的亮闪闪的尖刀递到了她的手里。班长先教她怎么握刀，怎么用力，然后指着自己脖子下的那个窝说，就朝这个地方扎。班长说到时候我把地方指给你，你听见我喊，就握紧刀使劲往里捅，看见刀进去四分之三之后，赶紧用力转手腕子，然后把刀拔出来就行了。见她一副不知所措的张皇样子，班长叹了口气说，赶快把眼泪擦干净吧，没事，有我呢。

猪已经捆好了，正在拼命地嗥叫。她提着刀跟在班长后面刚走出来，人群一下子就安静下来了。外面的阳光很刺眼，晃得她一时什么也看不清。这样正好，她正害怕看见那么多人呢。脑袋有点晕，太阳穴怦怦直跳，好像心脏跑到脑壳里，企图从太阳穴那里冲出去似的。

她不敢看那头猪，只傻傻地看着班长。班长说你过来，她就过去站在班长旁边。班长说你把刀攥紧了，她就使劲攥紧刀把。

猪好像是累了，不那么使劲挣扎了，叫声也弱了下来。班长趁机指着猪脖子说，来，往这儿捅。

她没听懂似的看着班长发愣，没动。

想什么呢？班长说，快点，把刀攥紧了往这儿捅！

她发现自己攥不住刀了，手抖得厉害，只好求救地看着班长。

班长瞥了她一眼，低声说，别紧张，先把手抬起来，对，就这样，好，现在把刀尖对准这里，好了好了……别动，班长突然抓住她的手用力向前一使劲，她看见刀迅速地刺了进去。猪立刻发出了一阵刺耳的哀号。

她吓了一跳，企图把手缩回来，但却缩不回来了，手和刀把被班长一起攥在了手心里，攥得死死的。这会儿她的手倒是不抖了，但身体却开始发抖，而且越抖越厉害几乎都站不住脚了。就在她觉得自己快要坚持不下去了的时候，班长的手腕突然向内使劲一扭，旋转了一圈，然后就迅速地抽了出来。

她看见自己拎着一把血淋淋的刀站在那里，她看见血正像喷泉一样从那只猪的身体里涌出来，她看见那只猪在血泊里挣扎了几下之后就不再动弹了。一股浓浓的血腥味在空气中弥漫开来，她被那腥热的气味呛了一下，胃突然翻动起来开始往上顶，顶得她直恶心。她一动不动地站在那里，尽量忍着不让自己吐出来。她听见周围响起了一阵又一阵的热烈掌声。不知为什么，她觉得那些巴掌每一下都拍在她的胃上，拍得她越发想要呕吐。她眼看就坚持不住了，浑身开始发抖，脸色也变得惨白。就在这时，班长在后面狠狠地推了她一把，说还不快进屋去！她顺势踉踉跄跄地跑进了屋，刚进去就哇哇大吐起来，翻江倒海地吐了个干净，把胆汁都倒出来了。

是这把刀吗？老警察问。

是。她说。

那是一把漂亮的水果刀，刀把是象牙白色的，上面雕着精致的图案，她一直很喜欢这把刀。

老警察没说话，只用手点了点，小警察就把刀收进了塑料袋。下手挺狠呀你，小警察拎起塑料袋在她眼前摇晃着说，多大的事？值得动刀子？！

动刀子？她使劲儿地揉搓着太阳穴，头疼得像要裂开似的。动刀子！她突然惊慌地站了起来，怔怔地看着自己的手，手上有血，血已经干了，干成了一片暗红的印迹。他……他呢？她叫了一声，突然疯了一般向门口冲去。

拦住她！老警察说。

小警察立刻冲上去揪住了她。她在小警察手里拼命地挣扎着，嘴里不停地喊，放开我……我要……他……他在哪儿……

他在医院抢救。老警察冷冷地说。

他没事吧？她冲到老警察面前，他怎么样了，啊？他没事吧？

老警察无动于衷地看着她，没作声。

她失神地望着老警察，慢慢地蹲了下去，突然捂住脸伏在地上失声痛哭起来。

四

她没想到自己这一刀下去会捅出这么大的影响。

她很快就出名了。先是单位把她树为先进典型，然后教导员就领着她到处去宣讲先进事迹。女兵敢于杀猪的事迹立刻在部队传扬开来了，各单位纷纷邀请她前去做报告，无论她走到哪里，都有人围上来争睹巾帼英雄的光辉形象。她没想到杀猪竟会给自己带来这么多的荣誉，更没想到自己竟然一下子就成了大家学习的榜样，她感到很兴奋。起初，她还曾如实地告诉教导员，说自己当时很害怕，是班长握住她的手才把猪杀死的。但教导员不让她那样说，教导员让她说自己虽然开始也有些害怕，但就在这个时候，她的耳边响起了毛主席“一不怕苦，二不怕死”的教导，眼前出现了无数英雄人物的高大身影，她顿时浑身充满了力量。于是，她把猪当作“帝修反”，怀着对敌人的刻骨仇恨，勇敢地把尖刀刺进了敌人的心脏。她就是这样，从不敢杀猪到敢于杀猪，从一个不懂事的女兵成长为一个坚强勇敢无所畏惧的革命战士。开始这样讲的时候，她心里还有些忐忑，但她很快就习惯了。讲多了，连她自己也相信自己当时真的是想起了毛主席的教导，真的是看见了那些英雄，真的是自己捅进了那一刀。随着一遍又一遍的讲述，她一遍又一遍地体验着这个过程。久了，在这种体验的充盈下和鼓舞下，她对杀猪竟有了几分跃跃欲试的期待。

炊事班每隔一段日子就要杀一头猪，以前杀猪都是班长亲自操刀，但现在已经改为由她操刀了。第二次杀猪时，她虽然还是那么紧张害怕，但却没用班长动手。渐渐地她不再害怕杀猪了，接下来她就对杀猪习以为常了，直到后来，她已经能从杀猪的过程中体会到一种特殊的快感了。虽然她现在经常在外面开会，越来越难得在炊事班干活了，但每到杀猪的日子，她准会及时赶回来。她的手法已经十分熟练，无论多大的猪，无论多野性的猪，她都会在几分钟内干净利落地把它放倒。杀猪，在她手里已经逐渐地演变成了一种艺术。她开始迷恋这种杀戮的艺术了。自然要先喝一大缸酒，待酒精在身体里燃烧起来，待精神在燃烧中亢奋起来，这时她就可以出场了。她知道此刻所有的眼睛都在盯着她，所以她的每一个动作都很精心——先看准位置，然后选择时机快速出刀，可以体会一下刀尖刺进皮肤的感觉，再感受刀刃怎样穿过血管肌肉直抵心脏。刀尖最好在心脏这里停留一下，然后再用力扭动手腕，旋转出一个三百六十度来，之后迅速把刀拔出来。拔刀的时候动作一定要快，如果节奏掌握得好，刀拔出来之后上面几乎不见血，她更是浑身上下干干净净滴血不沾。当她干净利落地做完这一套动作转身离开之后，血才会突然间喷涌而出。每当这时，身后就会响起阵阵热烈的掌声。

后来，她就认识了上级机关负责给她整理事迹材料的组织干事。组织干事人很温和，很照顾她。经常找她唠一唠，工作、学习、生活什么都唠，然后就会把她说的一些事补充进事迹材料里。

有一次，组织干事问她杀猪有没有碰到过阻力？她问什么阻力？组织干事说就是不支持女兵杀猪，说个风凉话什么的。她说没有。组织干事说你好好想想，任何新鲜事物出现的时候都会有阻力的。她想了想，说真的没有。说罢“扑哧”一声笑了，说你不知道，原来我们班长可看不起女兵了，我就是气班长看不起女兵才赌气要求杀猪的。组织干事忙问班长是怎么看不起女兵的。她就笑着把班长说的“实在不行了，男女才一样”的话学给组织干事听，把组织干事也逗笑了。

令她没想到的是，组织干事笑完就把班长当作反面典型写进材料里去了。她看见材料吓了一跳，说不行，她不能这样讲。

组织干事就问有没有这回事？

她说有这回事。

组织干事说有这回事就行。

她说不行，班长对我那么好，我不能说班长坏话。

组织干事就对她说，你现在是先进典型了，政治上应该成熟起来。你们班长的思想的确有问题，这样讲出来可以使材料更生动，可以使更多的人受到教育。

看她执拗着仍然不肯答应，组织干事又说，你怎么就不明白呢，从你被树为典型的那天起，你讲什么怎么讲就不能由你个人说了算了，得由组织上来决定。换句话说，这已经不是你个人的事，而是组织上的事了。

见她眼泪哗哗往下淌，就又哄她，说你看这样好不好，在外单位就按新稿讲，在本单位暂时还按老稿讲？她这才勉强答应了。

后来，她曾经无数次地想，如果她当时坚持不讲，结果会不会好一些呢？她不知道，这种事不是她能想象出来的。但至少有一点是肯定的，那样的话，她就不会这样内疚了，不会总觉得是自己把班长给坑害了。

五

班长的复员命令是和她当班长的命令一起下的。接到命令那天，她在营房后面的小山上独自坐了大半天。太阳下山的时候，她看见班长沿着小道上来了，一直走到了她面前，坐在了她的身边。他们一起默默地看着太阳向山下滑落，看着看着她的眼泪就流了出来。

她说，班长，对不起，我不该把那些话告诉别人。

班长却笑了。班长说，其实那话是我爹说的。我娘死得早，我爹一个人拉扯着我们四个孩子，又当爹又当娘，炕上地下都得干，后来连纳鞋底子我爹都会了。有人夸赞我爹，我爹就说，呸，哪个公鸡不想出去打鸣乐意趴窝里下蛋，这不是逼得实在没法子了吗？告诉你吧，什么时代不同了男女都一样，是实在不行了男女才一样呢。

她说，班长，都怪我。

班长说，给我卷根烟。

她说，班长，我没想到会这样。

班长说，给我卷根烟！

她说，班长，我心里难受。

班长说，听见没，给我卷根烟！

她一边抽泣着一边接过了班长的旱烟袋。她早就跟班长学会了卷旱烟。平常没事时，她总喜欢拿班长的旱烟袋练手，一根接一根地给班长卷旱烟，让班长可劲地抽。班长也总夸奖她旱烟卷得好，说是比他这个老烟筒子卷得还好。但今天，她却怎么也卷不上了，好不容易刚卷起来，手一抖又散掉了。

班长说，要走了，就想再抽一根你卷的烟，怎么这么不给面儿？

她就嘤嘤地哭。

班长说，你看你，把我的烟袋都弄湿了。赶紧把脸擦干，别哭了。

她听话地止住哭泣，把脸擦干了。

班长说，给我卷根烟。

她屏住呼吸认认真真地卷了一根粗大的旱烟，伸出舌尖仔细舔湿纸边边，粘牢之后双手递给了班长。

班长把烟叼进嘴里，狠抽几口说了句好。

天黑下来了，月亮还没露脸，只有班长的烟头一闪一闪地发出幽幽的亮光。

班长吐出了一口烟，说，炊事班这活不好干，今后你脑袋不能闲着，得琢磨事。

她说，嗯。

班长说，炊事班这几个男兵个个都是把手，干活没得说，但没一个是省油的灯。你得敬着他们，还不能让他们把你给拿巴住。

她说，嗯。

班长说，有事多跟大个子商量，别看他嘴拙，心里有数。

她说，嗯。

班长这根烟抽完了，她又卷了一根递给班长。班长叼在嘴里半天没点，突然转过头说，还有句话你兴许不爱听。

爱听。她说。

啥话都爱听？

啥话都爱听！

那你就听班长一句话，班长认认真真地看着她的眼睛说，今后别再杀猪了。

她愣住了，呆呆地看着班长，没想到班长说出来的竟是这样一句话。

看到她不解的眼神，班长不由叹了口气，说，我就知道你不能爱听，你现在正在兴头上。

为……为什么？她问。

为什么？因为这压根就不是女人该干的活。班长说，女人就该做女人的事，做男人的事会伤了阴气。有些话你现在可能还听不明白，但是我得告诉你，女人最怕的就是伤阴气，阴气伤了，女人的味道就没了。

班长，你不是一直都在帮我吗？

我那是没办法。班长长长地叹了一口气说，从根上说这事都怪我，怪我使气将你，才把事情弄到现在这个地步，结果这一步臭棋把你我两个人都将死了。我现在倒是没啥了，反正也要走了，你今后可怎么办？

班长扭过头来看着她。她从没见过班长的这副神情，目光中充满了愧疚、怜惜、关爱和深深的忧虑。班长说，我知道你心里一时还扭不过来这个劲，这没关系，如果你信得过我这个班长，如果你相信班长是为你好，那就听班长一句话，赶紧培养个男兵接手，趁早把杀猪这活交出去吧。

六

当初我就该听班长的话。她说。

你说什么？老警察警觉地问。

她就又呜咽起来，说我要是早……早听班长的话……就好了。

你说的班长，他人在哪儿？老警察盯住了问。

不知道，她使劲儿摇着头说，我跟大家断了联系，我把跟所有人的联系都掐断了。眼泪从她的脸上哗哗地流淌下来，她抽泣着，我早就该……听班长的话。

她没听班长的话。不是因为信不过班长，而是因为偏巧就在那会儿，她喜欢上了组织干事。她也不知道是从什么时候起，组织干事竟扎进她的心里拔不出来了。组织干事那张白净文雅的脸整日里在她眼前摇晃，晃得她心神不宁，干什么都走神，动不动就发愣。她开始编造各种理由往组织干事面前跑，制造各种跟组织干事偶遇的机会。没办法，她就喜欢看他的样子，就愿意听他说话，就想单独跟他待在一起。她心里很清楚，自己跟组织干事之间最主要的联系就是杀猪。如果没有这件事，组织干事就不会关注她，不会总找她谈话了。所以她咬住劲硬是没听班长的话。她不能放弃杀猪，她需要有理由能跟组织干事继续交往下去。她拗不过自己，也不想拗着自己。

她觉得她跟组织干事交往得很顺利。组织干事一直都对她十分温和、体贴，对她方方面面都关怀备至。她什么话都跟组织干事说，组织干事也总是耐心地倾听，然后再条理清晰地为她分析情况，给她出主意，帮她化解问题。这使她感到很温暖，常常体会到一种被爱着、被呵护着的满足感。她相信他也同样地爱着她，否则不会对她那么好。每当想到这一点，她心中的幸福感就会油然而生，觉得自己是这世上最幸福的人了。

若不是无意中听到了组织干事和那人的对话，她还不知道什么时候才会从梦中惊醒过来呢。

那人问组织干事，个人问题有谱了吧？

组织干事说哪有谱，你也不给帮个忙。

那人说得了吧，你还用我帮忙，别以为我不知道。

你知道什么？

知道你早就把好的挑出来留给自己了。

哪有的事，哪个好？

就是那个。

哪个？

那个先进典型。

她呀？组织干事笑了，她不行。

怎么不行？她现在多红，谁不知道她呀。

红有什么用？你敢找她？

有什么不敢的？可惜我没那个艳福。

她可是个杀猪的。你敢找个杀猪的女人给自己当老婆？

哈哈你这家伙！不过倒也是，女人杀猪是有点太那个。

就是嘛，你想想看，身边躺着个杀猪的女人，谁能睡着觉？

哎，都说你们俩有点那个意思呀。

那是不了解情况瞎猜测，我那是工作接触。

敢说你一点儿都没那意思？

没有，一点儿都没有。

不可能吧，她长相挺好的。

长相好有什么用？说句不好听的话，我连她的手都不敢碰，那可是一双杀猪的手呀。也不知道是我神经过敏还是怎么着，我总闻着她手上有股子味儿，腥乎乎的，想想浑身都起鸡皮疙瘩……

她不知道自己是怎么回来的，也不知道自己回来后为什么要站在那儿一遍一遍地拼命洗手。直到大个子来叫她，她才想起今天还有人来观摩杀猪。时间来不及了，她没喝酒就拎着那把杀猪刀出去了。看见周围围观的那些人，她的心里突然生出了一层厌倦。

没有酒精的燃烧，没有那种微醺的兴奋，她觉得身子又软又乏。好在今天这只猪不大，也还安静。她不假思索地举起刀，只想快点结束眼前这一切。刀朝着猪的脖子刺下去了，但就在刀尖刺进皮肤的那一瞬间，猪突然把头扭向了一边。她本该盯紧猪及时调整动作的，但她神情恍惚根本就没防备。她失手了，刀没捅进去，只把猪脖子划出了一道口子。

猪愤怒了，拼命地挣扎着发出令人恐怖的嗥叫。在人们目瞪口呆还没反应过来的时候，那只猪竟然挣断绳子逃脱了出来。眨眼之间，这只疯狂的猪就瞪着血红的眼睛，带着脖子上那条血淋淋的大口子，向人群冲了过去。场面顿时大乱，人们惊呼着四处逃散开来。

她不知所措地看着眼前这混乱的情景，浑身一软，手里的刀砰然落在了地上……

从此，她再也不肯杀猪了，无论谁劝说也没有用。组织干事曾代表组织上来做她的思想工作，试图劝说她。但她的目光令组织干事不寒而栗，那目光太冷了，活像一把寒光闪闪的杀猪刀。她从头到尾一句话也没有，组织干事再能说会道也只得败下阵来，落荒而逃。

不再杀猪，她自然就失去了价值。她不再是先进典型了，组织干事也不再找她谈话，不再关怀她了。她很快就调离了炊事班，到手术室去当了一名器械护士。

但护士没当多久，她就提出了转业。没有人知道她为什么会突然提出转业，有人猜测是因为一句话，她在手术台上递器械时手重了一些，主刀医生随口说了她一句："轻点，这又不是杀猪。"当时她什么也没说，但第二天就递上了一份转业报告。

七

警察把她带走的时候，她请求把那只搪瓷缸子带上。小警察冷笑，说带它干什么，那里边可没有酒给你喝！老警察走上前，拎起缸子打量着，问，是部队发的吧？她点点头。老警察深深地看了她一眼，又问，你当过兵？她又点了点头。老警察就把缸子扔给她，说拿着吧。

其实这只缸子是班长的，她第一次喝酒用的就是这只缸子。班长复员之前，她用自己的缸子把班长这只给换下来了，说要留个念想。后来，她转业来到了这个偏远的小城，一个远离亲人、远离熟人、她一个人也不认识、也没有一个人认识她的地方。她把自己与过去的一切联系都切断了，却独独没舍得丢掉这只缸子，就给自己留下了这么一点儿念想。

她一直用这只缸子喝水。丈夫曾经给她买过各种各样的杯子，不锈钢的，紫砂的，麦饭石的，磁化保健的，真空保温的，纳米抑菌的……只要一出新品种，丈夫就会给她买回来，央求她用新的换掉旧的，但她就是不换。

她是在来到小城之后才与丈夫相识的，那会儿正是她感到最孤独最无助的时候。

小城太小，太小的地方人与人之间的缝隙就格外狭窄，关系也格外绵密。在小城里，面上行走的人大多互相认识，即便不认识，细究起来也总能顺着这根藤摸到那个瓜，最终找到能把双方联结起来的根系。小城人因此很认亲，很习惯用认亲的方式来确认陌生的面孔。她没被确认，因为顺着她这个瓜找不到任何一根藤。所以，在很长的一段时间里，她都像异物一样孤独地在这个小城中漂浮着。

就在她没着没落地漂浮着的时候，她遇到了从外面回到小城工作的他。他虽然也是小城人，但因为在外面待久了，就没有小城人那么认生。又因为自己也在外面漂泊过，就对漂泊到小城来的她感起了兴趣。

起初，她对他并没什么感觉，只是因为害怕孤独，就接受了他伸过来的手。她心里明明白白地知道自己这不是爱，知道自己有爱的时候不是这样的，但却舍不得说破。她是太贪恋这份温暖，太需要有人陪伴了。直到有一天，他拉住她的手，把脸埋进她的手里，喃喃地诉说着向她求婚，她这才慌了。她猛地抽回手，孩子般地把手藏在了背后。他却并没退缩，轻声安慰着她，哄孩子一样地把她的手又拉到了前面。然后，他就俯下身来疯狂地亲吻起她的双手。她失神地看着他的举动，顿时脸色变得煞白。完了，这下子全完了，她想，他会闻到自己手上的气息，会闻到自己的过去，他马上就会……

就会……她不敢想下去了，只觉得浑身发软，绝望地闭上了眼睛……

如同做梦一般，她听见了他的声音。他说，知道我是怎么注意到你的吗？是因为你的手，你的手长得太漂亮了。他说，答应我，把你的双手交给我吧，我想一辈子看着它们，守着它们，爱着它们。那一刻，她听见自己的身体里发出了一声轰然巨响，长久以来一直堵在心口的那些东西顷刻间坍塌了融化了，化成了汹涌的泪水倾泻而出。她失声痛哭起来，毫不犹豫地扑进了他的怀抱。

你俩婚后感情怎么样？小警察端坐在审讯桌后面问。

还可以。她回答。

经常发生冲突吗？

不。

请你说清楚点，小警察说，是不经常发生冲突还是没有冲突？

……应该算是没有吧。

什么叫“应该算是没有”？小警察不耐烦地说，有就是有，没有就是没有，请你回答问题干脆点。

我是说，她说，我是说我们没有发生过大的冲突。

他们之间的确没有发生过太大的矛盾冲突。他对她很好。她虽说对他没有多少激情，但从来也没讨厌过他。跟他结婚对她来说并不勉强，她很清楚自己已经不年轻了，所以早就不再奢望能找到当年对组织干事产生的那种感觉了。何况以她后来的经验看，当年的那种感觉多少有点虚幻，有点显得不那么真实。

婚后的生活很庸常，这正是她要的日子。丈夫工作稳定，对她不错，也顾家。虽然丈夫有着满身的机关习气和满脑袋往上爬的心思，但做人还够端正，所以上上下下人缘很好，这就足够了。她性情也温和，在外从不逞强拔尖，在家更是低眉顺目。骨子里，她其实是个挺安静、挺少麻烦、挺容易满足的女人。在一起过了这么些年，他们夫妻俩除了偶尔拌上几句嘴，几乎都没大声吵嚷过。只是最近的这段日子，丈夫不知怎么突然就改了性了，一在外面喝多了酒就回家来耍酒疯，朝着她没头没脑地大喊大叫乱发脾气。

她不知道丈夫的变化究竟是从几时开始的。她是在发觉了之后才猛然想起，丈夫这个样子已经有些日子了。一段时间以来，丈夫几乎每天都在外面喝酒，毫无节制地喝酒，简直是逢酒必喝，喝酒必醉，醉酒必耍酒疯。她感到很吃惊，丈夫怎么忽然之间就变成了一个很物质、很追求世俗快乐的人了？ 怎么忽然间就变成了一个对老婆蛮不讲理的男人了？

你知道是什么原因吗？老警察问。

她摇摇头。

你们之间没交流过？老警察又问。

她又摇了摇头。

那你认为是什么原因呢？

她迟疑了一下，说，可能是他工作上压力太大了。

他工作压力很大吗？

应该是吧，她说，他现在正处在提拔的关键时候，竞争挺激烈的，他心理上的压力肯定很大。

你想过别的原因吗？老警察问。

她低下头没答话。

你想过，老警察说，如果我没猜错的话，你是怀疑他有外遇了。

她只看了老警察一眼，就深深地垂下头，什么话也不肯说了。

八

起初，她真的怀疑丈夫是有外遇了。没有任何证据，只凭女人的感觉，因为丈夫毫无来由地忽然间就不肯再碰她的身体了。

丈夫一向都很迷恋她的身体。在他们漫长的婚后生活中，只有身体是她与丈夫之间交流得最多、交流起来最轻松愉快、最畅通无阻的一个方面。开始，她对丈夫的变化并没有太在意。她从来都不是一个主动的女人，她习惯了等，等丈夫的兴致，等丈夫兴起时带着她走进他们的游戏。从前，丈夫不仅从来不会让她等到心焦，反倒常常会因为游戏太过频繁而弄得她心烦。但这阵子，她已经心焦了许久了，却丝毫不见丈夫表现出一丁点儿的兴致。

不知是从什么时候起，她开始每天晚上独自躺在床上等待丈夫了。从前的那些年里，她已经习惯了同丈夫一起上床，被丈夫搂着入睡。如今，丈夫却每晚都能找出足够的理由，坚决不肯跟她一起上床。她注意到丈夫现在总是要等到她兴致全无昏昏欲睡了的时候，才会蹑手蹑脚地爬上床来，而且总是小心翼翼地尽量与她的身体保持距离，生怕碰到她。只要她这边有一点儿动静，丈夫就赶紧闭上眼睛做入睡状，那架势就像是怕被她抓住，怕被她给胁迫了似的。

她早上醒得早，醒来之后总习惯躺在那里懒一会儿床。常常在这个时候，她的身体就会有所期待。但她不会叫醒丈夫，她照例会等，等丈夫自己醒过来。她会在丈夫睁开眼睛的第一时间，适时地转过脸去，温情地对着丈夫微笑。从前的日子里，只要在清晨里看到她这样的微笑，丈夫就会解意地把她搂进自己的怀里。但现在，丈夫只要一睁开眼睛就慌慌张张地赶紧翻身下床，一刻也不敢在床上耽搁。她当然看得出来，丈夫是在尽量躲避她，生怕看到她期待的微笑，生怕被她的微笑给纠缠住了。

羞恼和怨恨就在那一个个孤独焦躁的夜晚和一个个清冷失望的清晨里迅速地滋生出来，渐渐地积累起来了。

她想不明白丈夫这是怎么了，她想要找到答案。最初，她还以为丈夫是因为工作太累了，就尽量不打扰丈夫，只安排丈夫好好休息。接着，她又怀疑丈夫是人到中年体力下降了，就想方设法煲汤熬药地给丈夫补养。直到后来，她才看出事情有些不对头了。一次偶然的机会，她发现丈夫的身体并不是没有冲动。这个发现令她大大地吃了一惊：丈夫竟然一直是在竭力克制着自己身体的冲动，一直是在有意地躲避着她！她一下子彻底蒙了。

她知道，事情到了这一步，只有“外遇”这两个字能解释得通丈夫的行为了。外遇——这是她所能想到的唯一的，也是她认为最坏的一个答案。只是那时她还不知道，这个答案对于她来说其实并不是最坏的。

像所有奋起保卫自己的女人一样，她开始寻找丈夫“外遇”的那个人。虽说她不是一个很有办法的女人，但再没办法的女人碰到这种情况连头发梢都能长出精神头来。那段日子，她什么招都想了，什么招都用了，但折腾来折腾去竟连一点儿蛛丝马迹都没找到，好像压根就不存在这么个人似的。这也太没有道理了，丈夫并不是一个特别严谨的人，怎么就能把事情做得这么天衣无缝？

如果她能找到丈夫“外遇”的那个人，找到那个与自己对抗着的力量，这件事兴许还会有解。只要目标清楚了，解决问题的办法总还是有的。但她找不到目标，她就像斗志昂扬地进入了战场，却发现四顾无人，心里顿时就虚空了，就不知所措了。在部队时，她常听人这样说：与敌人面对面地进行战斗并不可怕，可怕的是你明知有敌人，却不知道敌人会在什么时候出现，会在什么地方出现。此刻，她正是陷入到了这样一种可怕的困境之中，这使她变得越来越敏感多疑，越来越神经兮兮的了。答案就在那一个又一个神经兮兮的日子里，在她那敏感的末梢神经的搜集下，一点一点地显露出真相来了。

第一次引起她注意是丈夫的一句问话。有一天吃晚饭的时候，丈夫突然问她，你是从什么时候开始不吃猪肉的？她打了个愣，奇怪自己明明告诉过丈夫，丈夫怎么会又想起问这档子事了。她按照一贯的说法回答说，我从小就不吃猪肉。丈夫就看了她一眼。她发觉丈夫的目光似乎与往常不大一样，里面好像有一些额外的东西，心里不由一沉，感到了一种隐隐的不安。

过了一段日子之后，又有一件事引起了她的警觉。那天她从外面回来正在洗手。她经常上来那股子劲控制不住没完没了地洗手。从前丈夫很欣赏她爱干净讲卫生的生活习惯，常夸耀自己老婆是从手术室出来的无菌人。但那天不知为什么突然间就不高兴了，没头没脑地冲着她来了一句：我说你那手上到底沾了多少晦气，一天到晚没完没了地洗？你不会是有强迫观念症吧？她心里咯噔一下子，顿时觉出了一股寒意。

后来，就发生了那件令她的所有担忧都得到了证实的事。她当时正在给丈夫削苹果，就是用她最喜欢的那把象牙白柄的水果刀。她削苹果是一绝，皮削得极薄，均匀地一圈一圈削下来，削过的皮却还贴在苹果上面，并不掉下来。直到整个苹果都削完之后，她才提着苹果皮的一头向上拉，皮一圈一圈地拉开之后，竟是完整的一条。丈夫在旁边看着她削苹果，先是说了句，刀法不错呀，你这刀功练了不少年吧？她心里就有点发紧，没吭声。削完苹果之后，她随手把刀插在苹果上递给丈夫。丈夫却把身子向后躲了一下没接，说你放下，别用刀这么举着，怪吓人的！丈夫的反应让她心里不免有点发慌，把刀从苹果上拔下来之后，她就下意识地拿在手里摆弄起来。丈夫在旁边瞥了她一眼，又冷不丁冒出来一句，真怪了，没见过女的这么喜欢摆弄刀，在部队养成习惯了吧？她心里一下就明白了，丈夫是什么都知道了。她绝望地僵在了那里，浑身冰冷，大脑里一片空白。

那一刻，她第一次想到了命。这么多年来，她一直想方设法躲着自己的过去。为了躲过去，她跑到了这么偏远的一个小地方来生活；为了躲过去，她把与过去有关的所有东西都丢弃了；为了躲过去，她跟所有的战友和熟人都中断了联系。她躲了这么些年，满心以为自己已经躲过去了，满心以为自己这辈子都不会再被过去纠缠了。但没想到，过去竟像个鬼一样一直在后面悄悄地追踪着她，一直在暗地里窥视着她。直到当她以为过去已经从她的生活中永远消失了的时候，过去才狞笑着出现在她的面前，毫不留情地再次出手打碎了她的生活。这难道不是命？

她默默地看着丈夫，看着这个当初并没有令她产生激情，但在婚后的日子里却逐渐使她感到了依恋的男人。她之所以一直在努力寻找丈夫的那个“外遇”，一直想解决这个问题，就是因为她想保住自己的丈夫，想保住自己的生活。她已经习惯了和这个男人生活在一起的日子，她不想放弃。只是令她万万没有想到的是，她面对的竟然不是“外遇”而是“过去”。对于她来说，“外遇”这道题或许还会有解，但“过去”却是一道死题，一道永远无解的题。

她悲哀地想，如果有可能让她进行选择的话，她倒宁愿选择丈夫有“外遇”，也不愿意选择这个答案——“过去”。

九

无论绕多大的圈子，最后总要回到最关键的这个问题上：怎么会动了刀子？

她无奈地看着老警察，知道没人会相信她的话，谁会相信一次没有冲突，没有预谋的行凶？

你少来！丈夫差点把她甩了个跟头。我他妈的就不信了，今儿个老子不让你见识见识，你还真就不知道马王爷到底长了几只眼！丈夫踉踉跄跄地奔向酒柜，伸手就拎出来了一瓶二锅头。

她冲上去，从丈夫手里把瓶酒夺了下来，说你不能再喝了。

丈夫说你凭什么不让我喝？我能喝！

她说我知道你能喝，能喝也不能这么喝呀，喝多了伤身体。

身体？丈夫忽然没来由地冲动起来，拍着胸口说，老子身体好着呢，没病！

她说身体好也不能这么喝呀。

丈夫说，你不相信我没病？

她说我相信。

你不相信，丈夫说，我看出来了，你根本就不相信！

她说，我再相信也不能由着你这么喝呀？

丈夫就说，你看我没说错吧，你就是不相信！

她说，那我怎么说你才能承认我相信？

怎么说都没用！丈夫凑到她面前说，我告诉你，我真的没病，我什么病都没有，你得相信我，我有诊断书，我明天就能把诊断书拿来给你看。

好吧，她无可奈何地说，明天看你的诊断书，那你今天先别喝了。

丈夫说，那你相信我没病了?

她说，你不喝这瓶酒，我就相信你没病。

丈夫说，那我就不喝了，你喝。

她说你又不是不知道我不会喝酒。

会喝水不?丈夫问。

她心里一沉。

会喝水就会喝酒。丈夫把酒倒进了她的搪瓷缸子里，然后推到她面前说，喝，跟喝水一样，用嘴，一口一口地喝。

没什么可怀疑的了，丈夫连说出的话都跟班长一模一样，她明白丈夫为什么非要逼她喝酒，为什么非要把酒倒在这个缸子给她喝了。她默默地捧起搪瓷缸子，轻轻地抚摸着边沿掉瓷的地方。她熟悉这个缸子，熟悉这个缸子上的每一道划痕和每一处破损。手捧着这只装满了白酒的缸子，闻着散发出来的浓烈的酒香，她一下子就被拉回到从前那些已经离她很遥远了的日子，心中不禁充满了绝望。

我不想喝。她说。

不想喝就说明你不相信我，丈夫蛮横地说，你不想喝，那，那就……我喝!

你真的非逼我喝了这些酒？她怀着最后的一线希望问。

丈夫醉眼蒙眬地看着她说，你喝，我就想看看你到底能……不能喝酒，到底能……喝多少酒……

眼泪突然从她的眼里涌了出来，不是一条条一线线，而是一层层一片片，瀑布般从她的脸上奔涌下来，把所有的哀伤和希望全部淹没了。

她冷冷地看了丈夫一眼，突然举起缸子，仰着头咕咚咕咚地一口气把酒喝了个精光。

喝完再看丈夫时，竟发现丈夫已经躺在沙发上睡着了。

她不知道自己呆呆地坐了多久。她只记得自己又体会到了那种熟悉的微醺的感觉，头有些发涨，太阳穴两边打鼓一般“咚咚咚咚”地敲响着，敲得她浑身燥热。每一个细胞好像都被鼓声给敲醒了，周身的血液似乎都被鼓槌给点燃了，整个人像被激活了一般进入了一种跃跃欲试的亢奋状态。

渴，嗓子眼里火烧火燎的还想喝点什么。她左右看了看，把剩下的酒都倒进搪瓷缸里，一仰脖全部喝了进去。

她看见了那把刀，那刀正静静地等待着她。她拿起刀试了试刀刃，起身拎着刀走了出去。

一见她出现了，周围观摩的人群立刻就安静了下来。

她知道，此刻所有的眼睛都在注视着自己，所有的注意力都集中在自己的身上。很久没有过这种感觉了，她的心里涌动起一种久违了的备受关注的兴奋。她开始用目光寻找那只捆好的猪，但却没有找到。这让她很诧异，她杀过那么多次猪，从来都是男兵把猪抓住，把猪捆得结结实实之后，再喊她来捅那最后的一刀。可这会儿男兵们怎么都不见了呢？她忽然明白了，男兵们都走了，他们不干了。男兵们总是替她抓猪捆猪让她来杀，结果荣誉都给了她一个人，从来都没有男兵们的份，他们一定是不愿意再这样继续下去了。只好自己去抓猪了，她的心里不免有些发慌。她看着那些猪，那些猪也在看着她。忽然，一只猪睁大眼睛喊，干什么你？把刀放下！

她有些发愣，这个声音听起来是那么的熟悉。她不想把刀放下，但不知为什么这个熟悉的声音对她有一种很强的约束力。正在她犹豫着是不是该把刀放下的时候，听见那个声音又说，说你多少次了，没事别玩刀！这下她听出来了，是她的丈夫！可她的丈夫为什么要用猪的面目说话呢？她使劲地闭了一下眼睛，再睁开仔细一看，眼前果然是自己的丈夫，这才松了口气，乖乖地把刀放在了桌子上。丈夫重新闭上了眼睛，翻过身来继续睡觉，嘴里还嘟囔了一句，像个杀猪的似的……

杀猪的，这话像刀子般猛然刺中了她。她呆呆地站在那里，感受着锋利的刀刃穿透了自己心脏，感受着心脏痉挛着发出阵阵的绞痛……丈夫终于把这句话说出来了，其实丈夫早就知道了。这样也好，她想，她再也不用瞒天瞒地地过日子了，反正这种日子她也过累了，过够了，不想再这样过下去了。她企图用双手捂住疼痛的胸口，却发现那个地方已经变成了一个大窟窿。她赶紧低头看去，不由大吃了一惊——透过那个大窟窿，她看见了许许多多瞪着黑色小眼睛的猪！

杀猪的，她突然笑了，丈夫说她像个杀猪的，其实她本来就是个杀猪的。她当然听得出丈夫口气里那深深的鄙夷。可他凭什么鄙夷她？那可是她一生中最辉煌、最光彩照人的一段日子呢！拥有那么多的关注和羡慕，那么多的掌声和赞美，那么高的荣誉和奖励，那种感觉多好！已经很久都没有过那样的感觉了，她想，心中忽然生出了一种跃跃欲试的冲动。

有一种力量在往上顶，顶在了咽喉之间。鼻子、眼睛、耳朵都被顶得向外鼓胀着，脑袋霎时涨大了好几倍，浑身的血也像沸腾了一般上下翻滚起来了。她亢奋地站起来，四下寻找着，终于看到了那把刀。她把刀拿在手上掂了掂，又握住刀把体会了一下手感，一种熟悉的感觉立刻攫住了她。她熟练地试了试刀锋，拎着刀走了出去。

她听见周围观摩的人群安静下来了，她知道现在所有的目光都集中到自己的身上来了。她感到了兴奋，心跳加快，血管愤张，心中充盈着激昂的豪情。

她看到了那只已经捆好了的猪。她调整了一下呼吸，掂了掂手里的刀，用力攥紧刀把，使劲地捅了进去……

十

老警察很久都没说话，就坐在她的面前，一根接一根地抽烟。老警察告诉她，丈夫现在已经脱离危险了，再治疗一段时间就可以出院养着了。

她没说话，只木然地点了点头。心想，他抽那烟肯定没有班长的大老旱给劲。

很久，老警察才掏出来两份《离婚协议书》，说是丈夫带给她的，让她看看里面有没有什么问题，同意的话就在上面签个字。

她看也没看，就痛痛快快地签上了自己的名字。

老警察收起《离婚协议书》，却没有马上走的意思，又默默地坐了一会儿。

她觉出老警察好像有什么话要说，心想是不是自己的案子快判下来了？是不是判得很重？但她不想问，她早已心灰意懒，无论什么结果都不在意了。

老警察踌躇了一会儿果然开口说，有件事我掂量来掂量去，一直拿不准该不该讲给你。

她没吭声，无动于衷地望着老警察，心想，告诉能怎么样，不告诉又能怎么样，其实都无所谓。

老警察说，告诉你，怕你心理上承受不了。不告诉你，又怕你永远背着一个不明不白的包袱，永远不能从过去走出来。

她苦笑了一下，说都到这个地步了，我还有什么不能承受的？你就说吧。

老警察深深地看了她一眼，说，你丈夫，他什么都不知道。

她看着老警察，一时没有反应过来。

老警察加重语气说，他对你的过去一无所知。

她先是愣了一下，然后就怀疑地盯着老警察，嘴角边渐渐露出了一丝嘲讽的微笑。

我知道你不相信，老警察说，因为这样就无法解释他为什么会对你的态度发生变化。你怀疑过他有外遇，但是你很快就推翻了自己的猜测。你是对的，他的确没有外遇，应该说，他一直对你都很有感情。

……

你想知道他没有外遇为什么还要疏远你，你就想到了那上头。但是你想错了，他根本就不知道你从前的事。

这不可能……

你别着急，听我把话说完。老警察盯住她的眼睛说，让我来告诉你这里面的真实原因，是因为你丈夫得了一种病。

一种病？

对，老警察说，一种难以启齿的病。

她吃惊地看着老警察，怯生生地问了一句，什么……病？

他有一次喝多了，被朋友劝说去按摩，老警察说，结果回来后就发现自己染上病了。

我……我不知道。她慌乱地说。

你是不知道，老警察说，他不想让你知道，他一直在背着你偷偷地治疗。老警察长长地叹了一口气说，其实他的病已经治好了，如果那天晚上不发生事，他在第二天就能取回化验单，知道自己已经恢复正常了。如果他知道自己的病治好了，你们之间也许就不会发生这件事了。

怎么会是这样？她两眼发直呆呆地看着老警察，不知所措地喃喃自语着。

她举起自己的双手愣愣地看了很久，仿佛要看明白这双手到底发生了什么问题。突然，她像抓住了仇敌似的，把一双手狠狠地摔到了墙上。眼泪顺着她的面颊无声地滚落下来，她一次又一次地狠命地摔打着那双罪行累累的手。

她的手掌迸裂开了，血流了出来，雪白的墙上留下了一片片鲜红的手印……

左　耳

要不是那几个满院子疯跑的孩子，谁也不会想到纸箱子里竟然装着一颗人头。

电话是家属院的清洁工打来的，嗓子破了音，粗细不等的声调从喉咙眼里一起冲出来，听上去十分怪异。

起初老齐蹙眉闭目地把听筒贴在右耳上，只想尽快把这个搅扰午睡的电话打发掉。但突然间，一个令人心惊肉跳的词从杂乱的声音中跳将出来——人头！

家属院里竟然发现了一颗人头！

老齐腾地一下瞪大眼睛，浑身的汗毛顿时都挓挲开了。

难怪左耳今天一大早就闹动静，果然有敌情。别说，老齐还真有点佩服自己这只有毛病的左耳了。

老齐的左耳是在南方轮战时被一颗地雷震坏的。老齐命大，只损失了一只耳朵的听力，但踩到地雷的副连长就没那么幸运了。副连长没了，瞬间就没了。很长时间老齐都缓不过神，总能看见那些散落的副连长的碎片，闻到那股刺鼻的焦煳味，听见副连长最后那声拼力的大喊：连长别过来，我走了……直到缓过神之后，老齐才发觉自己的左耳里面安静得可怕。医生说老齐左耳的鼓膜被震破了，而且无法修复。也就是说，老齐的左耳彻底聋了。

至今，老齐也不相信自己的左耳彻底聋了，老齐才不信医生那些鬼话呢。老齐信自己，而且信得有根有据，因为老齐发现这只左耳虽然听不到外面的声音了，却能听到内里的声音。自从耳聋之后，老齐的左耳里就经常发出各种各样古怪的声音，这使老齐坚信那个被医生叫做听力的家伙并没有因为鼓膜震破就消失了。照老齐的判断，那家伙只是胆子太小，被地雷吓得钻进脑子里面不肯出来了。老齐相信这家伙不会总躲在里面不出来的，只要能抓住它的小尾巴，就有可能把它拽出来。这就跟打仗一样，敌人缩进去了你就得蹲守，在蹲守中寻找制服敌人的机会。

所以，老齐十分关注这只左耳，哪怕里面有一点儿声音，老齐都会悉心体会。有好几次，老齐都觉得自己已经抓住那个小尾巴了，但总是一不留神又让它滑脱了。老齐不气馁，老齐知道战场上敌对双方在对峙中比的就是耐性，谁耐不住先暴露了目标，谁就有可能被对方打败。老齐有的是耐性，老齐相信早晚有一天他会揪住听力的小尾巴把它拽出来，把它老老实实地按在左耳里为自己听声音。为这，老齐一直拒绝去领那张红塑料皮的残疾军人证。

令老齐没想到的是，长时间的蹲守竟让老齐得到了一个意外的发现——老齐发现只要左耳里面一有动静，生活中准会发生点什么事。至于究竟会发生什么事，发生的是好事还是坏事是大事还是小事，目前还说不准。这个问题还有待于老齐进行进一步的深入研究。老齐琢磨着，没准自己一不小心还能整出个科研成果来呢。

今儿一大早，左耳里就不断地发出一种如流水般湍急的声音，这声音令老齐感到有些不安。所以吃中午饭时，老齐就满食堂地找耳鼻喉科的王主任。王主任没来吃饭，据说是没下台。老齐这才记起王主任说过今天有个重要的手术，还记起王主任每当提到这个手术时，眼仁儿里都会蹿动出一股贼亮的火苗子。王主任说这是他最看重的一个科研项目，如果手术成功，将攻克重大难题，创造出一种内耳手术的新方法。

老齐经常趁吃午饭时跟王主任探讨自己的左耳，尽管他从不接受王主任的说法，也从不听从王主任的建议。说心里话，老齐不怎么热爱王主任，嫌他太斯文。老齐顶不喜欢男人斯文，为这，他从前没少挤对副连长。

副连长刚来连里报到那天，老齐一看他那副温良恭俭让的模样就心头不爽，劈头盖脑地问了句，那啥，你会背毛主席语录不？

副连长莫名其妙地看着老齐，问哪段语录？

就是革命不是请客吃饭啥的那段。老齐说。

会。

会就给我背一遍。见副连长一脸的狐疑，老齐挤出一个很难看的表情说，那啥，我记不住。

> 革命不是请客吃饭，不是做文章，不是绘画绣花，不能那样雅致，那样从容不迫，文质彬彬，那样温良恭俭让。革命是暴动，是一个阶级推翻一个阶级的暴烈的行动。

对喽，老齐照副连长的肩膀头猛地拍了一掌，还是毛主席说得对，是不？

见副连长不知所云地愣在了那儿，指导员马上适时地把话头接过来，说齐连长的意思就是说，在基层当干部跟在机关当参谋不一样，指着摇笔杆子可不行，得能镇住兵。

副连长温良恭俭让地一笑，说我明白。

明白就好，老齐说，听说你是司令部的笔杆子，不过既然下连了，就不能再那样雅致从容不迫文质彬彬温良恭俭让了对不？

见副连长仍旧温良恭俭让地笑着，老齐突然大喝了一声，副连长！

副连长身体猛地一挺，声音洪亮地应了声，到！

老齐这才顺当过来，说不错嘛，今后就照这样来，千万别跟我这儿整斯文！

最初从野战部队调到这所军医学校的附属医院时，老齐最不适应的就是这地方无处不在的斯文，军人见面不敬礼光问好脸上还得带着笑，进病区走路恨不得踮着脚尖，连说话都得压住嗓子收着声。这让老齐觉得自己就像是石头蛋子掉进了棉花包，碰哪哪软，摸哪哪白，整个儿一格格不入。

要不是左耳耽误事，老齐说死也不会同意调到医院来当保卫干事的。不怪老齐轻蔑，这地方真没啥好保卫的，虽说也是营区，但跟正规部队没法比，连大门口都不设岗，整天任老百姓随便出入，这种地方谈何保卫？

老齐很快就发现保卫干事在医院里就是个闲职，充其量也就是隔三岔五检查检查防火防盗设施，逢年过节往财务、仓库门上贴几根封条，就跟自己的这只左耳朵一样，有模样，但没用处。打个不恰当的比方，如果说左耳是老齐头上的摆设，那么老齐这个保卫干事就是医院头上的左耳。

老齐不甘心啊，没错，老齐的左耳眼下是不顶事了，但不等于老齐整个人就报废了吧？先前老齐在野战部队可是忙惯了，整天像有一群狼在屁股后面撵着，只好没命地往前跑。那时老齐真希望有朝一日能把屁股后面的狼统统甩掉，停下脚喘口匀乎气。现在可倒好，狼没了，脚也停下了，气却怎么也喘不匀乎了。人就是贱，挨到了这个当口，老齐才发现自己是多么地怀念那群狼，多么地愿意过那种有狼在屁股后头猛撵的日子。那样的日子起码让老齐知道自己还是个活物，是个能吸引狼，能疯跑的活物，强似现在这样半死不活的憋闷死个人。说老实话，憋闷得实在难受时老齐真动过巴望出点事的念头，不为别的，就为证明自己有尿性没报废，就为证明自己不是医院的那只左耳。所以，一听说在院子里发现了人头，老齐立刻精神大振，眼里精光四射，一个箭步就蹿出门去了。

外面的阳光劈头盖脸地泼洒下来，毒辣辣地泼了老齐满身满脸。老齐毫无感觉地蹚着滚烫的阳光，一溜小跑到了家属院。

院子里没几个人，这个点儿一般没人出来找不自在，也就那几个不知好歹的半大小子能赶这时候在院子里疯。今天天气好，不少人家都打开小仓房把里面的杂物拿出来晾晒，那个纸盒子起初就扔在一排仓房的外面。纸盒子是用一根纱布绷带捆着的，淘小子们顺手提起纸盒子满院子疯跑，一个在前面跑，几个在后面追，谁抢到手谁提。结果就把绷带抢断了，纸盒子吧唧一下摔到地上，掉出了一个裹着塑料布的包。好奇心盛的小子们想看看里面到底包了个啥，见四下没人就三把两把扯开塑料布，没想到竟露出了一颗人头，当场就把一个小子吓尿裤子了。

老齐赶到现场时，那几个淘小子的惊魂还未落定，清洁工的嗓子也仍旧破着，齐……齐干事……那儿……在那儿……

老齐顺着清洁工颤抖的手看过去，就看到了那颗人头。

老齐倒不害怕，各种各样的死人老齐在战场上见多了，见多了也就没感觉了。老齐弯下腰看那人头，人头背着脸，只给了老齐一个后脑勺。老齐凑到近前，看见后脑勺上有些稀疏的头发，不长，应该是个男人。再绕到前面仔细端详，这人眉弓很高，鼻梁有些塌陷，鼻孔外翻，厚嘴唇闭得死紧，闭目侧脸睡着了一般，看模样像是个男人。

确定眼前确是个人头之后，老齐立即报了警。发现人头是大事，属于重大刑事案件，保卫干事是没有权力处理这么严重的刑事案件的，所以必须报警。老齐当前的任务就是保护好现场，等待刑警到场，之后再协助公安部门破案。虽说基本没老齐什么事，但并不妨碍老齐为此兴奋。老齐这会儿的感觉有点像战前待命，浑身的血都顶在脑门子上，轰隆轰隆地撞击着太阳穴，撞得人禁不住地亢奋。难怪副连长笑称老齐一听“打仗”俩字就像踩了电门似的，按都按不住。

后来老齐才发现，副连长的斯文不是豆腐是牛筋，看着挺软，咬也不崩牙，但嚼起来却很塞牙。

有一次，老齐正白话得起劲时，副连长突然问老齐怎么解释革命这个词。

老齐说不就是革取性命嘛，说着“咔”在脖子上比画了一个杀头的手势。

副连长温良恭俭让地笑着说，那是阿 Q 的解释。

阿 Q 的解释没错呀，老齐说，那你说革命是什么？

革命有狭义与广义之分——

那啥，老齐不耐烦地打断副连长说，别整那么复杂，就说狭义吧，狭义的解释不就是指革取性命吗？

不，副连长说，革命这个词是从英文 revolution 翻译过来的，从狭义上讲主要是指社会变革和政治变革，跟杀头夺取性命没关系。

不对吧，老齐说，你这应该是广义的解释吧？

广义的解释是，革命是指推动事物发生根本变革，引起事物从旧质变为新质的飞跃。

老齐瞪大眼睛，没有革取性命的意思？

没有。

不对，老齐说，就算是从英文翻译过来的，为什么单用这两个汉字，指定是因为里面有革取性命的意思嘛。

其实在汉字里革命也不是革取性命的意思，副连长悠悠地说，这个词出自《周易》：“天地革而四时成，汤武革命，顺乎天而应乎人。” 这里的革指的是变革，命指的是天命，意思是说商汤讨伐夏桀，实施变革更替朝代是应天命顺民意之举。

趁老齐的脑袋还没转过劲，副连长赶紧温良恭俭让地撤退，说连长你再琢磨琢磨，革命可能真不像您想的那样一定得是暴力行动。

老齐有点蒙，半天没反过味。心想革命这词自己用了这些年，还真没认真琢磨过这俩字呢。怪了，原以为熟悉得不得了的一个词，怎么让这小子一解释反倒生分了。不过，老齐并不想接受副连长的说法，虽然副连长说得头头是道，但凭那股文绉绉的酸劲就把老齐给熏着了。

至今，老齐仍然认为革命这个词里面一定包含着革取性命的意思。比如眼前这个人头，就可以说是被革了命的，至于是何人为何事被何人革去了性命，那又是另一回事了。

刑警队还没到，老齐又认真地勘查了一遍现场。毕竟不是第一现场，所以基本上没什么有价值的发现。问那几个小子到底从哪个小仓库外面拎的这个纸箱子，小子们哭哭咧咧地乱指了一气，到了也没说出个所以然。

不知为什么，老齐总觉得什么地方有点不对劲。围着人头转了好几圈，老齐忽然明白是哪儿不对劲了，这人头太干净了，一点儿血迹一点儿伤痕都没有，就连脖子那地方的断面也是干干净净利利落落的，没有一点儿刀砍斧凿的迹象。颜色也不正常，酱色。这么陈旧的颜色说明人头已经腐烂，应该肿胀得看不出模样了，但这人头却仍旧鼻子是鼻子眼睛是眼睛，一点儿也没有腐烂溃破的迹象。再就是气味也不对，老齐一直没闻到腐烂的人头应该散发出来的那种腐臭气，只闻到了一股刺鼻的形容不出来的怪味。

热。太阳直射在头顶上，地上的潮气被逼出来，不停地向上蒸腾，人在黏糊糊湿溻溻的热气中濡着，热就变本加厉地更加难耐了。干燥的北方很少有这样的潮热，大概是因为前些日子连着下雨，今天突然出太阳的缘故。对这种潮热的感觉老齐倒很熟悉。当年蹲猫耳洞时，南方热带雨林的阴潮能把整个人都霉烂掉，好不容易见到一回太阳，以为可以把自己晾晾了，结果就像这样在热气里蒸着，反倒更加潮热难受。整日钻在阴潮的猫耳洞里，连里不少人下身都捂出了湿疹，也叫烂裆。老齐当时也烂裆了，那叫一个痒痛难忍，严重时走道都碍事。老齐担心这么捂下去会把连队的战斗力给捂烂了，就出了个损招，号召大家光腚。当时老齐慷慨激昂地登高一呼，说反正阵地上也没外人，得空就让咱们老二出来溜达溜达通通风吧。说罢带头解裤腰带。见连长带头光腚，士兵们乐不得赶紧解放自己的裤裆。一时间，连队的阵地上满地跑老二，大家尽兴得很，那景象也实在壮观得很。

只有副连长把裤腰带勒得死紧，愣说自己没烂裆。

老齐知道副连长是死要面子活受罪，心想都这时候了你还温良恭俭让，看来不给你来点暴力行动是不行了，就斜楞着眼瞄住副连长说，那啥，你往前走两步。

副连长不明就里，往前走了两步。

老齐说别停，继续往前走。

副连长就又继续往前走了几步。

老齐坚决地指着副连长的下身说，烂裆了。

没——

没啥呀，老齐不由分说地说，指定是烂裆了。

副连长还想争辩，说我没——

拉倒吧你，老齐打断副连长说，看你撇那两步道就知道烂得不轻！见副连长红着脸不再争辩了，又把语气放缓了些，说脱了吧，脱了风凉风凉。

不用，副连长说，我不用，真的。

你看，老齐扭头对指导员说，我就说光请客吃饭革命不能成功吧？得了，老齐不耐烦了，说你就别要脸不要腚跟我这弄斯文了行不？说罢使个眼色，和指导员一起扑上去生把副连长的裤子给扒了。

至今，老齐还记得当时副连长那一脸的尴尬。副连长阵亡后，那一脸的尴尬就永远地扎在了老齐的心里。

其实，私底下老齐对副连长还是挺认可的，承认副连长虽说人斯文了点，但军事训练是把好手，在战场上也绝对是个爷们。

副连长下连之后，时不时地还在《军事论坛》上发表篇军事理论文章。老齐常看《军事论坛》，虽然当面没说啥，私下里对副连长的一些观点还挺赞赏。可有一次当指导员现巴巴地拿着一篇副连长的文章来老齐跟前夸耀，老齐就不乐意了。老齐说有啥呀？不就是纸上谈兵吗？赵括比谁谈得都好，以为自己在军事上天下无人可比了。结果怎么样？上战场一比量就完蛋了，自己落了个被乱箭射死的下场不说，还连带着数十万大军都生生地被秦军给活埋了。呛得指导员直卡巴眼。

也就是在扒裤子那天，老齐不知动了哪根筋，主动跟副连长说，你那篇《试论现代战争思维的新变化》写得不错嘛。

副连长却说那篇稿子写得有点草率了，好些问题没想透。其实现代战争思维已经发生了革命性的变化，有些方面甚至完全颠覆了以往的战争理论——

一看副连长又在他跟前整斯文，老齐就烦了。得了，老齐打断副连长，别一说你胖你就喘，还说我总把革命俩字挂在嘴上，你这不也动不动就讲革命吗？

不一样，我说的革命是指一种变革，跟暴力无关。副连长说。

哎，你什么意思？老齐没好气地说，就我跟暴力有关是不是？然后又指着扒下来的裤子说，今天我就暴力了，不暴力你那老二能解放？不暴力咱这革命能成功？

副连长不动声色地看了老齐一眼，没吭气。

后来老齐怎么也想不起来自己怎么会去翻动那个人头。或许是等刑警队等得心焦想找点事情做，或许是想把这个人的容貌看得更清楚些，反正老齐不知怎么就出手把人头翻成仰面朝天了。

没想到这一翻，竟把老齐吓了一大跳，一直压在下面的左半边脸露了出来，但上面竟然没有耳朵！

刚才老齐还为这人头整齐干净没有伤痕纳闷呢，这就发现左耳被齐根削掉了。老齐吃惊地盯着那个没了耳朵的耳朵眼，果然又看出了问题——这个耳朵眼被切割开了，而且切得很深很仔细！

老齐下意识地捂住自己的左耳，差点一屁股跌坐在地上。

这个杀人凶手为什么要削掉一只耳朵？为什么要在耳朵眼上下这么大的功夫？老齐百思不得其解。只有一种解释还勉强说得过去，那就是这个凶手是个变态狂，他对耳朵有着特殊的兴趣。至于为什么只切一只耳朵，为什么是左耳不是右耳，老齐就怎么也无法给他找到一个更合理的说法了。

老齐赶紧给还在路上正往这里赶的刑警打了个电话，报告了发现的新情况。电话里老齐听得出来，那边的刑警对这些情况也感到很吃惊。的确是个不同寻常的案子，老齐想，追踪下去说不定还能追出多少意料之外的新鲜事呢。想到自己迎头就撞上了这样一个充满悬念的离奇大案，老齐的心又开始一拱一拱地往上蹿动，被临战前的亢奋鼓胀得就像一只充气过足的气球。

谁能想到，仅仅几分钟之后老齐的气球就撒气了，而且撒得干干净净。

老齐的气球是被王主任捅破的。

看到王主任进家属院时，老齐刚跟刑警通完电话，心潮还涌动着。老齐看王主任那样子是刚下手术台，就底气很足地朝王主任喊，手术做完了？

王主任说做完了。

老齐问成功了？

王主任点头说成功了。

老齐说祝贺你呀。

王主任就温良恭俭让地笑了，问老齐，大中午的怎么跑太阳底下晒着来了？

老齐就清了清嗓子准备向王主任介绍案情。

但还没等老齐开口，王主任就看见了那个人头。只见王主任脸色陡然大变，用手指着那个人头厉声问道，这是怎么一回事情？

老齐得意地看了一眼人头说，刚发现的……

谁……谁给扔到这里的啦？王主任的样子十分气愤。

就那几个小子，老齐说，也不知道从哪儿拎出个纸盒子，结果掉出来个人头来……

这个头是我的呀！王主任说。

老齐一下愣了，那啥，你说什么？

跟你讲，这个头是我的！王主任肯定地说。

老齐认真地看了看王主任，挺正常的，不像是有什么毛病啊。你等等，老齐说，王主任，这个头怎么会是你的呢？

就是我的嘛，王主任发急地说，我在纸盒子里面放得好好的呀。

那啥，老齐一时不知道该怎么问了，你……是你把这个人头放在纸盒子里的？

是的呀。

你怎么把人头放在纸盒子里了呢？

我不把人头放在纸盒子里放在哪里呀？

这可是个人头！

没有错的，这是个人头。

可是……老齐真不知道该怎么说了。整理了一下思维老齐才重新开问，那啥王主任，请你告诉我这个人头是从哪儿来的？

借来的，王主任说。

什么？老齐的眼珠子都要掉出来了，借来的？

就是我借来的嘛，王主任说。

你……你闲着没事借个人头回来？

齐干事你不好这么说的，怎么是闲着没事呢？王主任极其不满地说，我借这个头回来当然是有用处的啦。

老齐听得脸都扭劲了，一字一顿地问，你，借，人头，有用？

是的呀。

老齐目光锐利地盯住王主任说，那你就得说清楚了，这个人头是哪儿借来的？！

是我从军医学校解剖实验室借来的呀。王主任说。

老齐立刻瘪了，愣了半天才问，你是说，这个头是……是……

是解剖实验室的标本嘛，王主任说，你没看这个头是经过处理的，用甲醛泡过的吗？

那啥，老齐说，我哪知道标本是啥样？我都报了案了。

王主任一听就急了，说齐干事你怎么能报案呢？我这个头可是私下里跟解剖实验室的于主任借的，是违反规定的，声张出去我和于主任都要受牵连的。我倒是没关系的啦，可你让我怎么跟于主任交代呢。

老齐气道，我哪想到你能借个人头在家玩？你还怪我？我还不知道该怎么跟刑警队那边交代呢！

老齐果然被赶来的刑警损了个有皮没毛。刑警临走时说，求你了解放军大哥，下次弄准了再报案行不？咱就是遛得起腿也耽误不起这个工夫呀，好几个案子还在那等着呢！

为借人头的事，王主任和于主任都分别被医院和学校给了处分，因为按规定解剖实验室里的东西是不允许外借的，只能在实验室里使用。于主任跟王主任是老同学，知道他在做攻克内耳手术难题的科研项目，体恤他整天往学校实验室跑的辛苦，再加上也架不住王主任的软磨硬缠，就网开一面把人头借给了他。王主任把借来的人头放在自家小仓库里，本来神不知鬼不觉的，由于随时可以把人头抱回家鼓捣那只耳朵，为王主任节省了不少时间、精力，大大地加快了研究进程。王主任原想手术完成后立刻就把人头还回去，没想到偏巧他老婆见出太阳了就把小仓库里的东西折腾出来晾晒，偏巧把装人头的纸盒子也一起放到了外面，偏巧那几个淘小子就拎起这个纸盒子到处跑，结果就弄出了天大的动静，把刑警队都惊动了。

老齐陪王主任去军医学校，到解剖实验室还人头。受了处分的王主任看上去心情大好，老齐反倒像受了处分似的面色阴郁。看着王主任气定神闲地提着个人头在前面走，老齐心里说不出有多别扭。想象着王主任把人头拿回家，独自抱着个人头鼓捣那只左耳的场面，老齐的牙齿缝都禁不住往外冒凉气。平时老齐常喜欢跟人吹嘘自己在战场上见过多少多少死人，以此塑造胆大包天的英雄形象。哪承想，眼前这个斯斯文文的王主任比他老齐还邪乎，人家摆弄的是人头，而且还摆弄得神情自若不惊不乍。不知怎么，老齐就想起了副连长跟他说过的那句话，天下之至柔驰骋于天下之至坚。

还人头的场面有些尴尬，于主任一见王主任就把脸绷得紧紧的。难怪人家生气，王主任虽然挨了处分但却有重大收获，于主任可是为了成全王主任白背了个处分。大概怕当着老齐的面说小话难为情，王主任扭头对老齐说，齐干事，你不是没见过标本吗，这里面有很多标本的，你可以随便看看啦。老齐就识趣地转身走开了。

老齐并没注意王主任说的标本这个词，他对这个词没概念。老齐只是想跟他俩拉开点距离，好让他们方便说话，就漫无目的地朝里面走去。

突然，老齐觉得有点不对劲了，面前竟然孤零零地出现了一只手掌，这只手掌突兀地悬在半空，张开五指拦住了老齐的去路。老齐怔愣了一下，慢慢地转动头，又看见了一颗心脏，心忽地就收紧了。老齐仔细看过去，见是一颗泡在玻璃瓶子里的心脏，上面隐约可见几条毫无生机的血管。后来，老齐就看到了那只左耳。左耳泡在一个很小的玻璃瓶里面，老齐俯身看了半天也拿不准是不是从那个头上削下来的。接下来，又看见了一条腿、一副完整的肺、一块肌理清晰的肌肉……老齐心中蓦地一惊，发现自己竟然站在了人的碎片中间！

呆呆地站那些碎片中间，老齐恍惚间看到副连长突然停住了脚，扭头对他说，连长你先走吧，我要方便一下。老齐说你就地方便吧，等你。副连长没动，说连长你走远点，别难为我。老齐说都什么时候了你还跟我这弄斯文。副连长就温良恭俭让地笑了一下，说这是最后一次了，连长，我保证今后不再跟你弄斯文了。老齐不耐烦地说，那你快点追上来。副连长说行，就催促老齐快走，说等看不见他了自己再行方便。老齐当时没在意，事后才回忆起一个细节——当时副连长的腿一直是僵直的，说话的过程中始终没动过。待走远了，老齐忽然听见副连长在后面喊，连长，我不能去追你了，我踩到地雷了。老齐脑袋嗡的一下，猛地停下脚，说你站着别动我马上过去！说着掉头就往回跑。只听见副连长拼力大喊了一声，连长别过来，我走了……

老齐听见于主任在问，手术挺成功？王主任说挺成功。于主任又说，你的这项研究很有价值呀。王主任说是，可以说是内耳手术的一次革命。

革命，这两个字从王主任嘴里斯斯文文地吐出来，立刻像地雷一样在老齐的左耳里引爆了。老齐清楚地听见自己的左耳里面发出了一声轰然巨响，眼泪突然间就毫无防备地涌了出来，顷刻间已是泪流满面……

舵　链

真他妈的上贼船容易下贼船难！

舵链断的一瞬间，我们几个机关干部一起把怨毒的目光射向马副参谋长。就是这个刚愎自用、胆大妄为的家伙坚持出船，非要今天赶到石砬岛。好嘛，让他赶、赶，这下可赶上了，赶上送死来了！

舵链一断，我们最后一点儿生存的希望也就断了。试想，一个没有舵的小登陆艇，在这种七级大风的海面上能挺多久？

马副参谋长铁青着脸在船上巡视了一圈后，面孔立刻苍白了。

我一直冷冷地睇视着他，此时，突然控制不住地对着波涛汹涌的海面撒野般地喊了一嗓子："没用！就算你找到个把救生圈也没用！凭这天气，在海水里不出半小时准冻成冰坨子……"话没说完，我突然浑身打了个冷战。

所有的人似乎都不由自主地打了个冷战。

四周突然一片死寂。

一个浪头打来，船迅速地向一侧倾斜过去。我紧紧地抱住一根柱子，眼睁睁地看着几米高的海浪一堵墙似的向船压了下来。我两眼一闭，悻悻地咬着牙骂了一句：妈的玩完了！

明个儿是大年三十。按计划，我们检查组今天应该赶到最后一站石砬岛。这样，明天就可以返回陆地过年了。每年春节前，机关都要派检查组到各个岛转一圈，进行例行检查。今年，司令部派我，政治部派了杨干事，后勤部派的是牛助理。

我们三人组成的检查组一到要塞区，要塞区司令员就乐了，说："好，好，今年检查组人员搭配得好。朱参谋、杨干事、牛助理，这猪、羊、牛弄得挺齐全。好，吉祥。今年肯定能过个好年。"随后立刻喊道："马副参谋长。"

"到！"

"你领着检查组转岛检查。"

"是！"

要塞司令扭过头，得意地朝我们几个扫了一眼说："怎么样，咱也配给你们个大牲口。套上这匹马，你们这个队伍就更整装了。"说罢，哈哈大笑。

马副参谋长果然是个大牲口，高身量，大块头，挂一张黑长的糙脸，操一副底气十足的野嗓门，浑身上下都散发着一股冲人的雄性气味。这一路上，不论走到哪个岛他都吆三喝四的，特喜欢熊人，但下面的干部战士似乎并不计较，反倒都跟他很近便。其实，我也挺欣赏马副参谋长那股劲头的，处理问题干脆利落，是个军人。只是这人忒蛮。我们虽说只是几个瞎参谋、烂干事什么的，但毕竟是上级机关派来的检查组。让你领着我们转岛检查，可不是让你领导我们转岛检查。这“领着”和“领导”虽然只一字之差，本质却截然不同。“领着”是带路的意思，充其量也只能算是陪同。但马副参谋长可不管这些，从一开始就拉出了一副“领导”的架势，动不动还在我们面前指手画脚几下子。

我还算过得去，反正本人只是个小中尉，属于那种一出门就恨不得把手挂在耳朵上，见人就敬礼的主儿，惯了。牛助理虽然是中校，但他是机关里出了名的老面瓜，胖乎乎的圆脸上全是曲线，没一处直线和棱角，没脾气。所以，最不忿的其实就是杨干事了。杨干事是我们检查组的组长，少校，虽然军衔比马副参谋长低两级，但感觉却大得很。到要塞区的当天，杨干事挺兴奋，说不错不错，司令、政委都出面了，说明基层很重视我们这次检查。晚上吃饭时，看到只有马副参谋长来陪，脸上先就挂了些颜色。马副参谋长却看不出，只管一个劲地劝酒。说是劝，其实就是逼。“不喝？瞧不起我们岛上是不是？瞧不起我们基层是不是？”“不喝？对我们工作不满意是不是？对我不满意是不是？”“就是嘛，换大杯！当兵的，整那么秀咪干什么？！”一会儿工夫，杨干事就出溜到桌子底下去了。马副参谋长叫两个兵把杨干事搀出去休息。杨干事前脚刚离开，后脚马副参谋长就让把白酒撤下去了。牛助理笑眯眯地递给马副参谋长一根烟，边为他点火边说了一句："你这个家伙！"马副参谋长一笑，也回了一句："你这个家伙！"我这才看出，原来他俩熟络得很。

前几个岛转得挺顺利，眼看就剩最后一个岛了，海上却突然起了风。天气预报说有六点五级大风，大家心里就开始犯嘀咕，我们坐的登陆艇吨位小，这种天走得了吗？马副参谋长毫不犹豫地大手一挥：

"走得了！怎么走不了？比这大的风我都走过，没事！走！"

没事当然好，虽然我们心里都觉得有些太冒险，但在马副参谋长那股豪气面前，谁都不好意思表现出胆怯。毕竟人家常年在岛上，经历的风浪多，心里有数，兴许就没事。再说，谁愿意耽搁在岛上？谁不想赶在年三十前回家？

原以为这个大浪肯定把我们打发到海底世界去了，但睁眼一看，船却跑到浪头上了，足足高出了海面四五米。海在下面，瞅一眼都犯晕。我突然明白了，我们眼前这种死法，是诸种交通事故中最操蛋的一种死法。你看吧，飞机失事就那么几分钟，还没来得及反应就完事了。汽车也是，咣当一撞，或者叽里咕噜一翻，一句话没喊出来就闭眼了。多痛快！就是船不行。沉，它得慢慢沉。翻，它得折腾够了再翻。海这家伙最不是个东西了，它从不会让你痛痛快快地去死。它就像个玩惯了老鼠的猫，总是先耍你、玩你，什么时候耍够了，玩腻了，才肯张口吞没你。

一种受耍弄的屈辱感在胸中拼命地冲撞，我忍不住“呸”地一口吐出满嘴腥咸的海水，痛快淋漓地大骂了一声：“我操你妈！”

牛助理大口地呕吐着，为我的骂声助威：“哇……哇……”

旁边立刻有人跟着大喊了一声：“我操你妈！”

我一愣，居然是历来以文人自居，从不说粗话的杨干事。

牛助理继续助威：“哇……哇……”

正热闹着，马副参谋长突然大喝了一声：“住嘴！都给我把嘴巴闭上！”

杨干事把变了形的脸伸到马副参谋长面前，一字一句地说：“你，先给我把嘴巴闭上！”

马副参谋长一时没反过劲，莫名其妙地瞪着杨干事。

“要不是你坚持走，我们今天能上船吗？！”杨干事气势汹汹地质问道。

“不错，是我坚持要走的。可早上明明报的是六点五级风，鬼知道怎么变成七级大风了！”马副参谋长几乎喊着说。

“你得负责任！你得为你的行为负责任！你得为这一船人的生命负责任！”杨干事更是一句比一句喊声大，手指头几乎点到马副参谋长的鼻子上了。

马副参谋长足足盯了杨干事一分钟，才说：“告诉你，我姓马的从来不会推卸责任！我坚持要走不假，可我这是为了工作！”

“为了工作？”杨干事眼珠子都快凸出来了，“我看未必——”

“哇……哇……”牛助理很及时地大吐起来，打断了他俩的争执。

马副参谋长对着呼啸的海面恶狠狠地凝视了片刻，突然转身对着全船大声吼道：“都给我听好了，咱们好赖都是当兵的，长短也是条汉子，别他妈的还没咽气就先吓死了！大不了就是个死，把精神提起来，豁出去拼了！”

我第一次发现精神这个东西确实是可以提起来的。对呀，大不了就是个死！这么一想，顿时觉得心里轻松了许多，精神跟着就提来了。再看看周围，黯然的眼神里都有了些光亮，连晕得像个蔫茄子似的牛助理也有点支棱了。刚才那股子笼罩全船的死气，被马副参谋长昂昂扬扬地临阵一吼，竟然消退了一大半。

就在这时，从上面驾驶舱跌跌撞撞地冲下来一个兵，大声喊道："班长，艇长命令立刻组织抢修舵链！"

我差点忘记上面驾驶舱里还有个小艇长了。老实说，我对那个小艇长一点儿好印象也没有。第一天上船，我就同他撞了个满怀。当时，他双手捧着一个大玻璃瓶子，不错眼珠地盯着刚泡好的满满一瓶子茶，边走边对身边一个提着暖壶的矮个子兵啧啧赞叹着："好茶，好茶。看，全是嫩尖，每一根上都是三片叶片，不多不少，个个在水中直立……"正说到直立，我们俩就撞上了，他立刻直立不住了，茶水洒了一地。"你怎么搞的嘛！"他怒气冲冲地瞪了我一眼，心疼地望着满地茶直跺脚。我赶紧说了声对不起，话一出口我就后悔了——我发现他肩上只扛着一杠一星，敢情是个全军最小的官儿！我立刻闭住嘴巴，挺直腰板，殷切地期望着他能抬头看我一眼。但他根本就没看我，气呼呼地把瓶子往那个兵的手里一塞，说了句："重泡一杯！"转身就上驾驶舱了。倒是那个矮个子兵看出了我的不悦，讪讪地解释说："没事，首长。我们艇长就喜欢喝茶，这茶是我特地让家里捎来的，第一次泡就……"不解释还罢，一听他解释我这心里的气就不打一处来。这个小艇长也太牛 × 了，黄嘴丫子还没褪净就学着搞起腐败来了，居然让战士从家里给他捎茶，一看就不是个好鸟！所以，这几天我根本就没理睬过他。我不去驾驶舱，他也难得上一回甲板，偶尔看到他一次，也总见他手里捧着那个大茶瓶子。我就纳闷，凭那副满嘴茶叶末子的小白脸子相，他能当好艇长？这不，船上都开锅了，也没见他这个艇长露过面。

班长倒是个挺有素质的老兵，接到命令后立刻领着几个兵做抢修准备。但直到这时大家才发现，抢修舵链几乎是不可能的。修舵链要从船头处下去，但从甲板到船头的舱盖上面结了厚厚一层冰！舱盖是拱形的，有十多米长，正常情况下船一摇晃在上面行走都很困难，何况现在结了冰，连站都站不住了，根本就别想走过去。

班长怔怔地看着结冰的舱盖，嘶哑着嗓子向马副参谋长请示说：“副参谋长，过还是不过？”

马副参谋长脸色铁青，简单地问道：“怎么过？”

班长咬了咬嘴唇，狠狠地说出了一个字：“爬！”

“有多大把握？”马副参谋长问得很急。

“没有。”班长回答得也很干脆。

马副参谋长认真地瞅了班长一眼，什么话也没说，只重重地在他肩头上拍了一下。

班长立刻转过身，对兵们吩咐道：“我先上去。你们负责拉住我腰上的绳子，注意要一点点放，不能太松，也不能太紧。你，站在这个位置上别动，替我长个眼睛，船往哪面倾斜，预先给我个提示。你们俩，做好接着上的准备，万一我……”

“班长！”矮个子兵突然大叫一声跳了出来，“我先上！”

班长瞪了矮个子兵一眼，断然回绝道：“不行，你体格太差。这大冷的天，坚持不下来就耽误事了。”

“我行，班长，让我先上吧！”

“不行！我先上。”

矮个子兵急了，连比画带喊：“你不能先上，你是班长，你得留在这儿指挥！”

矮个子兵的理由很充分，班长有些犹豫了，似乎在想如果自己不先上谁先上去最合适。犹豫间，班长的目光在一个戴着上士军衔的老兵身上停留了一下。扫描般地，那张脸刷地一下就没了血色。只见那老兵躲避着班长的目光，边双手抱头缓缓地缩着身子向下蹲去，边在喉咙里喃喃地发出一种很不清晰的咕哝声。但是谁都听清楚了，他是在说，他不去，他坚决不去。他说今天左右也是活不成了，谁也活不成了，咋折腾也没用，他不想瞎折腾，他认了……

风在海面上肆虐地呼啸着，刀子般地刷在人们的脸上。脸已经麻木了，没有知觉了，但心却不肯麻木，仍旧随着恶浪一次次地上下颠簸着，一阵阵地翻卷挣扎着。

谁也不说话。

我觉得这时应该有人说点什么，就向马副参谋长望去。但他似乎对刚才的事毫无察觉，正一脸凶相地望着远处。我又去看杨干事，杨干事简直是带着一种巴结的神情紧张地看着那几个兵，嘴半张着直嘎巴，却发不出一点儿声响，憋得脸都发青了。牛助理虽然不吐了，但还在不停地干呕，他的目光很散乱，里面有一种濒死的阴影。我拼命地转动麻木了的脑袋瓜，好不容易才想明白，现在最没有资格说话的就是我们这几个当官的了。是的，我、杨干事、牛助理、包括马副参谋长在内，我们此刻统统都没有说话的资格！平时，我们尽可以在兵们面前指手画脚、呜里哇啦，显示我们的高明。但在共同面对死亡的现在，在面对死亡而我们却什么也做不了的现在，我们有什么理由为了自己的生存而对战士们提出要求呢？！我立刻老老实实地把自己的嘴巴闭上了。

班长刚刚把失望的目光从老兵身上移开，就惊叫起来。原来，矮个子兵不知啥时把绳子绑在自己腰上，已经开始向船头爬去了。

在班长的惊叫声中，我和马副参谋长同时一个箭步冲上去，一起抓住了绳子。

空气突然凝固了，大家的眼睛都紧盯着那个叉开手脚紧贴舱盖趴着的矮个子兵。冰太滑，戴手套扒不住，矮个子兵摸索着把手套摘掉，开始用手抠着向前蠕动着爬行。留在冰面上的手套随着船的晃动，忽悠一下滑进海里，立刻就被海浪吞没了。所有的人都心中一凛，情不自禁地倒吸了一口冷气。

这是我所见过的最漫长的一次行程，矮个子兵似乎永远也爬不完那短短的十多米距离。在剧烈的颠簸中，他那单薄的身影在舱盖上忽左忽右地滑来滑去，好几次都差一点儿滑进大海。谁也帮不上他，谁都无能为力。大家只能眼睁睁地看着矮个子兵独自与死亡殊死搏斗，为了这条船，为了我们每一个人。我想，我现在唯一能够做的就是把全身的力气聚集在手臂上，随时准备拉紧绳子，把他拉回到我们中间。

几乎是一寸一寸地前行。不知过了多久，当矮个子兵伸长手臂去够船头那根铁柱子的时候，所有的人都不由自主地屏住了呼吸：

差一点儿……

还差一点儿……

就差一点点儿了……

矮个子兵的手终于攥住了铁柱子，慢慢地攀着铁柱站了起来。

“噢！”全体欢呼。

我们终于成功了！我们终于赢得了一线生存的希望！

矮个子兵很快就把舵链抢修好了，船又开始继续航行。但在忘乎所以地欢呼胜利的时候，我们犯了一个致命的错误。当矮个子兵把腰上的绳子解下来，正准备往铁柱子上系的时候，不知谁只顾得高兴了，竟一脚绊在那根救命的绳子上，绳子呼啦一声就被拽了回来。

没了绳子，矮个子兵是无论如何也回不来了。

班长急了，拿起绳子就往自己身上绑，非要送过去。矮个子兵在对面看见了，急得直喊：“班长，别过来，千万别过来呀！”

“天太冷，船还得走挺远呢！”班长也喊。

“我抗得住！”

班长的声音就有点发咽了：“就你那个小体格，一会儿就得冻成冰棍！哪管过去给你送件大衣呢……”

“班长，我不冷！”

“别逞能了，我马上过去！”

“班长！”矮个子兵突然撕裂嗓音大叫道，“你要是过来，我就……我就跳下去！”

人们一下惊呆了。许久，谁也不敢动一下，仿佛只要一动，对面那个矮小的身影就会突然消失。

风，面目狰狞地趁机推搡着人们，不怀好意地舞动起阵阵彻骨的寒意。

马副参谋长走上前，默默地解开了班长腰间的绳子。班长突然蹲在地上，捂住脸呜呜地低声哭了起来。

“起来！”马副参谋长厉声喝道。

班长忽地一下站起来，双脚一碰，直挺挺地立在那里，满面泪痕。

“把眼泪给我擦掉！”马副参谋长紧皱眉头，“你在这儿跟他喊话，不许停下来。听见没有？不许停下来！”

“是！”班长抹了一把眼泪，立即转身去与矮个子兵对喊起来。

开始的时候，矮个子兵的声音还挺正常，两人你一句我一句地不停对喊着。但只过了一会儿，矮个子兵的声音就开始发颤了，而且半天才回一句。班长赶紧喊："咱们唱个歌吧？唱歌暖和，提精神！" 说着就领头唱起歌来："咱当兵的人……"

"有啥不一样……"矮个子兵马上就跟着唱了起来。

"只因为我们都穿着朴实的军装 ……"兵们操起长短不一的嗓子拼力唱起来。

我突然感受一种强烈的冲动，情不自禁地扯开喉咙也跟着唱了起来。我很快就发现不只我在跟着唱，马副参谋长、杨干事甚至牛助理都在跟着唱。

我们这群精疲力竭的男人，扯着变了调的嗓门，号叫般地把这支歌唱了一遍又一遍，早已不知道哪句是头哪句是尾，早已分不清哪句词在前哪句词在后了。我们只是唱，不停地唱，停不下来，也不敢停下来。我们好像只能这样唱下去了……

直到马副参谋长暴怒地吼叫起来，我们才戛然而止。

前方，矮个子兵不知什么时候早已停止了唱歌。他的头无力地低垂着，深深地耷拉在胸前。马副参谋长正在对着他喊叫，喊得石破天惊、山摇海动。马副参谋长喊："你给我抬起头！我命令你，马上给我抬起头来！"马副参谋长喊："你只抬一下头就行，抬一下，抬一下呀！"

马副参谋长喊：“我请你抬头看着我！看我在干什么？你抬起头！抬——头——呀——！”

矮个子兵的头终于摇晃了几下，慢慢地抬了起来。他恍恍惚惚地朝这边望了一眼后，目光突然一闪，惊讶地落在马副参谋长的身上——马副参谋长正在向他行军礼！

矮个子兵的眼睛瞪得大大的，嘴唇急剧地颤抖起来。

班长带着哭腔喊道：“你看呀，副参谋长给你敬礼呢！你看到了吗？你抬起头好好看看，我也给你敬礼！我们大家都给你敬礼！”

一只只手臂举了起来，一个个标准的军礼，向着矮个子兵，向着前方这面在狂风恶浪中迎风屹立着的“人旗”。

马副参谋长那霸气十足的大嗓门在海面上回荡着：“你看好了，我在给你敬礼。按条令要求，你应该向我行注目礼。首长的手不放下，你的目光就不能离开！你得抬头看着我，不许低头！否则，我就给你处分！”

矮个子兵果然就那样一直抬着头，一直看着马副参谋长。

我看见两颗硕大的泪珠沿着马副参谋长那僵硬的面颊咣咣当当地滚落下来，重重地砸在甲板上。

一艘迎风破浪的船上，一个身材瘦小的士兵双手紧攀铁柱，旗帜般地立于船头之上，海风鼓荡起他的衣襟、头发，哗啦啦地发出迎风招展的声响。眼前这幅高扬着“人旗”的画面，永远地刻进了我的脑海，留在了我的生命之中。

远远地，海面上终于出现了一个小小的黑点。石砬岛！我们终于到了！

快到岸的时候，我突然产生了一个强烈的念头，想去驾驶舱看看。我想去看看那个小艇长，想看看这个家伙究竟为什么一直不露面？想看看在这段惊险的航程中，这个小白脸子到底躲在驾驶舱里干了些什么？！

我咚咚咚几步蹿上驾驶舱，只扫了一眼，就不由得呆住了——小艇长双手把舵，两眼直视前方，一动不动地站立在那里，两条腿被紧紧地捆绑在舵位上！我这才知道，从启航开始他就让士兵把自己绑在这里了。他说这样站得稳，跑不了舵。整个航程中，他就一直这样僵直地站立着。整整四个多小时啊！我突然很想对他表示点什么，但当我小心翼翼地走近他时才发现，他竟入定般地对周围的一切都浑然不觉，仿佛早已与手中的舵轮，与整条船融为一体了。他是在用全部心智与风浪进行殊死的搏斗！此刻，他那张毫无表情的面孔冷硬得像座冰雕，使我觉得即便是用刀子刮在上面，也肯定不会刮出血，刮下来的只能是冰屑。

我呆呆地看着这张被我骂过无数次的小白脸，不由肃然起敬。现在，这位极不起眼的少尉艇长在我的眼里简直无异于一位运筹帷幄、叱咤风云的将军。不错，他是这条船上军衔最低的军官，但却是这条船上最具大将风度的一个。他那面对惊涛骇浪的坦然，他那冷漠专注的神情，他那僵直挺立的姿态，无一不显示出一派大将风度！

船终于安全地靠岸了。

兵们解开绑在小艇长腿上的绳子的一刹那，小艇长直挺挺地咕咚一声倒在地上。

我们七手八脚地把小艇长和矮个子兵抬下船，直奔卫生队。矮个子兵很快就缓过来了。只是他的双手已经重度冻伤，模样惨不忍睹，弄不好两个小指头都会坏死。小艇长却一直昏迷不醒。葡萄糖也推了，针也扎了，医生说按理说应该是没什么问题了。可不知为什么他却始终双目紧闭，脸色煞白。昏迷中，小艇长一直含糊不清地反复念叨一个字，但谁也听不出那个字到底是什么。正在大家急得不知如何是好的时候，矮个子兵举着两只缠满纱布的手过来了。

矮个子兵愣愣地在一旁听了一会儿，突然大叫起来："茶！是茶！快，快给艇长泡一大杯茶！"

一大杯浓茶灌进去，小艇长的眼睛腾地一下就睁开了。刚睁开眼睛，他就不停地往外吐嘴里的茶叶末子，边"噗噗"地吐，边埋怨："怎么泡的茶？噗，水温不够。噗，告诉你们多少次了，噗噗，水温太低影响茶叶的味道。噗！”

兵们兴高采烈地围着小艇长直嚷嚷：“艇长，你总算醒过来了。”

小艇长四下看看，发现自己不在船上，立刻不满了：“哎，你们怎么把我弄到这种地方来了？！”

“艇长，你昏倒了，别提多吓人了！”兵们抢着说。

“那也用不着上这儿呀，给我灌一大瓶子茶不就得了。”说着，一个高从床上蹦下来，抬腿就往外走。边走边数落矮个子兵：“真是，别人不知道你还不知道？遇到九级风那次，我不就是靠几瓶子茶顶过来的吗？”接着，比比画画地对周围的兵们说：“嘿！这算啥呀？你们也太少见多怪了。别说是七级风，九级风我都走过！没事！走，回咱们船上去，我可不习惯待在这种地方。”说着，没事人似的蹬腿甩胳膊，精精神神地走了。

兵们“噢噢”地一路欢呼着，紧紧地簇拥着他们的艇长回登陆艇去了。

我们看得眼都直了。

石砬岛海防团早已为我们检查组准备了酒饭。我们说不行，这顿饭我们得和登陆艇上的全体人员一起吃。团长有些为难，因为按惯例艇上历来都是自己起伙，从来不下船吃，所以他们没准备这么多的饭。马副参谋长拍拍团长的肩膀说，没关系，我们不着急，就辛苦辛苦炊事班的同志，让他们多弄几个菜，争取从形式到内容都整丰富一点儿，我们等。

这是我们来要塞区的几天来，第一次想到要和艇上的官兵们一起吃顿饭，尽管我们几乎天天都乘坐他们的船。这次，我们没有按平常的习惯，根据级别大小排座位。大家很随便地不分官兵，不论长幼，热乎乎地混坐在一起了。

马副参谋长举起酒杯说：“今天这第一杯酒，我提议由我们这些干部敬全体士兵！”

我们立刻鼓掌，起立，高高地举起酒杯。兵们显得有些手足无措，迟疑了一会儿才纷纷端起酒杯，拘谨地站了起来。只有那个戴上士军衔的老兵却始终低着头，无论怎么劝说也坚决不肯碰酒杯一下。他反反复复地说他不配，他不配喝这杯酒。

马副参谋长端着酒杯，绕过许多人走到老兵面前说：“听我说，你配喝这杯酒！就凭我们今天一起从死里爬出来这一条，你就配喝！谁没有缺点错误？谁没有一念之差？”马副参谋长突然激动起来：“如果说你不配的话，那么我就更不配！是我一意孤行把这条船带入险境的！”马副参谋长停了一下，转过身对杨干事说：“老杨，你在船上说的一句话点醒了我。你说我急着走未必是为了工作……”

杨干事的脸呼地一下红到了脖子根，连连摆手：“不不不，我……”

马副参谋长用手势制止住他的解释，继续说道："你说得对，我确实有私心。在这里我可以坦率地告诉大家原因，我是想老婆了。我是想赶在年三十前回家，和老婆一起过年。你们瞧，我就这么点出息！"马副参谋长尴尬地勉强笑了一下，接着又说："听了杨干事的话以后，我一直在想，我老马这是怎么了？我在海岛上干了十八年了，十八年里我一直没太把自己的家当成家，总觉得海岛更离不开我，总好像更惦记海岛上的干部战士，可我现在咋就……我心里挺不好受的，真的，一直不好受……"

停顿了一会儿，马副参谋长情绪一转，敞敞亮亮地对老兵说："你看，跟你比我是不是更不配喝这杯酒？现在我们拉平了。你可以站起来了，大大方方地端起酒杯来。对，就这样。我们一起喝了这杯酒！来，全体注意，听我的口令：一、二、三！"

"干——！"房盖差点被我们的吼声掀掉。

风停了。无风的海面柔顺得让人不可思议，海这家伙真他妈的比女人还任性，真他妈的比女人还喜怒无常！

今天返航。马副参谋长却没来，他让团长转告我们，说他昨天晚上喝醉了，早上起不来，今天就不跟船走了。

杨干事一听就笑了，说："这个老马，赶着赶着回去看老婆，没承想走到最后一站把自己给撂倒了。没办法，谁让他自己不把持着点，只好把他扔在岛上过年喽！”

牛助理看了杨干事一眼，淡淡地说了一句：“你以为他真醉了？我亲眼见过他一次喝进去二斤酒，喝完啥事没有。”

杨干事一脸的愕然：“照你这么说，他是成心要留在岛上过年了？不可能吧？”

牛助理的声音十分低沉：“有什么不可能的？他已经在岛上过了十八个春节了，从上岛到现在，他从来就没在家过过一个年。”一向面了巴叽的牛助理突然急赤白脸地朝团长吼叫起来：“你为什么不劝劝他？为什么？！你知道吗？他老婆得了癌症，他亲口答应过他老婆，说今年一定回家过年！”

团长的眼圈一下就红了，团长说：“我怎么能不知道？马副参谋长是我的老团长了，嫂子是我的恩人，连我的老婆都是嫂子给找的！”团长背过身去，停了一会儿才继续说：“马副参谋长的脾气你们也不是不知道，谁劝也没用。我理解他，他一向对自己要求很严，他一直在为昨天的事自责，如果真就这样回去了，他也肯定过不好这个年。就让他留在岛上吧，这样他心里兴许还会好受些。”说完，头也不回地告辞走了。

启航了。

我们检查组终于完成任务，可以按计划回家过年了。但我们却全然没有了回家的快乐，心变得空落落的，好像被遗落在海岛上了。

嫌舱里太闷，我来到甲板上。矮个子兵正独自坐在那里，望着前面发呆。顺着他的目光望去，我看到了结满厚冰的舱盖，看到了镜面般光滑的冰在阳光的照射下发出刺眼的光芒。一想到矮个子兵昨天就是从这上面爬过去的，就不免有一种心惊肉跳的感觉，这上面怎么可能过得去人呢？！我回头去看矮个子兵，见矮个子兵的脸上带着和我一样的惊惧。

我说："要不是亲眼看见，谁也不会相信有人能从这上爬过去。"

矮个子兵呆呆地说："我也不相信。我一看见这些冰就想，我是咋爬过去的呢？我咋就没掉到海里去呢？多可怕呀。"

"你害怕了？"

"嗯。"矮个子兵的声音有些发抖，"我心里害怕得要命。我总忍不住想，我要是掉到海里了，那我妈可咋办？"说着，竟流下泪来。

喉头突然有些发咽，我什么也没说，只拍了拍矮个子兵的肩膀。过了一会儿，我轻声问道："昨天你怎么不害怕？"

"顾不上了。"他想了一下，又说："其实……也有点怕。”

“那你为什么还要坚持上？”

“不上咋办？”他看了我一眼，“舵链要是不接上，就得任船在海上漂了，总不能眼瞅着船翻了吧？”

“别人也可以上嘛，班长不是已经准备好了吗？”

“班长哪能上？”他坚决地摇着头说，“万一班长出了事，谁指挥呀？”

“就算班长不上，也不一定非得你上嘛，不是有好几个兵——”

“你不了解情况。”他打断我的话，很认真地说：“我和班长肯定得上一个，明摆着，我们班就我俩是党员。”

我望着他缠满纱布的双手，半天没说出话来。

矮个子兵突然抬头问我：“首长，我的手不能残废吧？”

我安慰他说：“不能，一下船就送你去大医院治疗。”

他立刻高兴了，说：“只要手不残废就行。手不残废就不能让我离开船。”

“你就那么喜欢在船上？”

“喜欢。”他毫不犹豫地回答，“我特别佩服我们艇长，特别愿意跟着我们艇长干。首长，你不知道我们艇长有多神。有一次我们船遇上了九级阵风，大家都蒙了，以为这回肯定完蛋了。艇长大喊一声：茶！我赶紧给他泡茶。他咕咚咕咚一连喝了三大瓶后立刻眼睛锃亮，双手紧紧地把着舵盘，左一下右一下地压着浪头走，到底把我们带出风浪区了。从那以后，我每次出航前都给艇长泡一大瓶茶。就今天没泡，这手……”他很遗憾地看着自己的手，满脸沮丧。

我立刻主动接过话茬说：“我去，我去替你给艇长泡茶。”

连我自己都感到奇怪，给那个比我军衔还低的小艇长泡茶，我不仅心甘情愿而且显得有些过于殷勤。记得小艇长曾说过泡茶的水温不能太低，我还特地把壶里的水重新烧了个开。当我把一大瓶茶送到小艇长面前时，甚至感到了一些莫名其妙的激动。我想，小艇长看到我亲自给他泡茶，一定也会十分感动，这也许会成为我们交往的开始。我不想隐讳我对他存有一分敬重，我愿意与他成为朋友。

小艇长仍旧站在舵位前。他头也不回地接过瓶子，只喝了一口眉头立刻就立起来了：“怎么搞的嘛！用这么热的水？说过多少次了，水温太高会影响茶叶置换的，泡茶的水最好是在九十度！”说着砰地一下把瓶子扔到一边了。

我傻了，我的热脸蛋整个贴到了他的冷屁股上，他居然看都没看我一眼！我呆呆地愣了半天才想明白，不是所有的人都能互相走近的。其实，敬重一个人和与一个人交朋友是两个完全不同的概念。

“这个小白脸子！”我到底不甘心，还是在心里又狠狠地骂了他一句。骂完，连我自己也忍不住笑了。

陆地到了。

夜

你走了，悄悄地，没有人知道。

你独自站在昏暗的月台上等车，把自己隐在一片阴影之中，小心地审视着每一个从你身边走过的人。直到列车进站了，你才轻轻地松了口气，走到亮处，融进候车的人群之中。

你这样怕，怕谁呢？你现在是大家的宠儿，而不是四个月前那个可怜巴巴的倒霉蛋了。

你选择了夜，乘夜车走，好主意！夜是最宽容的，它像是毫无是非观念地庇护着一切好的和坏的人，那么你属于哪一类呢！人本来就分不出绝对的好坏，人是个混合体，是好与坏的统一。你在为谁辩护？

一切都很顺利，你终于如愿以偿，躲过了他和他们热情的骚扰，在没有欢送的宁静中登上了列车。你该满意了。可不知为什么，在列车开动的那一瞬间，你却突然涌上了一种怅然若失的感觉。别再欺骗自己了，其实，你一直怀着希望等待他。此刻，你才明白你其实有那么多话要对他说，尽管几天里你几乎没瞥过他一眼。你急切地把信纸铺开。“至少应该画上一个句号。”你在心里为自己辩解。

你本能地感到浑身不自在，是那种被他人的目光监视所引起的不安，你抬起头，环顾四周。于是，你看到了她——一个穿白色衣服的小女孩。

她看着你的样子很古怪，满脸的狐疑。在她的目光注视下，你竟感到如被扒光衣服检查般的窘迫。不得已，你只好与她对视。

你很快发现，这“目光击退法”对她毫无作用。她是看着你，但又似乎没有看你，而是透过你看远处的什么东西，那眼神中闪烁着一个游移的亮点，恍恍惚惚，像夜空中一颗不可捉摸的星星。你想对她笑笑，却怎么也没笑出来，竟莫名其妙地做了个鬼脸，她立刻也回敬了你一个鬼脸，这时你们一起笑了。

“阿姨，你丢过手绢吗？”小女孩突然问。

你一时愣住了。

小女孩眼中那游移的亮点落到你的领章上，立刻，像触电一样激动起来：“我丢了一条手绢，白色的，上面还有一朵红花……”

小女孩的母亲脸色骤变，慌忙把她脸朝里揽在怀里：“这孩子就见不得鲜亮颜色，特别是红的。”

你一下全明白了，不由轻轻叹了口气。

你依稀记起，自己似乎确实丢过一条手绢，但是什么颜色你记不清了，也许不止一条，也许也不止手绢。是的，不止。

那一刻，整个世界在你面前突然倾斜了。几乎到护校毕业的最后一刻，你一直都在期待着。你自信你的优越，你是为数不多的全优生之一。当党小组长把一份入党志愿书递给夏圆圆的时候，你一直认定她搞错了。你热切地盯着她，等着她自己发现这个错误，但她却面色阴郁地避开了你的目光。

大家都说你聪明，其实你真傻。毕业前的半年，是学员之间竞争的冲刺阶段。你以为你会按惯例分回原单位，继续留在这个城市，继续留在他的身边。可是你忽视了那些偶然因素：小芳的爸爸刚好升任了干部部部长，夏圆圆碰巧结识了副司令的儿子……于是，一切就都变了：夏圆圆以“最优异”的成绩留校了，小芳分到了你原在的医院，而你则分到了洼儿沟的那个精神病院。

在他的怀里，你再也忍不住了，把所有的委屈一起倾泻出来。靠着他坚实的胸膛，你第一次发现自己是这么软弱，这么需要一个男人的臂弯和肩膀。

几天以后，他在那封后来被你撕得粉碎的信上写着：我爱你，所以我更不敢见你。父母不同意我这个独子在外地择偶，过去我一直向他们打保票，说你能分到这里……我不敢乞求你原谅，我对不起你……”

你再也支持不住了。整整三天，你昏昏沉沉地躺在床上。你竟然没有再哭，是持续的高烧把你的体液烧干了么？朦胧中你听说正在选人去前线实习，于是，你摇摇晃晃地闯进了队部。你那样子真可怕，双唇爆裂，两眼充血。你定定地盯住队长，好久，才斩钉截铁地扔下两个字：我去！

整个车厢都被那单调的节奏撞击得昏昏沉沉。小女孩终于睡了，她睡得很沉，轻微的鼻息中不时夹带出一声尖细的哨音。你怜爱地看着那个白色的小躯体，你替她惋惜，她这么小就已经把自己失掉了。她是怎样把自己失掉的呢？是为了那个白色的有一朵小红花的手绢么？

谁都丢失过东西，谁都还会再丢东西，事实上人们每一刻都要失掉许多东西，只不过有的发觉了，有的却没有发觉。

什么东西都可以丢，但要紧的是千万不要把自己丢失了。

她有一双温泉般的眼睛，在赴前线学员集训队里，她的铺位紧挨着你。

整个集训期间，你们这些姑娘的精神都处于极度的昂奋状态。不知为什么，你们发现自己和别人似乎一夜之间都变得坦诚、开朗、外向了。你们可以被前线英雄的事迹激动得坐立不安，让泪水肆无忌惮地在脸上横流，把鼻涕甩得满地，像一群幼儿园的孩子。你们也能躺在床上对着天花板骂出种种粗野的话，活脱脱地有如一群刁横的村妇。训练时，你们争先恐后地爬进那个臭烘烘的大泥坑，然后又毫不在乎地让暴雨痛痛快快地淋了一个够。吃饭了，你们一起使劲地敲打饭碗，仅仅为吃饺子没发几瓣蒜。几乎每天晚上，你们都要跳上一阵迪斯科，也只有迪斯科那疯狂的旋律，才最能适应你们的口味。你们总在笑，从早到晚，为了一句平平的笑话，或者干脆只为一件不起眼的小事。所有的人都仿佛进入了一种不能自制的状态，连你们自己也不知道，这报国的热情中到底有多少是掩饰胆怯的变态。

她什么都对你说，说她多么向往前线那种色彩浓烈的生活，说她不愿意溶化在苍白安逸的日子里，也说他多么爱她，说她怎样想他，还说她心里其实很害怕，她知道这样胆怯很可耻，但怎么也控制不住。你对人的看法使她大为吃惊，她坚持说人与人是可以沟通的，她愿意理解他们，真心实意地爱他们。“这是因为你目前还不缺少爱。”你冷冷地说，“不过，你要当心，别再随便告诉别人你是一个怕死鬼。”“那你也替我保密好吗？”“嗯。”“拉钩？”“拉钩。”

也许，你如果一直不知道那个消息，一切都不会是现在这个样子，但你听说了：参战学员回来后各方面待遇从优。各方面，当然包括去向！你的心激动得颤抖了。

空气骤然紧张，要决定参战学员的名单了。你始终密切注视着一切动向。你终于探明，最后一个被淘汰者要在你和她之间选择。你清楚地意识到，这一次再不能犹豫了。

也是这样一个庇护一切的夜，你辗转难眠。你明白，你无法抗拒自己，终于，你推开了她沉睡中搭在你身上的手臂，悄悄地起来，走进队部……

你不知道你是什么时候，怎样回到床上的。你只觉得你眼前无休无止地晃动着两个勾在一起的指头，怎么躲也躲不开，你一下子死死地蒙住了头，用被角拼命地堵住了压抑不住的呜咽。

她什么也没有觉察，怏怏地收拾着行装。最后，她从自己的小包里捡出一瓶花露水和一盒痱子粉送到你面前："那边又热又潮，这些用得着。"

你没动，垂着头不敢看她的眼睛。

她一下坐到床上，手中的东西砰然落地，空气中立刻弥漫开浓烈的、熏得人头晕的香气。她嘤嘤地哭着说："也许我一生只有这一次机会，就这样失去了……不会再有了，不会了……"

你狠命地咬住嘴唇，额头几乎垂到了膝盖。

小女孩不知道什么时候醒了，仍旧专注地看着你，只是脸上已没有了那狐疑的神情。你突然很想告诉她，你也丢过手绢，不止一条，也不止手绢。

“你找过了吗？”她竟像知道你的思维活动一样，突然开口问道。

你想说，你找过了，找得好苦，但却不知怎么没有说出口。

“你找到了吗？”她又问。

你越发感到诧异，但却不由自主地脱口而答：“我也搞不清楚。”你想，再不会找到和原来一模一样的了。

她朝你做了个鬼脸，你也立刻回敬她一个，于是，你们又一起笑了。

在那块热土上，你第一次见到这么多的伤，这么多的血，这么多的死。你震惊了，你突然发现，你过去所有的喜怒哀乐在这伤、这血、这死面前都显得那么苍白，那么微不足道。你忘我地投入到与这伤、血、死的搏斗之中了。

他是在一个喧闹的夜里送来的。你赶到时他正用双手死死抠住担架两边，用了大量的镇静药，才使他躺到了病床上。但是，他刚苏醒就挣扎着要起来。他拼命地、徒劳地折腾了许久，但无论怎样，他的身体也无法扭动——他不仅双目失明，而且截瘫了。

他终于明白了，绝望了，从肺腑中发出一声凄厉的、令人撕心裂肺的吼叫，一把把揪下自己的头发，拼命地撕咬着沾满血污的绷带。

而后，他竟然平静了，平静得令人不安。没有哭，没有笑，甚至没有一句话，拒绝一切治疗，拒绝与任何人交谈。

你去为他擦洗，待洗净他脸上的血污，你才看清他那么年轻，还没有形成棱角的圆脸稚气未尽，简直像个孩子。你费力地擦着他身上的血污和泥垢，看得出，他已经很久没洗过澡了。当你准备为他擦洗下身的时候，冷不防，他突然一把攥住你的手臂，“不！”他低沉但坚决地说。你感到手臂在他的握力下发出咯吱咯吱的声响，一阵钻心刺骨的疼痛几乎使你晕倒。但你没动，你咬着牙默默地站立着。不知僵持了多久，他的手终于松开，你没顾得看一眼青紫的手臂，就接着为他擦洗了。擦着他那满是湿疹、溃疡，烂得流着血水的下身，你忍不住哭了。你是一直流着泪水为他擦洗完的，你没有注意到在你那断断续续的抽泣声中，他吃力地别过头去，眼角滚出一颗晶莹的泪珠。

只有你能猜得出他什么时候是睡着，什么时候是醒着。你整日守着他，找各种各样的话题引他说，讲各种各样的笑话逗他笑，他总是毫无反应，静静地躺在床上。但你发现他喜欢听你唱歌，每当你唱歌时，他脸上就现出一种专注的神情，微张着嘴，小心地把呼吸放得极轻极慢。于是，只要有空，你就为他唱，整天整天地唱。

那一次，你急坏了，他肚子胀得像鼓，却怎么也排不出便，你蹲在床边，吃力地抠出一块块干硬的粪块。收拾完，你跑到外面，连胆汁都一起呕了出来。从那以后，他肯回答你的问话了，尽管那回答几乎总是简短的一两个字。

医生给他报了病危。你不愿意相信，怎么会呢，这么年轻的生命？你更加细心地看护他。一天几次，你把手轻轻地伸到他的身下，轻柔地按摩着受压的部位，你觉得手下的肌肤那么富有弹性。怎么会呢？他太年轻了。他的一切才刚刚开始，有的甚至还没来得及开始。你把手轻轻地抽出来，为他掖好被子。此刻，你怎么也没有想到，他会又一次突然抓住了你的手腕，像明眼人一样，他的动作竟会那么准确。但这一次你却没有感到疼痛，因为你还没来得及去感受，就被他那句话惊呆了。“亲我！”他呼吸急促地说。不仅你，屋里所有的人都惊呆了，连他自己似乎也惊呆了，但只一刻他就恢复了狂躁：“我要死了，我还没有和女人亲近过就要死了，只有你接触过我的身子，我要你亲我！我要你亲我！”他不是在说，而是在喊，用整个生命在喊。你觉得，所有的目光都聚集到了你的身上。

你没挣脱，也没有想挣脱，一直静静地凝视着他那对黑洞洞的眼窝。不知为什么，你竟想起了曾做过的那许多的梦：一个接一个的夜，总是夜，好怕人的夜呀，连一颗星星也没有……你突然很想在那两个黑洞洞里安上星星，当然应该是启明星。你想，有了它，天亮就不会太远了……直到觉得他的手无力地松开了，你才猛地从沉思中惊醒。你看到他喉结急剧地上下滑动，嘴里喃喃地念叨着："……对不起……我……对不起……"你知道你可以离开了，但你忽然惶恐起来，你隐约感到你不能离开，那样他将永远失去什么。不！也许是你将永远失去什么，不能！你一下子明白了，你其实从一开始就已经答应了。你这样想着，缓缓地伏下身子，在他那颤抖的烫人的双唇上轻轻地吻着……

你永远忘不了你离开病房时的情景。你是在他突然爆发的恸哭声中离开的。你神情恍惚地推开病房门，不禁呆住了——你奇怪，为什么所有的伤员都拥到了走廊上？那些缠着头的、拄着拐的、吊着胳膊的，都默默地对着你。你深一脚浅一脚地从他们中间穿过。你不明白，这些经历过战火考验的男子汉们此时此刻怎么会有那么多的泪，他们的目光里怎么会有那么多的崇敬和感激。一个连长被人搀扶着停到你面前，他吃力地举起缠满绷带的手，庄重地向你行了一个标准的军礼，颤抖着嘴唇刚说出"谢谢"两个字，两行热泪就顺着他那刚毅的面颊簌簌地滚落下来。你的心颤抖了。也许此刻你应该感到骄傲，有谁曾像你一样得到过这么多男子汉的崇敬，有哪个姑娘曾见到过这么多男子汉的泪！但你却面对着这一切哇地一下哭出了声。

他的恸哭一直持续到晚上才突然终止。这以后，他变了，变得爱说话了，在配合治疗时听话得像个孩子。但是，他还是去了。

你一直陪着他，到最后的一刻，你俯下身，听到他喃喃地反复说着一句话："……活着，多好……"

小女孩从座位上飘然落地，她神秘地看了你一眼，你就不由自主地起身随着她向车窗外那茫茫的夜中走去。你跌跌撞撞地被她领到一个湖边，她却忽然不见了。你正在纳闷，她又从湖心钻了出来，朝你扬着一条白色的手绢。你这才看清那湖水中竟漂着许许多多的手绢！你一阵欢喜，毫不犹豫地扑向水中。你只顾捞了一条又一条，却忘了你没有力量拖着这么多手绢回到岸上，那浸了水的手绢好沉啊，它们拼命地拖着你，想把你坠入湖底。你慢慢地下沉着，连着呛了好几口水。"不，我不！"你拼命地挣扎着，很快地向上浮着。你的头总算露出了水面。你看到了她，不知什么时候她已经回到了岸上，正笑着向你招手。

你们圆满地完成了实习任务，凯旋了。

一路的鲜花，一路的赞誉，四个月，仅仅才四个月啊，你如数得到了你曾经失去的一切。不，不是如数，而是超额：火线立功、入党，晋升一级和可以自由选择去向，然后是他再一次奉上的爱情……

面对着这一切，你一直努力在笑。但你却越来越觉得自己笑得那么蠢，那么假。你觉得你像一个大木偶，你心里直想哭，你疲倦极了，为这预料之中而又突如其来的成功。

也许是那些眼睛，那温泉一般的眼睛和黑洞洞的眼睛阻止了你，你拒绝了一切热情的来访者，整整三天把自己反锁在屋里，缩进被窝一动不动。

每到晚上，待聚在门前的人散尽，你便得到了一夜的宁静。你静静地对着夜空，望着你永远琢磨不透的夜。人们总是在黑夜中显露出自己的本性，你喜欢夜，喜欢这赤裸裸的、真诚的、放任的夜。你数着夜空中那许许多多的眼睛，有的亮，有的暗，有的近，有的远，但是你能看见的毕竟太少了，你想。然而，不管人们是否看得见，它们总是顽强地在各自的位置上闪耀着。哦，这无垠的、神秘的、包孕一切的夜！

第三天的夜里，你突然起来了。像大病初愈的人一样，你面色苍白、眼睑水肿，但目光中已露出一丝昂奋的神采。

你迅速地打好背包，悄悄地离开了这里。

“列车前方到站，洼儿沟车站……”你猛然惊醒了，急忙起身把水杯、毛巾等杂物塞进挎包。

“你哭了么？”你慌忙擦了把眼泪，转过头，“你没有找到么？”小女孩仰着脸继续问。

“不，找到了。”你慌乱地摇着头。

“那是你又丢了？”

“哦，没，没有。”

小女孩笑了：“你得记着把它放好，千万别再丢了。”

“谢谢你！”你一把抱起小女孩，把沾满泪珠的面颊紧紧地贴在她的小脸蛋上，“我会记得的，不会再丢了，不会的，永远不！”

心灵物语

——马晓丽的五个中短篇小说

朱航满

起初关注马晓丽，缘于她的短篇小说《杀猪的女兵》，读后有惊艳之感；后来又读了她的短篇小说《俄罗斯陆军腰带》，也是上乘之作；短篇小说《左耳》是偶然读到的，虽觉不错，但也很有些不快的体验；然后，翻到了数年前的一个中篇小说《云端》，起初读来很觉拖沓，但进入之后，竟一气读完，乃是难得的佳作；最后，找到了她十余年前的短篇小说《舵链》，也是小试牛刀的一篇杰作。马晓丽的这五篇中短篇小说，《舵链》发表于 2000 年，《云端》发表于 2006 年，之间相隔五年，到了又五年后的 2011 年和 2012 年，她接连写出了《杀猪的女兵》《左耳》和《俄罗斯陆军腰带》，可谓篇篇精彩，引起了广泛关注与好评。这是我所喜欢的一种创作状态，量虽少，质却精。每一篇小说都如一种杀伤力很强的武器，一旦投射，必将引起强烈震动。

那么，不妨先从《杀猪的女兵》谈起。马晓丽真有趣，她竟会去写一个杀猪的士兵，而且是一个女兵，这个女兵退伍后，又捅伤了她的丈夫。情节有点像悬疑谋杀案的烂俗电影，却被她写成了真正探讨人性的文艺片。我注意到她在小说中写到了一个东西，就是酒，因为喝了酒，这个女兵开始了她的杀猪生涯；也因为那天深夜，酗酒晚归的丈夫逼迫她喝下了一大瓷缸的白酒，她才动了杀机。马晓丽喜欢在小说中寻找一个物质的东西，来作为媒介，然后切入到小说故事的深处。正如这篇小说中的酒，使得这个退伍又隐居的女兵又寻找到了杀猪时的快感，同时也揭开了她心灵深处极为疼痛的伤疤。通过酒这个东西，马晓丽带我进入了一个隐秘而又扭曲的女性世界。她曾被不经意又猛烈地伤害过，又小心翼翼地自我隐藏和保护起来。最后，在没有治愈的情况下终于爆发。冲突来自于心灵的误解，可惜最终的理解，却以毁灭来作为代价。此篇小说的精彩在于，它是悲剧，却难以找到真正的凶手。人心中无知的黑暗因子，集中起来会毁掉另一个人。

再来谈谈《俄罗斯陆军腰带》。此一篇小说，有两个东西引起了我的关注，其一是腰带，其二是主人公秦冲的神经性皮炎。小说写中俄两国军人的边境演习，但却互相艳羡彼此的腰带。其实，通过腰带，作家试图向我们证明文化与观念上的差异与优长。两国军人的暗自较量，以及误解，被作家写得妙趣横生，也悬念丛生，这是小说令人喜爱的地方。而另一个小细节，则是中国军人秦冲的神经性皮炎。这似乎是一个有趣的象征，虽是小痒，却令人难以忍受，也难以捉摸。而它从起初作为预警信号的时常发作，到最终竟奇迹般地痊愈，似乎隐喻了两位异国军人误解的消除，也表达了作家的一种美好理想。这篇小说经营之心，可谓细密，也是典型的马晓丽风格，或者是典型的马晓丽叙事，那就是小说中的人物往往从误解到冲突，再到最后的达成和解；这一切的背后，并非源自现实中的利益矛盾，而是更多来自人物对于世界的不同看法和认识，或者是他们彼此在文化和观念上的差异与距离，并由此所导致的冲突和较量。

《左耳》构制得很巧妙。主人公老齐是一家军队医院的保卫干事，之前曾是战场上的连长，他的左耳便是在战争中遭到了严重伤害。左耳是这个小说中的一个关键事物。事情的缘起来自他发现了一颗疑似凶杀的头颅，而这颗头颅被割掉的正是其左耳。这让老齐既惊又惧。然而，谜底是这颗头颅乃是一位文质彬彬的军医用作实验的人体解剖物，一场虚惊又让他汗颜。冲突来自于对于外表气质与内在精神的差异性判断，虽是一个老话题，但作家让主人公在记忆与现实之间来回穿梭，勾起了他对于副连长的一段记忆。战场上的副连长，文质彬彬，学识渊博，让他这个连长既疑又惊，而最终副连长的牺牲才让他真正懂得了衡量一个人的真正尺度。在从误解到冲突再到和解的这个主题上，马晓丽给予了一个陈旧的话题一种崭新的解读方式，让人耳目一新。

重点谈谈我喜爱的《云端》。如果说《杀猪的女兵》让我注意到了酒，《俄罗斯陆军腰带》使我对其中写到的腰带倍感兴趣，《左耳》则写到了人体的一种器官，但这篇中篇小说《云端》，马晓丽却让我们将目光关注到了主人公的名字，也就是小说的题目“云端”。这是一个多么美好的名字，凌空高蹈，宛如仙子，但小说中的两位女性主人公，却都拥有着这样一个相同的名字。读这篇小说，让我想起法语电影《两生花》（又名《维洛尼卡的双重生命》，The Double Life of Veronica），也就是这个世界上，很可能存在着两个一样的人，他们更可能有着相同欢乐与忧愁。不知道马晓丽是否受到了这部电影的启发。小说中的两位主人公，虽然一位为解放军的年轻军官，嫁给了一位“石光荣”式的战斗英雄；另一位则是年轻时也曾追求进步的女学生，后来嫁给了国民党军队中的一位儒雅军官。身份的差异背后却是政略感造作；还有对于人物内心的塑造虽显深入和细腻，但关注的焦点似乎过于集中和琐碎，内在的思想和观念也显得陈旧，其中《左耳》和《舵链》尤为明显。以我所略感不快的小说《左耳》为例，尽管此篇小说所写乃是一颗用作医学实验的头颅，但小说中的军医为了自己实验的便利，将其私自带回家中，又将其放置在杂货房的纸箱子中，导致随后的一系列风波。这个情节的设置，虽是用心，但对于人的生命的尊重却是随意的，由此也大大降低了作家的美好初衷。

图书在版编目（CIP）数据

催眠/马晓丽著. —大连：大连出版社，2014.10
（“字码头”读库）
ISBN 978-7-5505-0768-5

Ⅰ.①催…　Ⅱ.①马…　Ⅲ.①中篇小说—小说集—中国—当代 ②短篇小说—小说集—中国—当代 ③散文集—中国—当代　Ⅳ.①I217.2

中国版本图书馆CIP数据核字(2014)第208295号

催眠
CUIMIAN

出 版 人：刘明辉
策划编辑：刘明辉　张　波　卢　锋
责任编辑：张　波　杨　钟
封面设计：林　洋
版式设计：张　波
封面绘图：王天用　洪　羽
责任校对：魁宏达
责任印制：阎　骋

出版发行者：大连出版社
地址：大连市西岗区长白街10号
邮编：116011
电话：0411-83620442　0411-83620941
传真：0411-83610391
网址：http://www.dlmpm.com
E-mail：dlszhangbo@163.com
印 刷 者：大连美跃彩色印刷有限公司
经 销 者：各地新华书店

幅面尺寸：130 mm×195 mm
印　　张：11.375
字　　数：216千字
出版时间：2014年10月第1版
印刷时间：2014年10月第1次印刷
书　　号：ISBN 978-7-5505-0768-5
定　　价：29.00元